ASSASSIN'S CREED

刺客信条

王朝

下册

疯丢子◎著

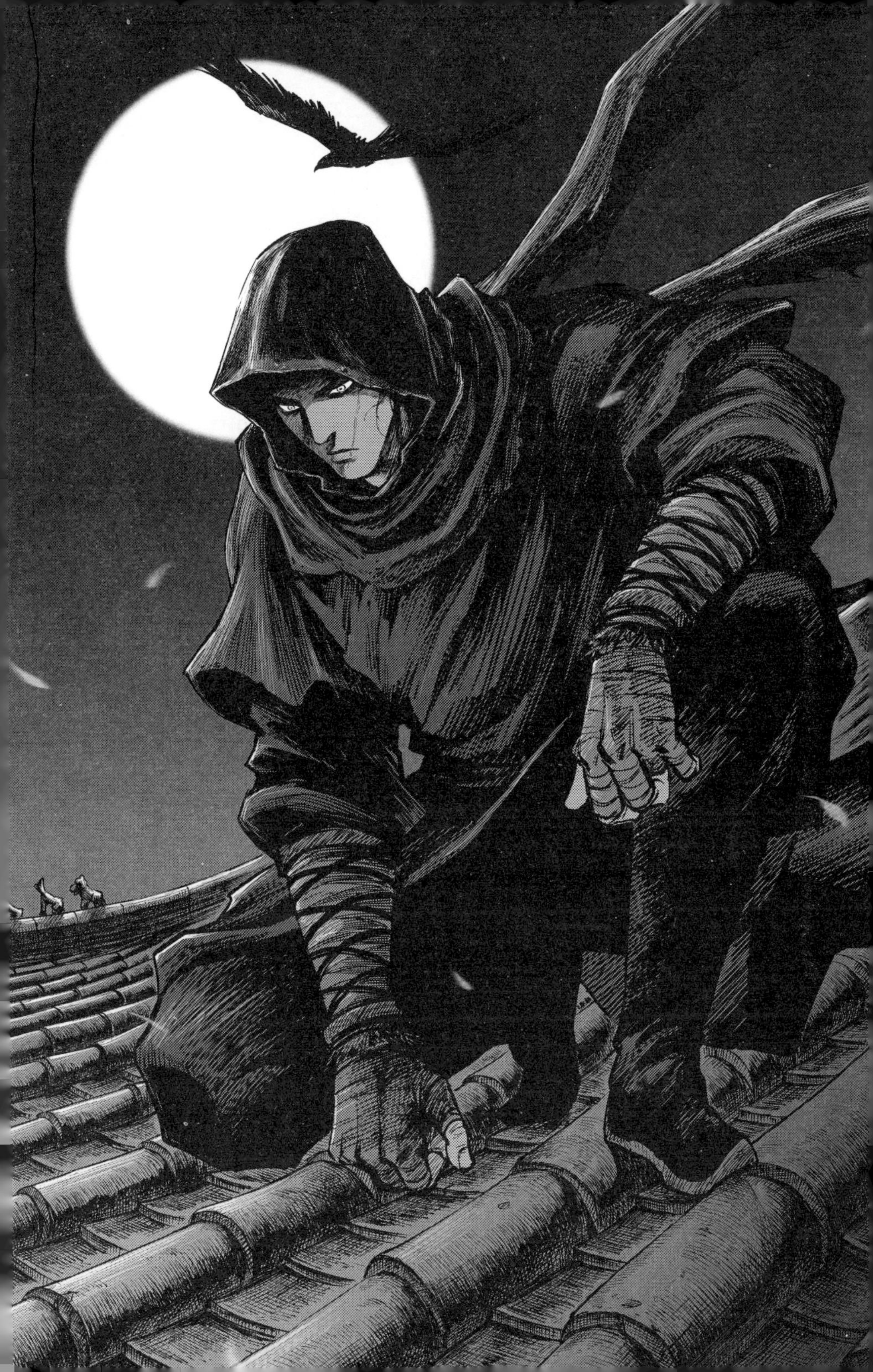

目 录

四一	神都易主	/ 295
四二	帷幄密谋	/ 302
四三	封二绝笔	/ 311
四四	雄关悲哭	/ 321
四五	腹背受敌	/ 329
四六	死国可乎	/ 337
四七	各为其主	/ 344
四八	常山城破	/ 351
四九	死节亦可	/ 358
五十	颜家不降	/ 368
五一	人在异乡	/ 376
五二	终为异客	/ 383

五	三	天命所归	/ 389
五	四	但为苍生	/ 396
五	五	钓鳌之人	/ 402
五	六	英雄出处	/ 411
五	七	乱城义士	/ 420
五	八	浮屠刀光	/ 428
五	九	新仇旧怨	/ 435
六	十	故地故人	/ 441
六	一	颜家遗孀	/ 448
六	二	暂隐山林	/ 456
六	三	平地惊雷	/ 463
六	四	忠奸难辨	/ 469
六	五	唐宫微雨	/ 476
六	六	老骥难为	/ 483
六	七	天下北库	/ 489
六	八	为天下计	/ 496
六	九	平原危机	/ 502
七	十	颜公举义	/ 508
七	一	落难君王	/ 518
七	二	暗潮汹涌	/ 528

目录

七三　英雄相惜　/ 535

七四　金龟密会　/ 542

七五　马嵬尘定　/ 549

七六　不负忠骨　/ 557

七七　胡旋终焉　/ 568

七八　策马扬鞭　/ 579

四一

神都易主

"将军,高邈、李钦凑、何千年,在土门关被颜杲卿所杀,土门关,沦陷了。"

洛阳,上阳宫内。

这个曾经的神都如今已经面目全非,不仅皇宫外,连皇宫内也是满目疮痍。遍地的尸体和残垣断壁,还有至今弥漫在四周的硝烟和尸臭,无不彰显着之前巷战之惨烈。

宫内来不及处理的尸体被暂时堆到了宫墙之下,乍一看宫墙好像厚了一层。安禄山行走在其中,步态从容,仿佛闲庭信步。他听着严庄的汇报,漠然道:"哦,那就发榜悬赏,拿下颜杲卿一族的人头。"

严庄迟疑了一下,道:"颜杲卿打下土门关后,广发檄文,说与朝廷取得了联系,将会引朝廷军入关收复河北……现在河北已有十七个郡响应叛变,跟随颜杲卿归顺了朝廷。如今常山郡在河北属于众望所归,怕是没人可以拿下他的人头了……"

"哦?归顺?"安禄山脚步一顿。他已经走入正殿,抬头看着空荡荡的大殿尽头那张空荡荡的御床，"归顺……朝廷……"

他再次迈步，这次却是拾级而上，一步步走向那张御床，随后毫不犹豫地坐了上去。

严庄看着这"大逆不道"的动作，低下头，掩住眼中的情绪。

御床上还插着没有被拔掉的箭支，上面的金色坐垫已经成了黑红色，硬邦邦的一块。安禄山坐在上面，闭上眼，浅浅感受了一下，冷笑一声："原来，是这种感觉……严庄！"

"属下在。"

"这张御床，有多少人坐过？"

严庄不假思索地答道："至今，共六代大唐皇帝，以及一代女皇武则天。"

"七个啊……坐了那么多个。"安禄山摩挲着满是裂痕的扶手，"已经这么旧了，难怪坐起来不舒服。就是不知道……长安的御座，坐起来是个什么感觉了。"

安禄山的声音在空旷的大殿中回荡，一声声地，全都涌入严庄的耳朵，在他的脑中来回鼓荡。严庄深吸一口气，毅然抬头，扬声道："旧的坐起来，定不如新的舒服，是时候换新的了……陛下！"

"陛下……陛下……陛下……"

这次回荡在大殿中的，成了严庄的声音。安禄山在这声声回音中微微低下头，定定地看着下面的严庄，在看到他脸上的坚定后，露出一丝意味深长的笑意。

"严庄啊，我用了那么多孔目官，只有你，最得我心意。"

严庄不卑不亢："承蒙陛下栽培。"

"虽然只是个东都……"安禄山环视着宫殿，"但是，也勉强够用。"

"已是半壁江山了……"虽然话还没有摆到明面上,但是严庄清楚他现在在和安禄山聊的是什么。他用连自己都没想到的平静语气道,"陛下的大军势如破竹,坐稳这半壁江山易如反掌,接下来只要依照这个势头继续下去,整个江山……亦不是什么难事。"

安禄山静静地看着他,脸上露出一丝满意的笑,"既如此,便筹备起来吧!"

"是!"严庄感到全身的毛孔都在颤抖,他强忍着激动应道,"臣,定竭尽所能!"

"哈哈哈哈!"安禄山大笑起来,粗豪的笑声在这死气沉沉的宫殿中,显得格外突兀,但又异常地相称。

"传令下去,"安禄山笑罢,终于想起了当务之急,他端坐在御床上,手扶着剑,平淡地道,"在这里挑三个最大的官,斩了,传首河北各郡,让他们再好生想想,到底该归顺谁。"

他加重了念"归顺"两个字的声音,脸上露出一丝残酷的笑意。

"至于颜杲卿一家……就让史思明出马吧,让叛徒们见识一下,何为地狱。"

"何为地狱?"严庄走出大殿,深深地吸了一口气,低头看到了似乎永远都清理不完的尸体,苦笑一声。

颜杲卿一族或许不知道何为地狱,但是他严庄算是彻彻底底见识到了。

"严大人,将军好了吗?"外头,宦官李猪儿小心翼翼地道,"可需要小的进去伺候?"

"再等等吧,将军还要再坐会儿。"严庄温和道,"李公公你不如顺势歇息下,这些日子,你也辛苦了。"

严庄的态度令李猪儿很是感动，他连连点头："多谢大人！哦，小的们在宫内酒窖找到一批陈酒，香得很，我让下面留了，送到大人房里了，大人还请笑纳。"

"那就多谢了。"严庄笑着一礼，顿了顿，又道，"李公公，"他看了看殿内，压低声音，"将军，有更新换代之意，这些日子，还需你多多费心了。"

李猪儿立刻明白了严庄的意思，眼中划过一丝了然，却没多少喜色，拜倒在地："谢严大人提点，严大人慢走。"

严庄笑着离开，一转身，笑容就收了起来。

这李猪儿本是契丹人，十岁就跟在了安禄山身边。他并非来时就是宦官，据说之前只是安禄山的亲兵，后来不知什么原因，被安禄山断了子孙根，自此后便以宦官的身份跟在其身边，照顾其起居。

虽然他貌丑瘦小，但他一直侍奉在安禄山身旁。安禄山肥胖，穿衣行走几乎都离不了他，是以李猪儿深受安禄山重用和依赖，几乎肖似当今圣上身边的高力士，差别就是安禄山没给他那么大权势，他也没受到安禄山那些义子的"敬重"罢了。

严庄却从不敢小看李猪儿，或许其他人也曾经有过这个想法，但是在发现李猪儿在安禄山处没有丝毫影响力后，便放弃了攀附。可严庄饱读诗书，深知"毫厘之间定乾坤"，与李猪儿交好，于自己没有丝毫坏处。

更何况，在这个满是异族的军队里，他这个汉人能交好的人并不多，而看他不顺眼的人倒是不少。

史思明，首当其冲。

"这种事，派人说一声就行了，何必严军师亲自过来？"城外营帐内,史思明坐在上首,把玩着自己的刀,斜睨着座下的严庄,阴阳怪气道。

他脸形瘦长,高鼻深目,加之眉眼阴鸷,眼神里满是残虐之气,远远看去,像极了一张蛇脸,再加上长手长脚,使两把新月镰刀,走在尸体中,真跟个死神一般,让人心里发怵。

严庄是极不想面见他的,这次来也并非有这个必要,然而似乎是在与自己较劲似的,但凡需要见史思明的事,他都会逼自己过来,与之对阵一番。

"将军既然在洛阳,当然还是我亲力亲为好。"严庄不卑不亢地站在座下,"也好顺带问候一下将军,以免生疏了。"

"生疏?哈哈哈哈!"史思明的笑声都透着股恶意,"我与你有什么可熟的,我与禄山熟便够了,还是说……"他的声调急转直下,"现在他给我的命令都要通过你,你便觉得,他对你,比对我更亲近了?"

"又来了……"严庄心里叹气。

史思明与安禄山是发小,两人差不多相互扶持着长大,现在两人各自成家,一同立业,到底关系是不是还是如以前一样两小无猜,严庄也不知道。只是现在确实大多数军政命令要经自己之手,史思明觉得他和安禄山之间隔了个自己,也情有可原。

但是亲信这个位置,自古以来都是不能让贤的。

更何况,还是现在改朝换代的关键时期,一飞冲天还是一蹶不振,就看这几天了。只不过,这件事,现在还是别让史思明知道的好。

严庄不动声色:"我一个孔目官,不过是处理处理文书,偶尔帮大将军分分忧,哪及得上将军领兵打仗、攻城略地的本事重要。要问大将军更器重、倚仗谁,将军心里定是有数的,否则,攻打常山这么大的事,大将军不过让我传达一句,一应计划、路线全让将军自己决定,这不是最大的信任是什么?"

"哈哈哈哈!所以我讨厌你们这帮文官,"史思明道,"哄起人来,真把人当傻子似的。"他手一挥,刀尖对准了严庄,笑吟吟地看着他,道,"说吧,到底来做什么的?难不成要我亲自剖开你肚子看看那摊坏水?"

严庄沉下脸:"史思明,我们共事一主,如今大将军大业初成,我们何必如此相互为难?我这次来,自然是为了传达大将军的命令,要你即刻出发,赴常山平叛!"

"那行了,我知道了,你下去吧。"史思明收回刀,居然用巨大的刀尖修起了尖利的指甲。

"还有!"

"哈哈哈哈哈!"史思明嘲讽似的大笑,"真的还有吗?"

严庄忍气吞声:"还有,是要提醒你,河北如今这般形势,就是因为常山掌控了土门关,你攻打常山时,千万要注意土门关,不要真让那边过来的朝廷军抄了后路。"

史思明修指甲的动作一顿,嘲讽的神情收了起来,眼中透着股思量:"土门关……那边是太原府?"

"对。"

"太原尹是谁?"

"前些日子得到的消息,是王承业。"

史思明眼睛一转:"那个右羽林将军?他不是在潼关吗?"

"对,他本就是太原尹,原本随高仙芝在潼关,但是前几日又秘密赶赴太原了。"

"啊……"史思明意味深长地道,"有意思,在我们眼皮子底下已经串通好了,常山,和潼关。"他摸着刀思量了一下,阴冷一笑,"打得一手好算盘,这是想夹击我们?"

"对,他们的目的显然就是如此。"严庄应着,心里轻叹一声,也只有这个时候,他觉得自己是能和史思明说上话的。史思明虽然残暴无礼,但是在军事上确实有才华,嗅觉敏锐,用兵灵活,至少在战事上是极为可靠之人,"若是让他们成功了,我们后院起火,确实不好处理。"

"嗯……"史思明面色不变,看着自己的刀,思考起来。严庄也不急,在一旁等着,看他有何想法。

"你,要我小心王承业?"史思明像是想起了什么,忽然道。

"是,不出意外,应该是他带兵过土门关。"

"嗯,"史思明不置可否,嘴角露出一丝意味深长的笑,"那或许,我们还不一定后院起火。"

"哦?"

"严孔目官,看人的本事,可不止你有。"史思明说着,竟然慢悠悠地舔了一口自己的刀,咂巴咂巴嘴,道,"我们,或许有好戏可以看了。"

四二

帷幄密谋

"在下边令诚,有要事禀报。"

几日前,长安某处。

边令诚一改在潼关时颐指气使的面目,低眉顺目地站在一个昏暗的大堂内。堂内四面都拉下了帷幕,帷幕后灯火闪烁不定,映出一个个影影绰绰的人形,居高临下地审视着他。

汗珠顺着边令诚的额头悄悄流下,他恭谨地开口道:

"高仙芝和封常清不愿听从上面传达的指令,他们不肯出关迎敌。

"在下好言相劝,反倒被高仙芝威胁,差点丢了性命。

"在下曾在高仙芝身边多年,为他四面打点,却从未见他有丝毫回报之意……他分明是个不知感恩的莽夫。

"如今高仙芝手握天下兵权,更是不把身为宰相的杨公放在眼里,长此以往,说不定又是一个安禄山。在下以为,必须提前防范。

"是以,该如何处置高、封二人,还请诸位公卿定夺……"

说罢，他趴伏，叩首，敬畏一览无余。

堂内寂静，许久无人说话，但是此起彼伏的呼吸声和灯油爆裂声，还是牵动着每个人的神经。边令诚小心翼翼地擦了下额头，看到袖子上都是汗。

终于，最前方的帷幕后，有人说话了。

"朝廷军失守洛阳，圣上已然大怒，甚至想御驾亲征，是该有人担责了……边令诚，你觉得该如何定罪？"

边令诚早有准备，立刻道："丢洛阳，封常清是主责，给他定罪很简单，况且之前圣上就洛阳一事问策，他也曾夸下海口，说定不丢洛阳。如今虽然已经被削夺了官职，但他却还在以安禄山大军实力太强为理由狡辩，助长敌军气焰，大大动摇了军心和朝廷的信心，实乃死不足惜。

"在下以为，就说他勾结外敌，动摇军心，必须以死谢罪。"

上面沉吟了一下，道："这个好办。那高仙芝呢？"

"高仙芝……就有点麻烦了，"边令诚面露苦恼，"他一没大错，又在潼关挡住了反贼的进攻，功过相抵，罪不至死。"

连边令诚都这般说，似乎确实对高仙芝束手无策，气氛越来越凝重。

"听说，"旁边忽然有人说话，边令诚吓得一抖，忍不住拢了拢袖子遮住颤抖的手，"听说高仙芝从陕郡撤退时擅自打开了太原仓，将绢帛粮米全部分给了兵士？"

边令诚一愣，有些心虚道："确……确有此事……"

"你可知道，那些绢帛粮米，到底有多少进了兵士的口袋，抑或根本没有？"

边令诚听着，汗如雨下。

那些绢帛粮米有多少进了兵士的口袋，他不知道，但是有多少进了他自己的口袋,他是知道的。

但是……无妨,无伤大雅。

"不……不知道。"他微微抬头,心里已经有了数。

堂上之人最后问了一句:"那么,现在,高仙芝何罪之有?"

边令诚深吸一口气,抬起头,高声道:"高仙芝,身为天下兵马副元帅,不仅弃守陕地数百里,还克扣军士粮饷,发国难财……应当与封常清一并斩首示众!"

"很好,"最前面的人声音愉悦,"边令诚,明日你便如此向圣上进谏,我将全力支持你。有了担责之人,圣上也能安心了。若是事成,记你首功。"

边令诚大喜,正要叩首道谢,却听身后忽然有人喝道:"慢着!"

他愕然回头,身后正对首座的位置坐的人,向来极为神秘,从不露面出声,却不想今日竟然会开口。

那人身形宽大,黑沉沉地坐在帷幕中,莫名地就比别人更具威压。他开口时略急,此时却放缓了语调,不紧不慢道:"我在军中的耳目报告说,常山的颜杲卿父子打开了土门关,高仙芝已经秘密派遣援军接应……一旦成功,便可将安禄山逼入绝境,等到大局已定,再处置高、封二人也不迟。"

此人语气虽缓,却透着一股不容置疑的气势,显然是常年身居高位的。边令诚心里打鼓,深知自己这是卷入了上层斗争的旋涡之中,如今只能任凭摆布。

果然,最前面的人立刻冷声道:"你的意思是,让高仙芝立下首功?"

"我的意思是……"后方的人霍然站起,居然撩开了帷幕,沉声道,"应该尽快平息叛乱,守卫大唐社稷。"

边令诚看清了那人的脸，吓得赶紧回头。他在这圈层外徘徊良久，竟然从不知道，高力士，这位宦官之首，也是金龟袋！

他可是皇上身边的大红人，比杨国忠还有分量，自己该听谁的呢？

他俯下身，努力不让自己颤抖得更厉害。

坐在最上首的，自然就是杨国忠了。他不动声色，冷漠道："高爷多虑了，大唐百年社稷，岂是安禄山一人能撼动的？安禄山的兵力号称有二十万，实则不过十五万而已。大唐尚有三十万大军，正从各路边境赶来。平息叛乱，不过是时间问题。"他冷笑一声，胸有成竹道，"而我们，有的是时间。"

"可是圣上……"

"圣上年事已高，还能在御座上坐多少年？"

高力士面色一寒，警告道："杨相，话不可……"

"高爷，你也年事已高，在宫中待了一辈子，目光，或许确实是有些受局限了。"

"……杨相是在说我目光短浅？"高力士也冷笑起来。

"高爷是不是忘了，安禄山要造反的消息，你是第一个确定的。而若要阻止他，也不过是你一句话的事。如今大唐这个局面，你也有一份功劳。"

高力士身形一僵。这话是边上的人说出来的，并非杨国忠，而当初他送安禄山时发生的事，他却只和杨国忠说过。

原来，他们的矛头，是要共同朝向自己了吗？

"高爷也无须自责，"杨国忠意味深长地道，"当下的局面，于我等也是难得的机遇。安禄山自作孽而不可活，此战朝廷军必胜。安禄山之后，我们还可以顺带铲除一些对我等的未来有威胁的人，如此这般，未来我们便可高枕无忧。"

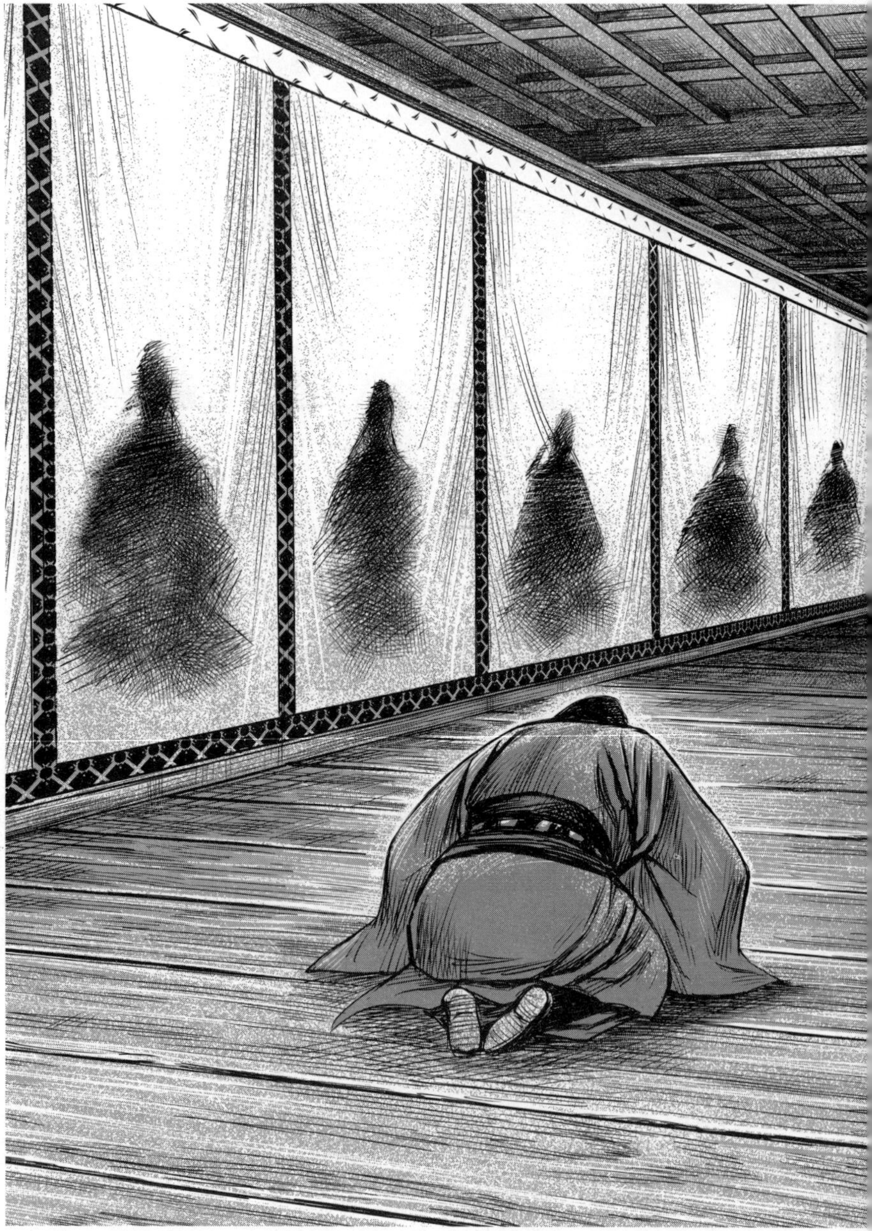

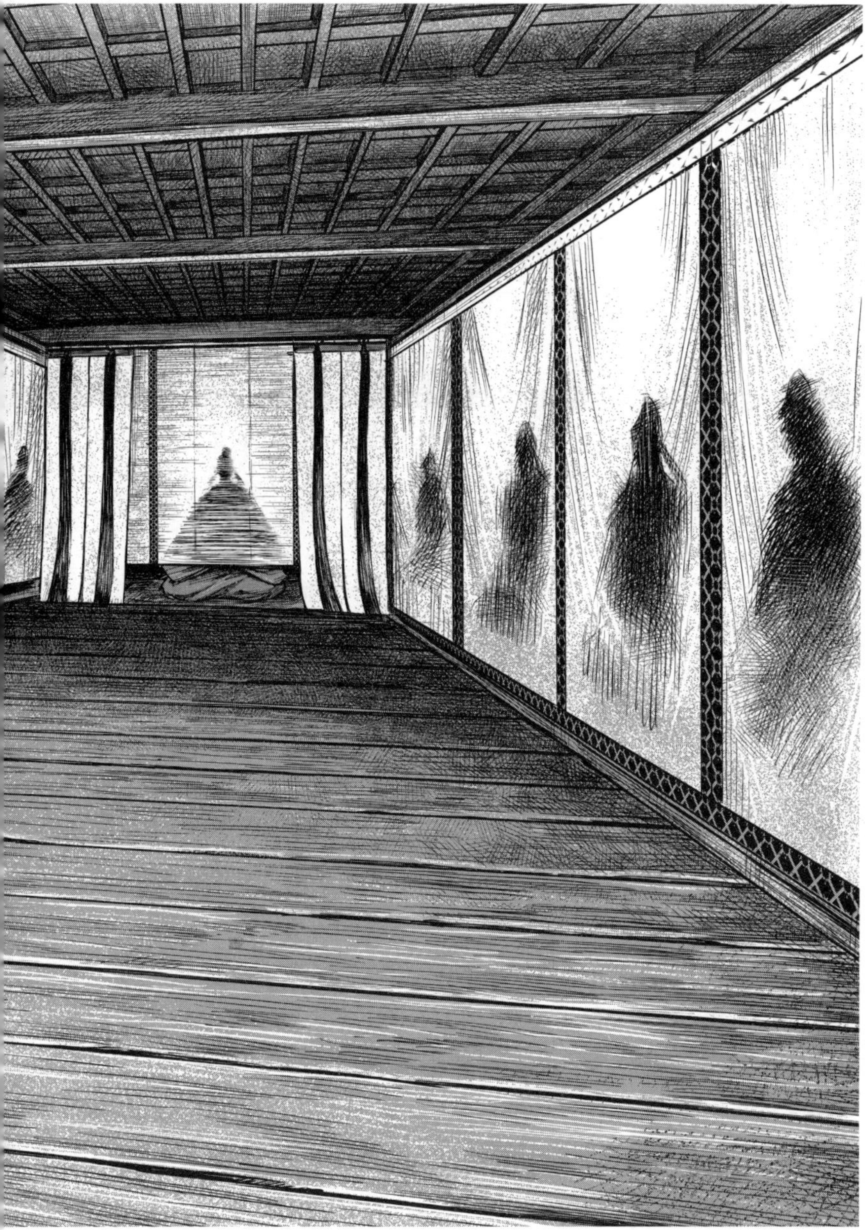

"但是……"高力士咬牙，他确实老了，"潼关……"

"高仙芝、封常清还有颜杲卿一族，他们都是外人。"杨国忠毫不客气地打断他的话，"要是让外人立功得势，待到平叛之后，我们金龟袋的人在朝上该如何立足？有些功劳，要么我们得，要么，谁都别得！"

"没有大唐，又何来我们？"

"高爷莫非也被封常清那妖言所惑了？"杨国忠讥嘲道，"你看，他更该死了。"

"你们……"疯了！高力士青筋直跳，他环视四周，像在看一群怪物。但转念一想，他忽然冷笑起来，"只怕箭已离弦，已由不得你们了。"他缓缓转身，悠然道，"我确实老了，你们怎么折腾，都无所谓了。"

"高仙芝派出的援军已经抵达太原，准备支援常山。"他往自己的座位走去，平静地道，"我们，谁都无法阻止。"

气氛一冷，杨国忠忍不住掀开帷幕一角，瞪向高力士的背影。

然而此时，边令诚忽然坐了起来，面向高力士的方向，胸有成竹道："请各位大人放心，一切都在掌控之中。"

高力士脚步一顿，微微皱眉。

边令诚难抑嘴角得意的笑，继续道："在下承蒙各位大人赏识，任监军多年，也并非全无建树……高仙芝的心腹，有很多都是在下安插的。"

闻言，高力士猛地回头，满脸惊愕，而帷幕后也传来一阵骚动，杨国忠更是直接拉开帷幕，又惊又喜："你是说，高仙芝派出的援军当中，也有我们的人？"

边令诚再次叩首，笑道："只要各位大人首肯，那便能成为我们的人，金龟袋的人……"

"哈哈哈！"杨国忠高兴地笑起来，"那是自然，若是能为我们的大业立下汗马功劳，自然也要有所回报。边令诚，看不出你倒真是个人才，可比某些在其位不谋其政的人，好多了……"

他这话看似随口一说，实则直指高力士。

而周围根本无人敢出声，抑或说，不附和杨国忠已经是给高力士最大的颜面了。

高力士看着堂内帷幕后的诸多影子，感到心底一股寒凉油然而生。原本他立身金龟袋多年，从未受过如此侮辱，如今应该勃然大怒才是，可是现在，他却只觉得疲惫。

"杨相，我支持你为金龟袋的新首领时，本也未曾指望你有所报答，但若是你太过忘形，我还是得倚老卖老叮嘱一句，金龟袋之所以是金龟袋，是因为自武周朝起，它就依附于皇权，唯有皇权稳固，金龟袋方能长久，而皇权稳固的唯一条件，就是天下稳固！现在，你为了你那点权力，祸乱朝纲，构陷忠良，甚至与太子为敌，你究竟想得到什么？你以为金龟袋能帮你得到什么？莫非是想自己登上那个位置不成？抑或……是指望贵妃娘娘效仿武周？"

他这话说得心平气和，却像一片阴云，压在整个大堂之上。

高力士一点也不享受于这个时刻，他看着毫无反应的周围，感到越发心寒："金龟袋并非你一人牟利的工具，它原本是有志之士为更好地维系朝纲、治理天下而生的，可到了你的手上，却成了这个蛇虫鼠蚁的老巢！金龟袋跟着你这样走下去，若照你所言，皇上时日无多，那太子上位之时，就是我们金龟袋覆灭之日，毕竟，作为我们的新首领，你定是第一个被清算的。"

杨国忠的帷幕后"咔嚓"一声，不知道是什么被捏断了。

"我一个服侍皇上的老奴，本也命不久矣，这般直言，也不过是不想我们辛苦维系的脉络断掉罢了，但若你只想享受一时之快……"高力士声音一冷，"那还是趁着安禄山没打进长安之前，尽早享受吧。"

说罢，他转身离开。

四 三

封二绝笔

同一时刻，太行山脉，井陉驿道。

北方的寒冬，群山苍茫。枯木下全是腐叶，腐叶又与裸露的山体混为一体，到处都是一片荒凉。

李萼骑着马，在道上疾驰着。

他已经不记得自己跑了多久，不眠不休，星夜兼程，除了"三急"，连吃喝都在马上。可是纵使如此，每次昼夜变换后，天光下依然还是这起伏的群山，连绵不断，仿佛没有尽头。

马儿粗重的呼吸几乎已经盖过了雨点般的马蹄声。李萼紧紧抓着缰绳，他心知马儿快撑不住了，可是此时他身上背负的是整个常山乃至整个河北几十万人的性命，他只能狠心继续催动马匹，心里默念着再撑一会儿，再多撑一会儿……

可是马儿确实油尽灯枯了。

在下一个坡的时候，它再也没法稳住向前的冲势，前腿一弯，嘶鸣着跪倒在地，带着李萼一道滚下了山坡。

李萼被甩到了半空中，又重重地落地，若不是他在半空中拼力扭转身体，差点就要被马压个正着。他仰天躺在地上，感到全身剧痛，背部尤甚。他不停地喘着粗气，说不清是累的还是疼的。

马儿的喘气声更为急促，一声又一声，宛如濒死的挣扎。

李萼转头，看见马侧躺在他不远处，胸腹不停地起伏，口中泛着白沫，眼见着是不行了。

他心里一酸，艰难地爬过去，跪在马边上，抚摸着马的鬃毛。鬃毛一绺一绺的，已经被汗水湿透。汗水不只有马的，还有他的。

马儿的双眼依然温顺，像两颗黑葡萄，明明上气不接下气了，眼睛却依然沉静如深潭。看着这样的双目，李萼逐渐平静了下来，他掏出水壶，努力挤出水来，往马的口中灌。

"累坏了吧……"他柔声道，强抑住哽咽，"来，喝口水……"

水潺潺流入马口中，似乎意识到了李萼的好意，努力用舌头卷着水，拼命抓住每一丝生机。

"就剩这些了，"李萼把水壶抖了抖，"全给你了吧。"

他等水壶里彻底没水了，又摸了摸马脖子，舔了舔自己干燥的嘴唇，轻声道："这一路苦了你了，你便在这儿好好歇会儿，等体力恢复了，便……便找个山林躲起来吧，"他沉下声，"不要到有人的地方去了……"

马儿似乎听懂了，眼里竟然流出了眼泪。

"好马，好马！"李萼最后拍了拍马，感觉自己略微缓过来了，艰难起身，"你，保重吧……"

说罢，他收拢了行囊背在身上，迈开双腿继续前行。

走了没两步，刚才落马的后遗症就出现了。他的背应该是伤了，脚踝也有点扭伤，每走一步，半个身子都在抽痛。

他从包袱上扯下一块布,绑住受伤的脚踝,再次起身前行。周围除了风声和脚踩在落叶上的声音,就只剩下他粗重的呼吸和剧烈的心跳声,身上每一块骨头都在啸叫着让他停下来歇一歇,可是他依然咬牙往前走,像一具行尸走肉。

李萼知道,自己不能停。

每一次迈步,都是在朝太原靠近一点,每靠近一点,都是在拯救一个常山的人。

季明、颜太守、何红儿……

甚至裴老、精精儿、空空儿……

还有陈伯、袁履谦、高将军、封将军……

他喃喃地念着每一个需要他的人的名字,一如此刻他也需要着这些人。待翻来覆去念叨到这些人的名字都混乱了,他便开始机械地反复催促自己。

快一点……快一点……再快一点……

大脑越来越沉重,让他的神志越来越模糊,可是当他半闭上眼时,那黑掉的半个世界却让他赫然想起轰鸣而来的黑色骑兵,脚下的颤抖仿佛就是马群带来的震动,口鼻间的血腥、凛冽北风的干燥和周身的剧痛,都仿佛是死前身体最后的信号……

他的心猛地一跳,突然清醒,再次抬头,看着前面蜿蜒无尽的路,咬牙迈步奔跑起来。

太原!他必须尽快到太原!

一定要赶在叛军攻打常山之前,将援兵带回去!

带回常山!去救他们!

李萼不知道的是,就在他奋力赶赴太原之时,已经有一支队伍,比他更早到达了潼关。

"封将军,那个监军又来了,说是来传圣旨……"一个兵卒跑过来,脸上满是惊慌。

封常清此时正在战壕中与士卒们一起运着土。他一身布衣,满面泥土,看起来就和普通士卒无异,直到他抬了头,才能从他炯炯有神的眼神中看出不一般的气魄。

"边令诚?"他停下手,擦了把汗,"在哪儿?"

"在驿南西街……将军,要不要我去禀报大夫?"

"大夫还在布置城防,不要打扰了他。"封常清爬上壕沟,"我去接旨。"

"将军,来者不善啊!"连普通士卒都深感不妙,有人甚至从壕沟里扑过来,看起来像是想抓住他的脚踝。

"那是圣旨……"封常清平静地道,"我已经丢了洛阳,又怎能抗旨不遵?"

"丢洛阳非将军之罪啊!"

"轻敌妄断,怎么不是我之罪了?若我没有错估叛军的实力,洛阳不至于丢得如此之快。"封常清说着,突然从胸前掏出一封信。那信皱皱巴巴的,显然已经在他怀里躺了很久。他对着信凝视半晌,神色逐渐决然,"或许,这未尝不是一次机会……"

他再次收起信,整了整衣袍,迈步往驿南西街走去。

驿南西街就在瓮城内。他刚走到那儿,就听脚步声凌乱,边令诚竟然已经带着一群兵卒找了过来。看到他,边令诚双眼一亮,嘴角露出得意的笑容:"封常清,我还当你要跑了呢!"

封常清看了看他身后那群羽林卫,个个手执陌刀,满脸杀气。他不动声色:"既然是接旨,为臣者何来逃跑之理。"

"哈哈哈,你还为臣呢,"边令诚笑声尖厉,看着他的一身布衣,意有所指,"封常清,你当真贼心不死,还以为自己是将军呢，也不想想自己是为什么落到这个地步！"

他这话说得着实难听，两边的士卒都面露怒色，狠狠地瞪着他。边令诚眉毛一跳，下意识地往后退了两步，离他带来的羽林卫近了一点。

封常清用眼神制止住两边士卒的无礼，平静地道："是我妄言了。不知大人来此所为何事？"

"自然是要让你为洛阳的沦陷付出代价！"边令诚冷笑着，打开手中的明黄卷轴，轻咳了一下，高声道，"圣上有旨！"

封常清当即跪下，低头聆听。

"封常清，领兵不力，弃守城池，判，斩立决！"

"轰——"军队大哗，所有士卒都目瞪口呆，转而怒目圆睁，狠狠地瞪向边令诚。

封常清也抬起了头，看着边令诚手中的圣旨，嘴唇微微颤抖，眼中满是不可置信，整个人僵硬如石。

"将军！"眼见宣旨后，边令诚身后的陌刀手径直向封常清走去，士卒们群情激愤，纷纷迈步冲上前来围住封常清，怒瞪着那群陌刀手。

边令诚并不着急，他冷笑着站在后面，透过人群看着面如死灰的封常清，得意扬扬。

"谁敢动将军，就从我们尸体上跨过去！"

"对！将军何罪之有？！"

"将军没有罪！"

"将军不该死！"

"你过来一步试试！"

"............"

士卒们冲着陌刀手恶语相向，大声叱骂。陌刀手们面罩黑巾，静静地围在四周，只是冷漠地看着士卒们。

他们知道皇命不可违，不管这些士卒如何垂死挣扎，都不可能保住封常清，除非他们也愿意背上大逆不道的罪名。

双方僵持不下的时候，从士卒的身后，忽然伸出一双手来，将他们轻轻地推到两边。

士卒们一脸惊愕地看着封常清路过自己的身边，一个个露出悲色。

"将军！"

"将军！"

一声声哭喊从士卒中响起，那些在战场上流血不流泪的汉子，此时看着封常清的背影，都忍不住痛哭失声。

而前方，看着排众而出的封常清，陌刀手们却都收起了轻蔑，转身列队让出一条通道，让其慢慢地走过人群。

封常清走向刑场的步伐很从容。他从幼年开始就是长短脚，如今走路依然一跛一跛的。他矮瘦的身材，看起来平平无奇，甚至有些单薄。

谁能想到这样出身孤贫的一个男人，三十多岁才靠多次自荐得到了高仙芝侍从的身份，此后一路平步青云，靠的不是阿谀谄媚，而是真正的才华和实力。他陪着高仙芝打最苦的仗，为高仙芝拟最重要的文书，帮高仙芝打理最繁杂的军务，成了高仙芝的左膀右臂。

也正是这样的锻炼，让他成了大唐能独当一面的将领之一。他身经百战，经验丰富，治军打仗无所不能，而且博学多知，勤奋恭俭，深受麾下将士的爱戴。

就是这样一个将领，在这国家存亡的时刻，居然就要被斩了！

"丢洛阳不是将军的错……"后面有人哽咽出声。

"将军，别死！"

"将军！"

封常清没有回头，他走到陌刀手围成的圈中，缓缓跪下。后方啜泣声随着他这一跪更响了，士卒们虎目含泪，咬牙切齿。

边令诚已经等在了那边，他看着这般乖顺的封常清，有些意外，但又有点遗憾，冷冷地道："你还有什么要说的吗？"

"有。"

边令诚有些不耐烦："长话短说。"

"当年我随大夫征战吐蕃，兵行险着，虽立下大功，却有冒进之嫌，上欲治罪，是监军大人你好言相劝，方得功过相抵，这份情，在下和大夫，一直记得。"

边令诚没想到他要说的是这个，竟然愣了一下，转而冷哼一声道："我还真当你们狼心狗肺，不知感恩呢。"

封常清又沉声道："其实之前洛阳沦陷，我亦想过与洛阳共存亡，纵使拼到最后一兵一卒，也绝不后退。但是我又担心被叛军抓住，成为俘虏而死，平白让那群贼子借我之受辱来羞辱大唐。如今领罪而死，死得其所，我心甘情愿。"

"事到如今，说这些又有什么用，城丢了，就是丢了。"边令诚不耐烦道，"就这些了？"

"还有，最后一件事。"封常清探手入怀，掏出一封皱巴巴的信，递向边令诚，"边监军，洛阳一战后，我看清了叛军的虚实，曾上奏三次，陈述讨贼之计，奈何皆无回音。这是我到潼关之前就写好的遗表，里面全是我对敌的心得，还请边监军看在我们共事十多年的分上，呈送给皇上，封常清感激不尽！"

边令诚看着封常清，不置可否。

封常清说得情真意切，他听得出来，但他也明白，封常清说的这一切，都是为了让自己帮忙呈送这封信。死到临头，他还在跟自己耍心眼子。

可是，他要的是什么心眼啊……

这个该死的封常清，为何到了这个时候，还是如此道貌岸然得让他恨得牙痒！

边令诚的嘴唇颤抖了一会儿，转而一抿，挤出一抹冷笑："呈上来吧。"

一个陌刀手从封常清手中一把夺过信，交到了边令诚手里。

边令诚摩挲着信，抬头看了看日头，冷声道："行刑吧。"

"将军——"远处山呼一样的悲号骤然响起，而封常清则是这悲号旋涡的中心。他周身都透着平静安详的气息，看着走到身前的陌刀手，反而挺直了身子，双眼闪烁着璀璨的光。接着他抬起头，看着远方，引颈就戮。

陌刀手手起刀落。

哭号声、咒骂声淹没了边令诚，他绷着脸，一边指挥陌刀手拿草席将封常清的尸体裹起来，一边弹了弹手中这封信，面露思量。

他怎么知道这里面有没有写自己的坏话。

虽然心里知道封常清既然敢让他转交，那定然不会这么写，况且……他咬了咬牙，这封常清和高仙芝素来瞧不上自己，根本不会特地提起自己，但是他还是忍不住，打开了那封信，翻出信纸看了起来。

"中使骆奉仙至，奉宣口敕，恕臣万死之罪，收臣一朝之效，令臣却赴陕州，随高仙芝行营，负斧缧囚，忽焉解缚，败军之将，更许增修。

"臣常清诚欢诚喜，顿首顿首。

"臣自城陷已来，前后三度遣使奉表，具述赤心，竟不蒙引对。臣之此来，非求苟活，实欲陈社稷之计，破虎狼之谋。冀拜首阙庭，吐心陛下，论逆胡之兵势，陈讨捍之别谋。

"酬万死之恩，以报一生之宠。

"岂料长安日远，谒见无由；函谷关遥，陈情不暇！臣读《春秋》，见狼瞫称未获死所，臣今获矣。

"昨者与羯胡接战，自今月七日交兵，至于十三日不已。臣所将之兵，皆是乌合之徒，素未训习。率周南市人之众，当渔阳突骑之师，尚犹杀敌塞路，血流满野。

"臣欲挺身刃下，死节军前，恐长逆胡之威，以挫王师之势。是以驰御就日，将命归天。

"一期陛下斩臣于都市之下，以诫诸将；二期陛下问臣以逆贼之势，将诫诸军；三期陛下知臣非惜死之徒，许臣竭露。

"……臣死之后，望陛下不轻此贼，无忘臣言，则冀社稷复安，逆胡败覆，臣之所愿毕矣。

"仰天饮鸩，向日封章，即为尸谏之臣，死作圣朝之鬼。若使殁而有知，必结草军前。回风阵上，引王师之旗鼓，平寇贼之戈鋋。生死酬恩，不任感激，臣常清无任永辞圣代悲恋之至。"

看罢，边令诚的神色有些恍惚。他脑中闪过自己向圣上进谏时，那个曾经开创盛世的英主苍老憔悴的脸和昏聩浑浊的眼神。

给他们二人定罪，几乎不需要杨相帮衬。

这封信，即便是送到了皇上那里，也不过是一厢情愿吧。

这般想着，他面色平静地收起信封，放入怀中，久久不言。

而这时，一个侍从跑到他身边，低声道："大人，高仙芝到了。"

边令诚"嗯"了一声，深吸一口气，收起眼中的恍惚之色，再次露出他那标志性的冷笑，转身道："正好，押他过来，我也有旨意要传达给他。"

四 四

雄关悲哭

高仙芝赶到的时候，封常清的尸体已经被收殓了，裹在一副草席之中。

他看着草席，整张脸抽动了一下，但很快就归于平静。他走到草席边，缓缓跪下，揭开草席，看到了封常清已经了无生气的憔悴的脸。他死死地盯着，面无表情，但谁都能看出他眼中汹涌的悲伤。

"大夫无须神伤，"一旁，边令诚一副居高临下的样子，拉长了声调道，"圣上亦有恩命，大夫可以随着封将军去了。"

随后，他如之前一般掏出一道圣旨展开，高声宣道："高仙芝，临战退兵，克扣军饷，按律当斩！"

边令诚大声报出罪名时，周围的潼关守军皆目瞪口呆。他们有些一直驻守在此，有些刚跟着高仙芝回城，陡然听到这话，真如晴天霹雳一般，顿时一阵骚动。

相比封常清，高仙芝的威严显然更甚，见他没有动静，所有人便按捺着，强自镇定下来，望向他的眼神中，带着一丝危险的希冀，蠢蠢欲动。

然而高仙芝听完边令诚宣读圣旨后，竟毫无反应，他一把扯掉了封常清身上的草席，将他的尸体抱起来，搂在怀中。

直到这个时候他才发现，怀中这个老伙计，竟然已经这么老了：脸颊凹陷，满脸皱纹，瘦骨嶙峋的像个小老头；他的布衣已经被血染透，贴在身上，甚至能看到根根肋骨，托在手上，像是托着一具骷髅。

但就是这么一个当初瘦小、矮丑到他多看一眼都嫌弃的人，却随着自己戎马倥偬，出生入死，沉浮了一生，最后枉死于此。

他还记得当初这个人在帐外大放厥词要辅佐自己，结果跛着腿大摇大摆地进来，然后被自己看了一眼就扔了出去。

就这一扔，却像招惹了什么惹不起的东西，之后接连几十天，到处都能看到这个丑东西。自己骂他，他还骂回来，说自己以貌取人，定会后悔。

但终究，还是被他缠得没办法，将他纳为了侍从。没想到，留下他，竟然是自己这辈子做得最对的一个决定。

打了胜仗要写战报时，他已经早早备好，且流畅详尽，文采斐然。

将在外需要兵行险着时，所有人反对，唯有他全力支持，一路为自己保驾护航。

自己纵横西域如日中天时，是他默默扛下所有杂务，上下打点，治军管家。

怛罗斯一败自己被千夫所指时，也只有他为自己殚精竭虑，收拢残兵，上奏请疏，方得喘息。

自己在长安做羽林将军时，总还幻想着，让他在安西好好干，有朝一日，自己还能回到那片大漠，和他再次打马扬鞭，驰骋西域。

可是,这一切幻想和回忆,都在今天,烟消云散了。

"封二!"高仙芝开口,声音因为强抑着颤抖而嘶哑,"你从孤贫到显赫,皆是经由我的提拔……我在怛罗斯兵败以后,又是你接替我担任安西节度使……今日你与我同死,这……大概就是命吧……"

说着,他轻轻放下封常清,小心地用草席盖住他的尸身,声音一沉:"我临战退兵,是罪,若是因此受死,我认。"

他缓缓起身,高大的身躯如山一般,边令诚完全被罩在了他的身影里:"但是!诬陷我克扣兵粮赏赐,我不能认!"他猛地瞪向边令诚,冷声道:"死归死,但是非真假,必须说清楚!"

说罢,他一探手,从腰间慢慢地拔出刀来。

边令诚监军十几年,高仙芝的武艺他再清楚不过,若他真心要自己的命,那自己带来的这几个陌刀手根本不是对手。想到高仙芝手下那些败将的惨状,边令诚如惊弓之鸟,连连后退:"你……你要做什么?这……这是圣上的旨意,与……与我何干?你难道想……抗旨!"

"噌!"高仙芝拔出了刀,与他的拔刀声一同响起的,是他身后无数守军的无数武器出鞘的声音!

边令诚大惊失色,嘶声大吼:"高仙芝!你疯了!你……是想造反吗?你若是……轻举妄动,莫说是你,就是你手下这些兵,也得……株连九族。还不……把刀放下!"

随着边令诚的惊恐万状的叫声,高仙芝振臂举刀,却没有再动。

"上是天,下是地!兵士皆在!"他举着刀,大声喝令。

"在!"数千吼声响起,每一个兵士都昂首挺胸,应得声嘶力竭。

"儿郎辈做证！今日我高仙芝将以武夫的身份，随兄弟封二同去！"高仙芝身形如山，声音如岩，抑扬顿挫，"若是我当真畏敌退兵、克扣军粮，你们便说'实'！若是没有，你们便说'枉'！"

"枉！"第一个人开口。

"枉！""枉！"第二个，第三个。

"枉！""枉！""枉！"……吼声如被巨石炸开的波涛，突然向四面奔涌，转瞬席卷了整个潼关。

数千将士声嘶力竭的怒吼几乎震颤了天地。他们用尽了力气，任凭眼泪从眼眶中汹涌而出，依然死死地怒瞪着双眼，将一腔悲愤完全倾泻了出来。吼声带来的气浪比呼啸的狂风还要猛烈，一时间风云变色，大地颤抖！

"枉！""枉！""枉！"……

怒吼声中，边令诚几乎魂飞魄散。他汗如雨下，吓得用双手捂住了耳朵，却依然难以隔绝那让他肝胆俱裂的吼声。他身边的陌刀手也都惶恐不安，魂不守舍地左右张望，看着前面的高仙芝，畏缩不前。

听到这山呼海啸一般的"枉"声，高仙芝缓缓抬头，他双眼如炬，丝毫没有将死之人的惶然，仿佛此刻对面的边令诚等人，都是他的手下败将，是一群蝼蚁。

边令诚全身颤抖，用最后一丝力气指向高仙芝，颤声对着陌刀手尖叫："还……还等什么，快……快行刑！难道要等……等他们兵……兵变不成！"

惊恐的陌刀手们迟疑片刻，相互推搡着，终于还是握紧了刀，慢慢向高仙芝走去。

高仙芝手拄长刀,昂然屹立,如电的双眸冷冷地睥睨着他们,一个人有着如万军之威,令宵小之徒见之胆寒。

一个陌刀手举起了刀,高仙芝冷眼瞥去,竟然将其的动作生生定住了。紧接着第二个,第三个……森寒的刀刃在高仙芝周身闪烁着冷光。陌刀手们相互张望着,都不愿意做第一个下刀的人。

"枉!""枉!""枉!"……

高仙芝环视他们一圈,露出一丝轻蔑的笑。

"啊——"惊恐的嘶吼响起,竟然是从一个陌刀手的口中发出。他闭上双眼,带头将刀刺入高仙芝的胸腹。其他陌刀手宛如解脱了一般,紧跟而上……

当陌刀手们仓皇离开时,高仙芝浑身插满了刀,却依然屹立如松,顶天立地。

"枉"声依旧,沙哑如泣。

唐天宝十四载岁末,高仙芝和封常清被朝廷处死。

已中风瘫痪多年的老将哥舒翰受朝廷指派,继任天下兵马副元帅,接管二十万唐军,继续镇守潼关。

翌日,唐天宝十五载,正月初一,安禄山定都洛阳,登基为帝,定国号"大燕",自称"大燕雄武皇帝"。

他的次子安庆绪将继续攻打潼关,而他最得力的干将史思明,此时已经到达了河北。

常山郡城楼上,一声鹰啸划过,全副武装的颜季明下意识地抬头,仔细辨认着那转瞬就化为黑点的巨鹰。

"应该不是李萼兄那只……"他心里有些失望,但转念又想,不是才好,李萼兄现在应该离这儿千里之外了。

他看着城下,一群群百姓正拖家带口地往外走,他们神色凄惶不安，一步三回头，满是不舍。

而背后城内，乡兵、义士们正乱中有序地筹备着，准备刀剑，制作箭支，搬运石块，挖壕沟……准备迎战叛军。

不出他们所料，土门关的消息传出后，虽然河北有许多郡响应，但是真正大举行动的，却是他们的敌人——安禄山麾下的曳落河。没过几日就有前方线人传来消息，史思明已经带了数千骑兵赶来，算算时间，不出三天，就要兵临城下了。

"按照这个时间算，如果不出意外，可能李萼兄才堪堪到达太原府，亦可能还没到。"

所以，他们可能至少要守城半个月，才能等到援军。

史思明的大名，在安禄山造反前就已经为人所知，他不仅是安禄山最得力的大将，其领兵才华曾经上达天听，连皇上都召见过，曾夸赞他"日后必会显贵"，显然对他的才能很是看重。

安禄山可真是看得起他们小小常山，居然派了这样一号人物来攻打，看来他们这一次夺下土门关，发布檄文的义举，确实是做对了。

虽然代价可能会有点大。

颜季明默默地看着那些被迫背井离乡的百姓，握紧了拳头。他们大多世代都住在河北，离了这儿根本无处可去，可是不能让他们留在常山，他们义军可以心甘情愿迈入人间炼狱，却不能连累百姓一起生灵涂炭。

还有那些他爱的、他关心的人……

城下有个人似乎感应到什么，忽然回头张望。颜季明看到那张柔美又坚毅的脸，下意识地咧嘴招手，可刚抬起手，就黯然地放了下来。

何红儿没能分辨出城墙上的丈夫，默默地回头，帮一个老妇背起了包袱。

她还拿着当初参与攻打土门关时用的横刀。虽然她百般恳求留下来与亲人一起抗敌，却最终还是被劝服，离开了常山。

没错，她是颜季明的妻子，颜杲卿的儿媳，可她同样也是常山郡内身份极高的女人，她理应担当起带领百姓和族人安全撤离的责任，成为他们的主心骨，为他们在这乱世中找好生路。

虽然这可能意味着她会和自己的亲人天人永隔。

她定了定神，转头看了看队伍，叫道："大家都跟紧了！五人一伍，十伍一队！看好娃子们，别走丢了！"

"马车都让给老人和病人坐！有闲手的帮忙带个娃！多余的行李都留下！"她顿了顿，又道，"我们只是暂时避难，我们还会回来的！"

"夫人，我们这是去哪儿啊？"一个妇人背着女儿，手里拎着两个包裹，赶上来小声问，语气中满是惶惑，"方才落在后面了，没听清楚。"

"我们去平原郡。"何红儿柔声答。

"啊？那儿我们没认识的人啊。"

"平原郡太守是我们大人的亲兄弟，那儿现在很安全，他还派了人来帮我们守城。"何红儿摸了摸小女孩的头，坚定地说，"放心，我一定会保护你们平安到达。"

"谢谢，谢谢夫人！"

"不要谢我，要谢就谢……"何红儿下意识地回头，又望向城墙上的人，努力分辨着自己最牵挂的那个。

而就在此时，一直看着自己妻子的颜季明终于按捺不住，他跳上城墙，挥刀大吼："常山必胜！"

清亮的声音，却气吞山河："常山必胜！"

周围的士兵都被感染了,他们也刚送走自己的家人,眼见着他们的依依不舍,立刻跟着大吼起来:"常山必胜!"

"常山必胜!"

"常山必胜!"

……

三日后,李萼拖着伤腿,终于到达了太原府。

"季明,我到了。你们等我……"

看着城外迎出来的唐军和那个快步走来的唐军将领,他缓缓举起手中包着信物的包裹,张口欲言,却已力竭失声。

他拼尽全力,嘶哑地叫道:"在下……土门关……李萼,有……要事禀报!"

四 五

腹背受敌

李萼看着朝他大步走近的将军，也艰难向前迈步，同时从包裹中拿出龟符，伸直了手展示着："我……我是高仙芝将军旧部李萼！按照密约，代常山颜家一族前来求援！"

他努力抬高手臂，嘶声大吼："这是约定的信物，三个叛将的符信。请你们尽快出兵，常山危在旦夕！"

那将军已经走到了近前。他身形高大，面容严肃，国字脸上满是正气，狭长的双目冷冷地审视着李萼，待看到他手中的龟符时，双眼微微一亮。

李萼心急如焚，死死地盯着他："将军……"

"李萼？"那将军缓缓开口，仿佛是在思量，可下一瞬，他双眼猛地一瞪，斩钉截铁道，"从未听说过！"

李萼一愣，他疑惑地看向这个将军，下意识握紧了手里的龟符："你是谁？难道你是安禄山的部下？"

那将军闻言，神色一紧，厉声下令："我乃大唐羽林将军王承业，奉旨守卫太原，岂容你这贼子血口喷人！来啊！此人身份可疑，给我把他拿下！"

"什么？"李荨看着朝自己扑来的唐军，脑中一片空白。

王承业一声令下，李荨已经被众多唐军团团围住。他们周身铠甲，手持刀盾，显然不是临时招募的乌合之众，而是王承业的精锐之师。

李荨看着他们，只感到五内俱焚。

为什么？为什么会这样？如果这时候这些人能即刻启程去常山……

"等……等下！"李荨忍不住向王承业走去，"将军，常山需要援军！我们没有时间了！我们……"

李荨刚迈步，斜刺里一把刀就当头砍来。他本能地侧身闪过，愕然地看向旁边持刀的唐军，眼见他反手又要砍第二刀，于是想也不想就探手揪住他的脖子，翻身将其狠狠地掼倒在地。

"听我说！"他不及起身，转头大喝，迎面而来的却是一排长盾。周围兵卒竟然已经在转瞬间摆出了拒马的阵势，打算将其围杀在其中。

李荨行伍多年，从来就是盾后的一员，从未想过有一天自己要想办法去应对这样的战阵。此时他别无选择，只能在盾阵顶过来时，立刻翻身一滚，堪堪躲过从缝隙间刺出的刀尖！

这些精兵排阵极为熟练，他们藏身于盾后，一边齐头并进，一边举刀砍杀，相互间配合无间，以至于刺向前方的刀阵也密不透风。李荨连起身的机会都没有，只能不停地在地上滚动。他无暇去看那些刀离自己多近，唯有耳边迸溅的碎石沙粒昭示了那些刺向他的刀是多么用力。

他们是真的没有丝毫留情，他们是真的想要他的命！

李荨虽已筋疲力尽，但这接连闪躲反而激发了他最后一丝力气,等后方刀阵的追杀减缓的一瞬,他用力一蹬,翻身而起,握刀当胸,这才发现不是对方停止了砍杀,而是这个围杀阵已经彻底完成。

长盾一个连着一个,圈已经不能再小了。

"锵!"长盾间整齐划一地伸出一圈横刀,锋利的刀刃全都对准了自己。

李萼半跪在地,喘着粗气,他仿佛没有意识到自己的绝境,而是死死地盯着兵卒后方的王承业。

"你……难道不是高仙芝将军派来的吗?"他咬牙道。

"高仙芝?"王承业面上闪过一丝不屑,转而正色道,"高仙芝将军远在潼关,怎么指挥得到太原?现在河北那边全是反贼,谁知道你是不是安禄山派来的奸细,想引我们入关,好让他们来个瓮中捉鳖?"

他这一番话说得义正词严,以至于李萼身边的兵卒都发出了怒喝声,仿佛他真的是来骗他们的。

李萼百口莫辩,他一时之间也不知道究竟是哪里出了错,莫非高仙芝将军当真没派人过来?抑或是中间的传达出了偏差?那现在该如何是好?怎么才能让他们相信自己不是奸细?

"我不是奸细!"他怒喝道,"我手中的三个符信,是土门关三个反贼守将的,将军符信可调兵遣将,他们怎么会把如此重要的东西拿来骗你们!"

说着,他再次高举那三个龟符,定定地看向王承业。

王承业看了龟符一眼,冷笑道:"即便如此,我也不可能轻易派兵过去,兵者,国之大事,这可不是你说了算的。若想证明自己,你把信物交与我,乖乖受俘,待我查证清楚,自会有所决断。"

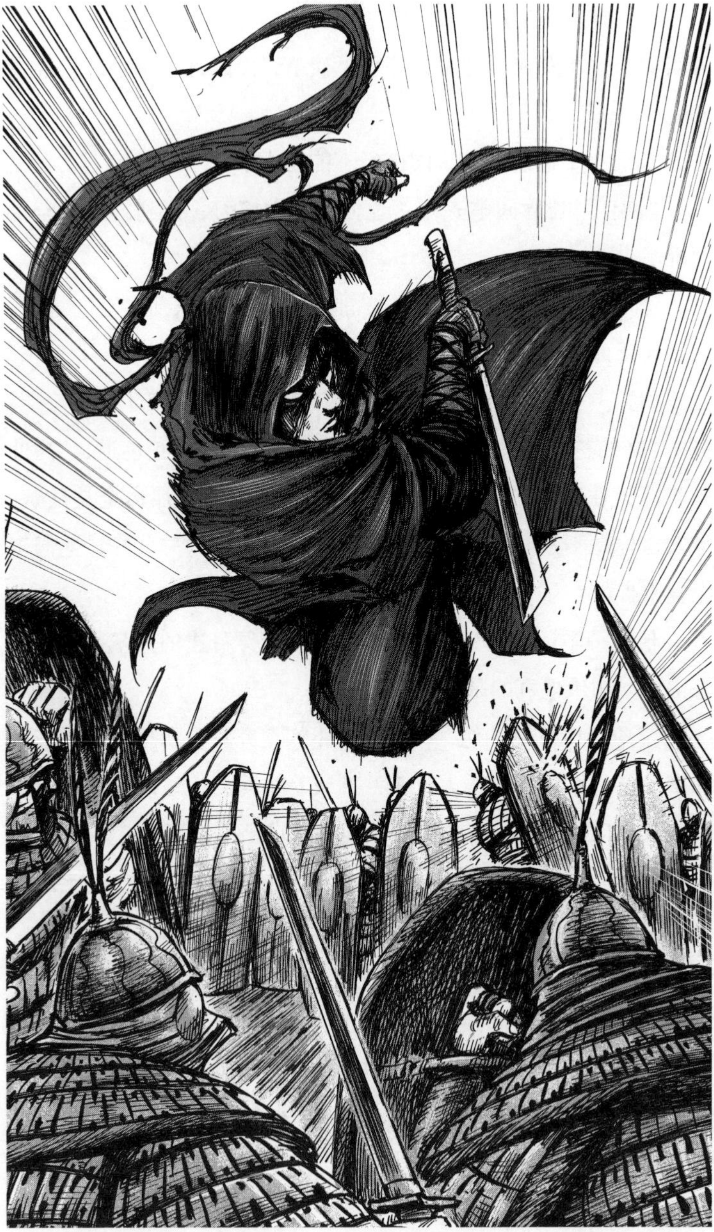

"可是常……"李萼刚想继续争辩,忽然一顿,转而面如寒霜,盯着王承业,冷声道,"你知道!"

王承业一挑眉:"什么?"

"你知道!"李萼猛地抬头,厉声怒喝,"你知道密约!你知道常山危急!你知道土门关已开!你都知道!"

"胡言乱语!我刚到太原,如何会知道那些!"

"因为你,知道信物!"李萼冷声道,"为何我拿这龟符当信物,你竟然没有丝毫疑虑就接受了,一般所说的信物,不应该是鱼符吗?除非你知道有信物这个东西,你知道我拿出来的,就是信物!是要你派兵救援常山的令符!"

王承业神色一变,他瞥见李萼身边的兵卒面露疑惑,立刻下令:"妖言惑众,扰乱军心!你还说你不是奸细。今日必让你有来无回!"

"哈哈哈!"李萼忽然笑了一声,那笑声凄厉惨烈,仿佛下一秒就能咳出血来,"哈哈哈哈……喀——"他真的咳出了一口血,兜帽下的脸怒目圆睁,咬牙切齿,狰狞如兽,宛若修罗。

"既如此,"他狠声道,"那就陪我上路吧!"

话音未落,刀光已起,他迎着刺向他的刀尖狠狠地蹬在一面长盾上,借力高高跃起,如一只鹰隼划过盾阵的上空,一个翻身落在阵外,随后俯身前冲,眼中只有被亲兵护住的王承业。

众兵卒自然不能任由他过去,后面的人紧跟着怒吼而来,前面的则是举盾拦截。他趁着对方挥刀的时机飞快地左右格挡,以力搏力,竟然硬生生在前方格出了一个空隙,他趁势继续前冲,却见阵后有阵,有盾兵早有准备,这次不与他拼刀,而是直接架盾挡在身前。李萼收势不及,一刀砍在铁盾上,只听到"锵"的一声,他的环首刀应声而断。

李萼虎口剧痛，却依然紧握断刀，眼角瞥见一个兵卒趁机朝他举刀，立刻旋身一挥，断刀锋刃犹在，生生划开了那兵卒的脖子。

身后的其他兵卒见状，怒吼出声，愈发不怕死地冲杀上来。李萼在包围圈中左冲右突，能倚仗的不过一刀一剑，能做的不过是拼命进攻和闪躲，但即便是面对如此围剿，他的身形，依然在向王承业慢慢靠近！

终于，在他凝神冲阵的当口，一块盾牌狠狠地砸在他背上。旧伤添新伤，剧痛轰击着李萼的大脑，他眼前一黑，手不自觉地一松，刀落地的同时，他也颤抖着跪倒在地上。旁边的士兵见状，立刻冲上来举盾猛砸，将他砸倒在地。

李萼趴在地上，剧痛和疲乏席卷全身，他感觉身体已经不是自己的了，可当他在无数双脚之间窥到王承业的身影时，他的身体却本能地开始往前爬，仿佛那杀意已经渗进了骨血里，无须意识的控制！

"噌！"袖剑弹出，他感觉不到背后有多少双手抓自己，也感觉不到有多少刀砍在自己身上，更无所谓有多少盾还在砸自己的身体，他的眼前已经一片血红，他张口欲喊，鲜血却先喷涌了出来！

他终于还是挣到了王承业的脚边。

"王承业！"他嘶吼着，拼力伸直手臂，往前刺去。

然而王承业却一动不动，低头俯视他的眼神中，满是不屑。

李萼发现，他已经无法再靠近他一点了。

四五个亲兵扑上来，将他死死按住，他不仅无法再靠前一点，现在的他还跪在了王承业的面前。

李萼心如死灰。

"可惜了,就差一点儿。"王承业冷笑着,抬起脚,将他的头狠狠地踩在了地上。

"将军,杀不杀?"按着李萼的亲兵抬头问道。

王承业踩着李萼的头,半跪下来,欣赏了一会儿李萼万念俱灰的脸,道:"我们可是王师,怎么能滥杀疑犯?这小子有可能是高仙芝和封常清密谋通敌的证据,我要亲自到长安禀报给监军和丞相。"

监军和丞相?李萼眼神微微一动,他一片空白的脑中仿佛有一团云雾在缓缓散开。

"对了,那三个龟符呢,给我。"王承业忽然低声道。

那几个王承业的亲兵按着李萼,粗暴地从他怀中搜出了三个龟符和颜杲卿的信,王承业拿了龟符,草草扫了一眼信,神色一紧:"哼,颜家人心思还真不少。"

"将军,这也是你说的那个信物?"有个亲兵探头道。

"不,颜家人果真是厉害角色,开个土门关就恨不得全天下围着他们转,现在居然还想把龟符的事情告诉圣上。"王承业说着,几下把信撕碎,看向李萼,"看来你知道的也不少呢。"

李萼默不作声,他脑中的迷雾越来越稀薄,但是透出的却全是黑暗,这让他的心也越来越沉。

"他也知道了?那还是杀了吧!"

"不急,先关起来,说不定到时候还能拿来钳制颜家人。"王承业道,"他能为颜家做到这分儿上,以颜家那么死要面子的性子,可不得还回来?"

"将军高明!"

王承业拿出龟符端详着,意味深长地道:"若是这次我顺利荣升金龟袋,必不会忘了三位的功劳。"

"多谢将军！"几个亲兵喜不自胜，抱拳感激道。

王承业站起来，在众多兵卒的注视下，将符信收入怀中，一脸义正词严地朗声道："这东西，我暂且拿去查验，你伤我兵士，我定不能饶你，但是非曲直，我们总要有个了断。来人，把他关押到西山，严加看管，等我查清楚了，再按律处理。"

说罢，他一甩大氅，头也不回地离开了。

李荨被两个亲兵拖走了。他已经毫无知觉，只剩下眼球能转动着，看着王承业的背影越来越远，眼前一阵阵在发黑，但是他脑中的白雾也越来越少，一些之前忽略的东西，也越来越清晰了。

"羽林……王承业……丞相……杨国忠……监军……边令诚……潼关……高将军……封将军……"

"朝廷……安禄山……龟符……金龟袋……"

"季明……季明……"

四 六

死国可乎

"季明!"

颜季明猛地回头,看到身后的颜杲卿,一时间有些恍惚。

方才喊他的声音,并不像是父亲的,倒像是……

"季明!"颜杲卿又喊了他一声,伸左手抓住他的肩膀,"还撑得住吗?"

"父亲大人……"颜季明心中一窒,他的手已经抖得握不住刀,可看着父亲担忧的神情,还是毅然点头,"孩儿没事!"

"你……"颜杲卿还欲再说,突然有人冲过来,大吼道:"大人,他们又有云梯架上来了,在西城墙!"

"跟我过去!"颜杲卿二话不说,提着刀匆匆就走,走了两步,又回头叮嘱,"季明,守住大门!"

"是,父亲大人!"颜季明大声应道。他深吸一口气,回头望向外面。

常山郡,硝烟漫天。

史思明带着曳落河到达常山的当天,就开始了昼夜不休地疯狂进攻。他们仿佛不知疲倦，用尽各种手段攻城。没过两天，城内先前准备的守城手段就被消耗殆尽，接下来他们面临的，就是与攻城叛军无止境地拼杀。

云梯一拨一拨地架上来，投石如雨点般落在城内和城墙上，曳落河仿佛不知生死为何物，顶着自家的投石还在一群群地往城墙上爬。守军的投石很快用完了，就搬起手边的碎石往下砸。一群群守军悍不畏死地屹立在城墙边上，不停地用马槊往下刺，马槊的矛尖断了，就用木棍和弓箭。有曳落河杀上来了，就冲上去与之厮杀，有的干脆冲上去抱着对方跳下城墙……

守城的弓箭手早已没有了阵形，箭支也早已告罄，他们就捡起手边敌军射过来的用，甚至将自己身上的或者战友尸体身上的拔下来继续用。城墙内外不停地传来重物坠地的声音，尸体和投石一样源源不断地从城头落下，墙角堆起了一座座尸山。

这仿佛无止境的攻势持续了整整三天，消磨着所有人的体力和意志。城中早就缺水少粮，每个人都面容枯槁。饥饿还不足以让他们绝望，可是每一次曳落河进攻的号角响起，都能让城内每个人的面色再晦暗一层。

"公子，那是什么？"城墙上，一个乡兵指着下面惊恐地大叫，可下一秒就被一支弩箭穿头而过倒在地上。颜季明来不及悲痛，他在其他人担忧的呼唤中冲过去探头看了一眼，瞳孔猛地放大。

"攻城槌！"他回头嘶声大吼，"他们的攻城槌到了！所有人跟我去守卫城门！"

史思明的攻城槌，终于到了。

这个雕刻着狼头的攻城槌极为巨大，从上往下看，宛如一根千年老树的枝干，被一个巨大的三角形的桩固定在一辆六轮车上,相比之下,两边推车的士兵如蚂蚁一般渺小。它像是劈开海浪的巨斧,在敌军的阵中排出一个巨大的海浪。曳落河振奋地给它让着路,欢呼着催促攻城槌赶紧向前。

这一幕看得城墙上的守军肝胆俱裂,他们拼了命地往下砸一切能握在手里的东西,弓箭手拉断了弓弦,还有人干脆把武器掷了下去,但是一个推车兵死了,旁边自有人源源不断地补上。攻城槌在暴雨般从天而降的攻击中,还是稳稳地来到了城门前,在城下狂浪一样的欢呼声中,狠狠地撞向了城门。

"咚……"这一声巨响,如炸雷一般,让整个城墙都为之一震,守军的呼吸也好像同时停了一下,他们表情绝望地看着撞了一下的攻城槌缓缓后退,又一次撞了上来。

"咚——"

这一声,是将所有人从梦中拉回来的巨响。他们反应过来后,开始疯狂地怒吼着,一些人继续与爬上城墙的敌军厮杀,剩下的提着武器往下面城门奔去。

"守城门!守城门!……"呼喊声从城墙上直达城墙下,又飞也似的传遍常山的每一条街巷,所有能拿得动武器的人都跑了出来,他们有的一瘸一拐,有的头脸还包着布……

"咚——"

厚重的城门被继续撞击着,目前它看似还稳若泰山,可是抵在城门前的圆木却用其在城墙前被震退的痕迹彰显着它们的无助。

"抵住!抵住!"有人继续搬来圆木,一群人齐心合力将其补到城门前,刚安放好,攻城槌刚好撞在门上,那些扶着圆木的人被生生震退了一步,有一个人甚至因为是用肩和脸抵着圆木,被震开后捂着脸痛呼了一声,松手时,吐出了一颗带血的牙齿。

守军一排排站在城墙前,手中紧握着马槊或陌刀,死死地盯着城门的动静。每一次撞击发出的巨响,都好像槌在他们的胸腔上,让他们的呼吸都难以顺畅。

城墙上还在不断落下尸体,有守军的,有曳落河的,可是这已经无法震动城墙下的任何人,他们知道,一旦城门被破,这里就是修罗地狱的中心。

"咚——咚——"

颜季明在阵阵地动般的震颤中,听着周围急促的呼吸声,心里既紧张,又有一些空茫。

他从未想过,自己有一天会打仗打到麻木。不过三天而已,他感觉自己好像彻底褪去了过去的青涩,迅速地成长了起来。这种成长让他没有一丝喜悦,只有更深的悲哀。

当年在高仙芝麾下的李萼,是不是也是这样成长起来的?他曾经羡慕向往的李萼的那份沉稳和强大,莫非就是这样锻炼起来的?

那他宁愿所有人永远都能年少天真,不用经历这样的苦痛和折磨。

正胡思乱想之时,颜杲卿带着一身鲜血和砂石,赶了过来。

他抬头看了看已经凸起一个大包的城门,环视了一下四周人的表情,最后看向了自己的儿子。

"季明……"决战在即,他竟然不知道该说什么了,只是平淡地唤了一声。

颜季明回过神,看到自己父亲的样子:"父亲大人……"他还没从方才的思绪中走出来,眼神一黯,低声道,"李萼兄,怕是出事了……"

已经过去了那么多天,却还没有丝毫援军的消息,他没想过李萼有背叛的可能,那唯一的答案,就是他出了意外。

"或许,不会有援军了。"颜季明低喃,垂下了头。

"那就靠我们自己。"颜杲卿闻言,神色没有分毫松动,反而越发坚毅。他用力拍了拍颜季明的背,大声道,"儿子,挺起来,抬头!"

颜季明一愣,下意识地抬头挺胸,看向昂首望向四周的父亲。

"大家听好了!"颜杲卿高声道,"我们的外墙已被攻破,城中的井水和粮草,业已所剩无几……"

大家没想到太守一开口就是坏消息,但人群只是小小骚动了一下,依然专注地看着他。

"我知道,这几日连夜战斗,大家都已经疲惫不堪。或许也有人心里会想,我们明明已经让他们过去了,为何还要举事,引他们来攻打我们?"

有人悄悄地低下了头,也有人眼神闪烁。

"因为,"颜杲卿高声道,"巨鹿、陈留、荥阳……那些郡县遭遇了什么,想必你们都已听闻。我们放过去的,是一支暴虐之师。那些百姓受的苦,亦是我们作的恶!安禄山假传圣旨,屠戮郡县,现在图穷匕见,实乃罪大恶极!若是任其为所欲为,天下百姓将再无宁日,我们,亦永无宁日!

"或许有人会说,这样的罪人,自有朝廷出兵讨伐,我们何必如此自讨苦吃?但是,若是苟活于此,对苍生苦难视而不见,待以后朝廷平反,天下人谈及我们河北,会作何想?提起我们燕赵之士,会作何想?

"我们燕赵,自古多义士!有荆轲舍身刺秦,有子龙单骑救主,亦有韩信在土门关背水一战!慷慨悲歌,义冠华夏!诸君扪心自问,有如斯先祖英烈,我们怎能苟且偷生?生逢乱世,理当忠义为先，方能无愧于先贤父老，无愧于我们堂堂燕赵忠骨！为天下计，为后世计，今之举义，势在必行！

"古语有言，'今亡亦死，举大计亦死，等死，死国可乎？'"颜杲卿振臂高呼，"死国可乎？"

"可！"众人齐声怒喝，热泪盈眶。

"咚！""咚！""咚！"……

"死国可乎！"

"可！""可！""可！"……

巨大的声浪与攻城槌的撞击汇合到一处，在天地间化为一股洪流，震撼着常山大地。

城门上的凸起越来越明显，再被攻城槌撞击几下就会破损，到时候城外的叛军定会汹涌而入，生死决战一触即发。所有人都握紧了武器，死死地盯着城门，严阵以待。

"砰！"终于，在又一次重击之后，城门彻底被破坏，抵门的圆木根根歪倒，破开的城门倒在地上，发出巨大的轰响，激起漫天的烟尘。

洞开的城门后，烟尘还未消散，无数反贼的身形如地府的鬼魅，在烟尘中影影绰绰，甲胄铿锵，蓄势待发。

两军，终于完全面对面了。

此时，城内外寂静一片。

忽然，一声清厉的嘶吼自守军中发出，划破了这诡异的死寂。

"杀——"

颜季明高喊着，率先举起横刀冲了过去！

后面的守军如梦初醒，意识到了眼前的形势，顿时红了眼，毫不犹豫地跟着颜季明冲了过去，齐声怒吼："杀——"

"杀——"

"杀——"

…………

城外的曳落河当即也毫不犹豫地吼叫着冲了进来，两军如两头猛兽，在城门后这片空地上狠狠地撞在了一起，剩下的就只有血肉横飞，你死我活！

常山城外，数万曳落河像是决堤的洪水，向着那唯一的缺口疯狂涌入。

常山城内，数千守军和乡丁从每一条街巷疯狂涌来，像是一条条河流，奔腾着汇入城门前那片汪洋血海之中。

唐天宝十五载正月，常山郡，城破。

四七
各为其主

洛阳，上阳宫，洛水河畔的宫墙之上。

严庄沿着宫墙快步走进城楼中，刚抬头看了一眼，不远处的李猪儿已经一个眼色递了过来，止住了他的脚步，随即偷眼看了看远处城墙边在雪中凝望远处的安禄山，迈步向严庄小跑过来。

"严大人，瞧您这一身雪，别过了寒气。"说着，李猪儿跑到严庄身边，作势要给严庄掸雪，小声道，"常山的事，陛下很不高兴。"

严庄皱了皱眉，虽然应召之前已经猜测到了一些，但是真的确定了，还是让他心里一紧。

"多谢。"他微微点了点头。李猪儿低头退后两步，再次小跑到安禄山身边，禀报了一声。安禄山头也没回，李猪儿却还是领会了，转身对严庄叫道："严大人！"

严庄深吸一口气，走上前去，刚到安禄山身后，脸上便一凉。安禄山没有站在城楼中，没有遮蔽，雪花簌簌而下，已经在他的龙袍上积了薄薄一层，看起来就像一个雕塑。

不知道是不是错觉，严庄总觉得自从登基以来，安禄山日益沉默，以前还会招来亲信喝酒笑闹，或是亲自去军营操练兵卒。他登基为帝，本该是胸怀大畅、春风得意的时候，却为什么反而心事越来越重，越来越让人心生畏惧。

"陛下。"严庄弯腰拜倒。

安禄山还是背对着他，虽然看不清表情，但严庄还是感到周身忽然冷了不少，于是只好依然低着头，不敢直起腰来。

"常山，怎么样了？"安禄山沉声道。

"还……还未有进展。"严庄微微皱了皱眉。他们最后一次得到消息是两天前，那时候便听说史思明已经攻入城中，若是有新消息，安禄山肯定是第一个知道的，既然心知肚明，又何苦如今再问自己一次？

"八天了……"安禄山的声音里压抑着怒火，"一群拿了一辈子刀的，杀不完几个拿了一辈子笔的？"

严庄懂了，安禄山就是要泄愤。他低头不言。

"我们攻下洛阳才用了几天？常山郡是个什么地方，攻下所需时间居然要数倍于洛阳？这么打下去，何日才能攻陷长安？！"安禄山猛地回身，高声怒喝。他魁梧身躯上的雪花飞溅开来，正好打在愕然抬头的严庄脸上。严庄却浑然不觉，只是有些讶异地看向安禄山的脸："陛下……"

"什么？"

严庄赶紧低下头："属……臣只是觉得，正是因为对方是常山郡，这般胶着实属正常，毕竟对方是蛰伏已久、有备而来，且多是常山当地人，占了地利人和……"

"你的意思是说，如今对手有了防备，以后我们便应该习惯这般，一个城，一个郡，都胶着下去吗？"

虽然安禄山没有明说，可严庄立刻就明白了，原来惹安禄山发怒的症结不在常山郡，而是潼关。

确实，区区一个常山，根本不足以让安禄山如此大发雷霆，唯有挡在他们前面的潼关，才是心腹大患。原本高仙芝和封常清意外被朝廷赐死，对他们来说简直是如有神助，还以为曳落河可以趁着关内无将一举拿下潼关，却没想到接任的哥舒翰虽然明明已经是废人一个，却依然坚不可摧。哥舒翰甚至比高、封二人更加难对付，他闭关不出，还连夜筑起了更为坚固的防线。潼关到了他的手里，几乎一夜之间变成了铁桶一个，简直水泼不进，完全无从下手。

安禄山想要的，本就是长安那个御座。

若不是因为潼关久攻不下，而他们又过早地暴露了造反的意图，安禄山绝不至于退而求其次，在洛阳仓促登基。

长安，依然是他的一个执念。

也是所有曳落河的执念。

"陛下，潼关，是最难也是最后一道坎了。"严庄平静地道，"我们这么多年都等了，又何必急于一时？如今虽然长安在四面调集边军勤王，但是大唐如此辽阔，他们的大军赶来少则一个月，多则要更久，可我们却已经在潼关关前了，以我们大军的破竹之势，何愁拿不下潼关！"

安禄山听着，面上并无什么表情，也没有任何表示。

严庄心下有些惴惴，但仍强作镇定地继续道："臣以为当务之急，不是何时拿下潼关，而是如何拿下潼关。"

"嗯？"

"以之前那般强攻猛打，并非没有攻下的可能，只是损失过大。臣见近日来朝廷的举动，略有一些想法。"

"说。"

安禄山议事不喜欢磨蹭。严庄便直接道:"上兵伐谋,其下攻城。臣以为,对潼关,或可用上兵。"

安禄山眉头一挑:"哦?"

"臣反复思索当下之势,私以为潼关之战拖到如今,最大的变数,反而来自长安。"

"临阵斩将?"

"正是。"

安禄山冷笑一声:"哼,李隆基这老东西,当真是不行了。你说得不错,我也没有料到,起兵到现在,我不曾指望过有人会主动助我,却没想到最大的援兵,居然是李隆基!哈哈哈哈!"说到后来,他忍不住大笑起来,"高仙芝、封常清都杀,他也不怕寒了其他人的心。他手下本就没几个称手的将领了。我在他面前伏低做小那么些年,是真没看出他已经昏庸到了如此地步!"

严庄听了,深以为然。虽然他面前这个新帝王在为将之时也不是什么宽厚待人的主,但是在用将和爱才之上,却着实做得比长安那位好不少,否则,自己也不会有今天的位置。

"陛下深明大义,堪为天下之主。和长安的那位比,究竟谁更适合主理天下,想必很多人心里已经有了答案了。"

"严庄,"安禄山闻言,却收了笑,"多余的话,你就不需要说了,我用你,不是为了听你卖弄嘴皮子的。"

他话带警告,严庄却并不惶恐,反而越发从容:"臣确实是有感而发,所以才有了刚才的想法。陛下,如今二公子在潼关前久攻不下,或许会长了长安那边的威风,这比起攻陷不了潼关,越发危险。"

安禄山没说话,反而转过身去,再次看向远处的漫天雪景。

"臣一直在想，究竟是什么事情导致了长安赐死高仙芝和封常清二人……根据最新的线报，似乎杨国忠等人出力不小。"

"他当真是蠢得让我大开眼界！"安禄山再次冷笑。

"杨国忠素日专横跋扈、谄上欺下，能爬到如今这个位置，固然不是依赖才干，但毕竟还是需要一些能力的，但是臣却没想到，遇到如今这般家国大事，他居然还能如此鼠目寸光，这实在是……"严庄深吸一口气，感慨道，"太好了！"

"哈哈哈！是啊，真的是太好了！"安禄山笑声猛地一收，咬牙道，"好到朕根本找不出不诛他九族的理由！"

他应该是又想起安庆宗了。

严庄低头。安庆宗的死，他也是很惋惜的。这对父子，安禄山野心勃勃、杀伐果断，适合开疆拓土，而安庆宗却温文尔雅、聪慧敏锐，显然适合治国理政。安庆宗原本是安禄山最看好也是最理想的继位者，但现在，一切都难以挽回了。

但转念一想，严庄又不得不暗自庆幸。安庆宗如果活着，可能对他来说并非什么好事，毕竟安庆宗学识才华不差，未来估计不会对他非常倚仗，反而是没什么主见又有些莽撞的次子安庆绪，才可能是视自己为肱股之臣的最佳人选。

安禄山骂完杨国忠，冷静了一会儿，才道："接着说。"

严庄沉吟了一下，道："臣听闻李隆基正是听了之前潼关的监军太监边令诚的汇报，方才下旨赐死了高仙芝和封常清。像这般仅听了一面之词就妄行杀戮，并非李隆基蠢笨或残忍，而是他心底里本就不信任在外的将领，边令诚那些话恰好给他的不信任找了理由罢了，究其原因……"他抬头看了看安禄山。

安禄山领会了，笑了一声："怎么，还怪我了？"

"只能说，我们走的这一步，收到了意外之效。"严庄语气有些复杂,"李隆基之前自以为对我们信任有加,如今我们揭竿而起,他便谁都不信任了。"

"信任有加?哼!他做的那一切,就是怕我当众宰了杨国忠那小子,他不好跟他床上那娘们儿交代,他在上朝的时候面上也不好看!"

"是……"严庄又道,"臣的意思是,相比高仙芝和封常清,哥舒翰虽然抱病休养多年,但在朝中更加树大根深,若略施小计,让朝廷开始猜忌哥舒翰,或许不用多久,即便我们不动手,哥舒翰也……"

安禄山缓缓转回了身,端详着自己的孔目官,半晌才道:"你身为唐人,这般为我谋划,有心了。"

严庄脸色一变,沉声道:"在其位,谋其事。"

"哥舒翰,还是要我们动手的。"安禄山道,"李隆基还没昏聩到这个地步。他之所以斩高仙芝和封常清,不就是因为还有人可用吗?但若是他连哥舒翰都斩了,他还能派谁来……所以,对付哥舒翰,"他眼中闪着狡诈的光,"还需徐徐图之。"

严庄俯身:"陛下英明。"

"你有计策了?"

"既得了陛下首肯,那臣便能放手谋划了,只不过……"

"什么?"

"在此期间,二公子或许可以撤下来歇息一二,这些日子连日攻打,将乏兵疲,皆是无用之功,不如等我们……"

"你说庆绪?"安禄山难掩口中的轻蔑,"无妨,突然停了攻击,哥舒翰定会觉得我们有诈,不如让庆绪就这么打着,戏做足了,以后才好办事。"

"是……"严庄暗叹一声,本还想借机给安庆绪卖个好,奈何安禄山对待两个儿子的态度着实是天壤之别,他便也只能作罢。

他正准备告退,又被安禄山叫住:"严庄。"

"在。"

"常山那边,传令下去,"安禄山回头再次看向城墙外。严庄这时才看到,洛水表面那薄薄的一层冰,竟然是深褐色的。想到这两日洛阳城内不愿投降的官员及其家属的下场,他心里一凛。果然听到安禄山道,"那个颜杲卿,我要活的……他不让我过得痛快,我也不让他死得痛快。"

"是……"严庄应了,低头告退。

刚下城墙,他的脚步就陡然沉重起来。

颜杲卿……

身为一个读书人,对于颜氏一族,多少是带着点敬仰的。在跟随安禄山途经常山之时,也曾与之略有交集,颜杲卿的气韵风度,确实不枉其盛名。

他怎么都没想到,那么一个文质彬彬的中年文士,竟然会反抗得如此坚决、决绝、刚烈、义无反顾……明明已经没有援军了,完全可以投降的,顶多他一人受罚,却又何苦拉上全家甚至全城的人一起赴死?

严庄越想心越沉。他下意识地回头看向城墙,刚抬头就被雪花盖了一脸,他匆忙低下头用袖子擦了擦,迈步继续走,走了没两步,却又忍不住回过头,看向雪地上被自己踩出的脚印。

脚印长长一串,漆黑、孤独,在纯白的积雪上,显得愈发刺目,一眼望去,充满着寂寥和茫然。

它的来处,还残存着飞溅的血迹,像是从地狱中来,却并未向光明中去……

四 八
常山城破

与此同时,常山郡。

城内浓烟四起,遮天蔽日,连呼啸的北风都吹不散,一眼望去,难辨日夜。连日鏖战,城中已无一处完好的建筑,倒塌的屋舍盖住了街巷,放眼望去,满目疮痍,遍地尸体。

然而即使如此,战斗却还在继续着。

"箭还剩多少支?"阴影处,一个沙哑的声音传来。

"我这里还有四支。"

"七支。"

"三支。"

"十二支。"

"父亲大人,加起来总共二十六支。"

曾经清亮的声音在报告时已经极为沙哑,颜季明舔了舔皱裂的嘴唇,向颜杲卿报告道。

颜杲卿坐在断壁残垣之间,和其他人一样,灰头土脸,遍体鳞伤。他勉力抬头看向自己一脸憔悴的儿子,又低下头,轻叹道:"这么少……够大家分吗?"

颜季明低下了头,旁边的兵卒难过道:"太守,不用分了。"他环视四周,带着哭腔道,"就剩我们几个了。"

颜杲卿闻言,深吸一口气,看了一圈,问:"城中……还有多少敌军?"

"很多……"颜季明答道。

"很多是多少?"

"一万……或者两万。"颜季明黯然道,"他们到处都是……"

闻言,颜杲卿面色如常,从容道:"看来,朝廷的援军,我们是等不到了。"

众皆沉默。颜季明低下了头,显得尤为愧疚。

"季明,"知子莫若父,颜杲卿道,"李公子定有苦衷。"

"我知道,我就是……担心他出事。"颜季明低声道,"李萼兄大好身手,不该折戟于此的。"

颜杲卿闻言,深深地看了一眼颜季明,眼中终究还是露出一丝悲色,但很快就被一阵咕噜噜的声音吸引了注意。他低头拍了拍自己的肚子,无奈地道:"到了这步田地,肚子也不知道争气点。"

旁边刚包扎好头的兵卒闻言,回头笑道:"太守,您这算什么话!咱奔波一辈子,不就是为了口饭吗?"

立刻有人附和:"要我说啊,没饿过肚子的人,就争不了气!"

"哈哈哈……"

"哈!"在众人的笑声中,颜杲卿也笑了起来,点头赞同道,"说得好!"他望向儿子,"季明,你那边还有剩下的饼吗?"

颜季明心下难受,方才颜杲卿肚子叫时,他就已经在摸腰间了,此时却只能拿出一个水囊。他跪在颜杲卿身边,双手捧上水囊,低声道:"饼已经没了,就剩下这点水了。父亲大人,先喝口水吧,我一会儿去找找有没有吃的。"

颜杲卿看着面前的水囊,又看了看嘴唇干裂的颜季明,终究还是垂下眼,抬手把水囊推了回去:"罢了!"他仰起头,长叹一声:"看来,我们已经是到头了……"

此话一出,所有人的神色皆一黯,但是转而又继续做着自己手头的事,显然对颜杲卿这句话颇有同感。

颜杲卿看着面前的同袍,他们大多也已经形容枯槁,神色虽然坚毅,但更多的是直面即将到来的死亡的木然。他平静地看了他们一会儿,忽然开口:"阿谦!"

被叫到名字的年轻兵卒一怔,起身看向自己的太守。

颜杲卿继续道:"贾深,冯虔,崔安石,李栖默,瞿万德,以及……季明。"

被他叫到的人一个个都停下手中的活,起身望向了他,静候着命令。

谁料颜杲卿忽然露出一丝微笑,认真地看着他们,一字一顿道:"幸甚至哉,能与诸君同袍……纵使命丧于此,也不枉此生了。"

众人一愣,不约而同地挺胸抱拳,一脸坚毅。

"父亲何出此言?"颜季明激动道,"虽然现在确实难以力挽狂澜,但我们只要能逃出去,与十三叔他们会合,定能再打回来的!"

"孩子……"颜杲卿吃力地撑着地,缓缓站起来,轻笑道,"话是没错,但该做这件事的人,是你们,不是我。"

"什么?"颜季明皱着眉问着,上前扶住了颜杲卿。

颜杲卿抬头看向周围。他们此时已经撤到了城边,城外,就是空旷的平原，连接着不远处高耸层叠的山林，然而看似向前一步就是光明的景象，却被敌人无处不在的火光所覆盖，山上、林间，甚至远处的地平线上，到处都是游龙一般的火光。众人随着他的目光看去，都皱紧了眉头。

地面已经隐约有了震动感，大批的骑兵正在靠近。

颜杲卿看了看地面，平静地道："如果我们就这么跑出去，他们定会穷追不舍，到时候，我们只有被屠杀殆尽的下场。"

"可不试试又……"

"所以，你们走，我留下！"

颜季明面容狠狠地抽动了一下，本就布满血丝的双眼瞬间红了，刚提起一口气想怒吼什么，但又强忍住平静了下来。他将颜杲卿的手臂搭在自己肩上，以身为杖，撑着自己的父亲，与他并肩站着，看向其他兵卒。

"太守，您别赶我们了，我们当初随你留下，就早已有了赴死的准备！"阿谦含泪叫道，旁边人纷纷点头，"如今你叫我们就这么走了，日后常山的父老乡亲问起我们，问你在哪儿，我们如何交代？我们有何颜面回去！"

"是啊，太守！您走吧，我们留下来断后！反正我现如今这样，也是废人一个了，"旁边半边脸裹着破布的中年汉子贾深，昨日就已经被敌人伤了一只眼睛，如今布上的血迹已经发黑，但这并不影响他另一只眼睛露出决绝的光。

"太守，我与您身形相似，您要是看得起我这条贱命，就与我换了衣裳，我留下来引开他们！"李栖默道，"我们就算活着回去了，又能派上什么用场？只有你和公子回去了，才能让乡亲们重整旗鼓，为我们报仇啊！"

"你们不明白，"颜杲卿缓缓摇头，"他们不是蠢物，比你们更清楚放虎归山的危险。他们绝对不可能放过我，不仅仅是因为在他们眼中我是个不知好歹的叛徒，更因为他们需要用我的命来警告周围其他的人……你们的法子，在他们眼中，就如儿戏一般，根本没有成功的可能。"

"可是太守……"阿谦哭道。

"他们那群人，正是高歌猛进之时，有好大喜功之心。抓住了我，便不会再费力抓捕你们……但他们不会明白，你们身上背负着什么。"颜杲卿双目炯炯地环视他们，沉声道，"你们要活着带回去的，是我们常山的遗志，是我们那么多战死的同袍的不甘，是……血仇！"

"嗯……"

"所以，我命令你们："颜杲卿提高声音，"走出去！活下去！只有活着，才有希望，才能报仇，才能夺回常山！"

"太守！"汉子们纷纷呜咽起来，泪水划过脏污的脸颊，滴落在雪地上。

地面的震动已经很明显了，寒风躁动着，带来阵阵马蹄声，越近，越像雷鸣。

"走！"颜杲卿望了一眼远处，眼中闪过一丝焦急，冷声道，"快走！不要耽搁了！"

兵士们强抑悲痛，退后了几步。

"走啊！快！"颜杲卿大声道，"再耽搁下去，大家一起白白送死吗？！"

兵士们终于转过身，但还是忍不住一步三回头。

"等等！"颜杲卿忽然开口，兵士们立刻回头，双眼闪亮地望向他。

颜杲卿搭在颜季明肩上的手臂紧了紧，像是拥抱了他一下，然后飞速地抽回手臂，反手一推，将他推向兵士们。

"季明，就拜托各位了。"

颜季明猝不及防，一脸错愕地被自己的父亲重重地推离，直到被兵士们过来拉住手，他都没反应过来。他回过头茫然地看着父亲，看他收回的手按向腰间，看着他朝自己开口说了什么，又看着他拔剑，转身，再没回头。

父亲看起来如此决绝……可方才肩上的重量明明那般清晰！父亲收紧手臂的那一刻，他心底涌上了喜悦，那一刻他感受到了认可，也感受到了父亲沉重的爱和歉意，他以为那是因为他们将一起留下，一起断后……一起赴死！

原来，并不是吗？

原来，那一下竟是道别，是属于父亲诀别时的拥抱！

他的心底一片空白，脑中却轰然作响，他感觉身体已经不是自己的了，仿佛身处一场噩梦之中，梦里他看到了父亲伟岸的背影，而远处，是熊熊燃烧的火光。

他感觉自己伸出双手，在往父亲的方向奔跑。他在嘶吼，在哭号，可是父亲的背影，还是越来越远。

直到那个背影，冲着追到近前的千军万马，提刀而立。

"常山太守颜杲卿在此！谁敢上前！"

沙哑却充满震慑力的怒吼被山壁和狂风送到了面前，颜季明忽然如濒死一般深吸一口气，终于从这个噩梦中醒了过来。他的眼泪如决堤的水一样汹涌而出，嘶吼着要往父亲的方向冲去，却被身边的兵士们死死架住。

"放开我！"他拼命挣扎，"让我过去！父亲！父亲！"

"公子！"

"那是我父亲啊！"他声似泣血，"父亲！"

"我们知道!公子,快走吧!"

"父亲!"

"公子,不要辜负太守!"

"啊啊啊!"

几个人抓着颜季明,将他一点点、一步步地越拉越远。他心里生出了一丝恨意,恶狠狠地瞪向了扯着他手臂的人,却只看到一张张痛苦到变形了的脸。

他愣住了,身体如坠冰窖。

他木然地回头,除了漫天的火光,已经看不见那个背影。

他冲着火光绝望地哀号了一声,终究还是转过身,咬紧牙关随着其他人向远处的山林跑去。纵使每一步都沉重无比,每一次呼吸都让他心如刀绞。

"公子,别忘了太守说过的话。"身边,有人哽咽着对他道。

"父亲……说过的话……"颜季明直直地看着前面,木然地回答道。

"他说,公子你千万不要回头,"身边人哭道,"还有人在等你。"

颜季明一愣,他的脑中蓦地晃过另一个背影,纤瘦,却笔挺,坚毅如竹,单薄如叶。

"红儿……"他低喃一声,握紧了手中的刀,心中一软的同时,眼神,却再次坚定了起来。

四九

死节亦可

"这么晚了,还看书呢,别坏了眼睛。"

何红儿话是这么说,却提来了一壶刚煎好的茶,给丈夫满上一杯后,将茶壶在桌上放下,轻轻地跪坐在他旁边,挑亮了烛火,挽起袖子磨墨。

正是初春好时节,夜风暖柔,红袖添香,沁人心脾。

颜季明笑着看了她一眼,端起茶杯啜了一口,舒服地叹了口气,道:"白日里父亲与袁公辩论,提起了这本书,袁公似乎颇为推崇,我听着有趣问了一嘴,父亲居然说此书我无须去看……有好书,为何不让我看?我偏看!"

何红儿笑而不语,看了一眼颜季明摊在桌上的书,寥寥几字已经彰显其晦涩,她又给颜季明满上了茶,柔声道:"父亲博览群书,你要跟着看;族里叔伯擅书,你要追着练;人家画画画得好,你又要去学……父亲不是都说了,凡事好奇可以,但不用样样都涉猎,关键是寻到自己想做的事,再去好生钻研,方能有所成就。"

"他与你说了？"颜季明笑起来，"是啊，他总说我贪心，什么都想学。我觉得我虽然是能学都学，但我并不半途而废呀，这不也是一个美德吗？"

何红儿像不认识颜季明似的看了他一眼，失笑道："父亲大人若是看见你这无赖样，不知该作何感想。"

"说不定会觉得我说得也有些道理呢？"

"也就你敢这般揣测他。"何红儿将烛火挪近了些，看着烛光下颜季明温润如玉的脸，自己的脸红了红，道，"你这个样子，其实……也挺好的。"

"嗯？"颜季明眨了眨眼，有些疑惑地望向她，"哪样？"

何红儿白了他一眼，见他神色越发茫然，于是道："我的意思是，你平时就是因为在父亲面前太拘谨了，总是一副老成持重的样子，让人忘了你的本性。父亲是看着你长大的，自然会担心你，毕竟在他心底里，是希望你能无拘无束，做自己想做的事的。"

"我是这样的吗？"颜季明指着自己，有些惊讶，转而又哂笑，"好像……还真是。"

何红儿摇摇头。

颜季明看了看手中的书页，有些愣神："你不说，我都没发现，我在父亲面前，原来是那种印象。"

"不是说这样不好……"

"我知道，"颜季明笑了笑，"或许，确实是我太心急了吧。"

"心急？"何红儿疑惑，"心急什么？"

"我……"颜季明忽然羞赧起来，他看着烛光，烛光在他眼中闪闪发亮，"父亲总要我找到自己想做的事，成为自己想成为的人，可他不知道，我最想成为的，就是他这样的人啊……

"我既然早就有了目标，又怎能不寸阴必争地追赶起来呢？"

何红儿定定地看向颜季明，忽然笑起来。

"怎么了？"颜季明挠头，尴尬道，"难道是我肖想太过了？"

"不是，我是高兴。"何红儿双眼闪闪发亮，"你以父亲为目标，说明你以后也会一直坚持君子之道，温良端方，公正严谨，那对我来说，不是大好事吗？"

"是吧！"颜季明得了肯定，兴奋起来，"父亲受那么多人尊重，可不仅仅是学识高，也不仅仅是因为我们这个姓氏，而是他的为人处世，就足够让人敬佩。我就是想成为父亲那样的人，只不过……"他羞赧地摸了摸书本，"我要学的还很多，毕竟父亲那般气度，至少要腹有诗书吧。"

"季明！"何红儿看着丈夫满怀憧憬，却又有些不安的样子，伸手轻抚他的手背，"你愿不愿意听听我的想法？"

颜季明闻言，立刻正色道："你说。"

何红儿的语气温柔却坚定："我是你的妻子，我本该希望你平步青云，创宏图大业，但其实……不是的。"

颜季明不语。

"我不求你学富五车，不求你武功盖世，甚至不求你受人敬仰，若你一定要以父亲为榜样，我最希望你学到的，是他的坦荡。"

颜季明神色一怔。

"季明，父亲希望你无拘无束，其实也是希望你能活得坦荡。"何红儿的眼中，烛光更亮，"我们不求大富大贵，只求……问心无愧。"

"问心无愧？"

颜季明猛地停下脚步。

他不知道为什么自己会想起那么久远的事情，那时他和红儿成亲不久，一切都美如幻梦，而彼时情景，如今想起竟恍如隔世。纵使脸上被凛冽的北风割得生疼，可手背上似乎还残存着何红儿那时候手心的温度，柔软，却带着坚定的力度，驱散了他周身的冰寒。

他身子一软，猛地跪在了地上，在其他人惊愕的眼神中，仰天号啕大哭。

"问心无愧？这样的我，这辈子，怎么可能问心无愧！"

他跪在地上哭了一会儿，忽然停了下来，抹了把眼泪，站起来，转过身。

"公子！"众人大惊，"你……"他们一拥而上，又想故技重施，将颜季明拉回去。

颜季明猛地抬起手，手中不知何时已经握住了刀，他背对着他们，平静地道："你们走吧。"

"可是公子……"

"颜家，不出逃兵！"

众人沉默

"死国可，死节，亦可！"颜季明转过头，脸上竟然带着微笑，"劳烦告诉我夫人，她的夫君，此生活得坦荡，问心无愧！"

说罢，他决绝地迈步，向常山郡奔去。

颜季明看不到，他远去的身影后面，兵卒们一个接一个地跪了下来，向着他，向着常山的方向，深深叩首，长跪不起。

此时的常山郡，已经彻底平静，甚至死寂。

北风还在努力吹散冲天的黑烟，然而遍地熊熊燃烧的火焰一刻不息，常山郡的天，一直是漆黑的。

颜杲卿一身白衣，被脚不着地地绑在了柱子上。他的眼神悠远，仿佛在思索什么，又好似在透过浓密的黑烟张望着什么。因为心事已了，他周身透着股近乎安详的气息，从容淡然。

但不知为什么，只有他自己知道，仍有一丝不安，在心底隐隐涌动着。

这不安的源头，绝不是面前狠如豺狼的突厥将领史思明。

颜杲卿是第一次如此近距离地看到史思明。他曾经听闻过这个突厥人，因其有将才被皇帝召见，颇受李隆基赞誉，似乎已经有了平步青云之势，却没想到会有这么一天，两个人会在这种场合以这样的身份面对面。

但是不得不承认，史思明领兵打仗确实有几分才华，只不过他获得的成就中，有多少是得益于他及其手下的疯狂和残忍，就不得而知了。

颜杲卿瞥了一眼身后，他的背后竖起了好多木桩，那些与他走散了的常山郡兵士都被绑在了上面，其中还有他的老伙计——长史袁履谦。

老袁，竟然也没有走。

不知道在自己被俘前，袁履谦遭受了多久的折磨，如今他的白衣已经被血浸透，耷拉着脑袋一动不动，生死不知。

颜杲卿心里一酸，却也无暇伤春悲秋，因为他知道，下一个，就是自己了。

史思明正坐在他对面的石墩上，百无聊赖地把玩着一根布条。他仿佛不知道寒冷为何物，这北风呼啸、雪如鹅毛的日子，他竟然只穿了半身盔甲，几乎裸露的上身仅有一席披风潦草地挂着，披风鲜红，与他身上还未擦掉的血迹互为映衬。

史思明饶有兴致地看着绑在柱子上的颜杲卿。

他知道像颜杲卿那样被绑在柱子上有多痛苦。为了让人凌空，

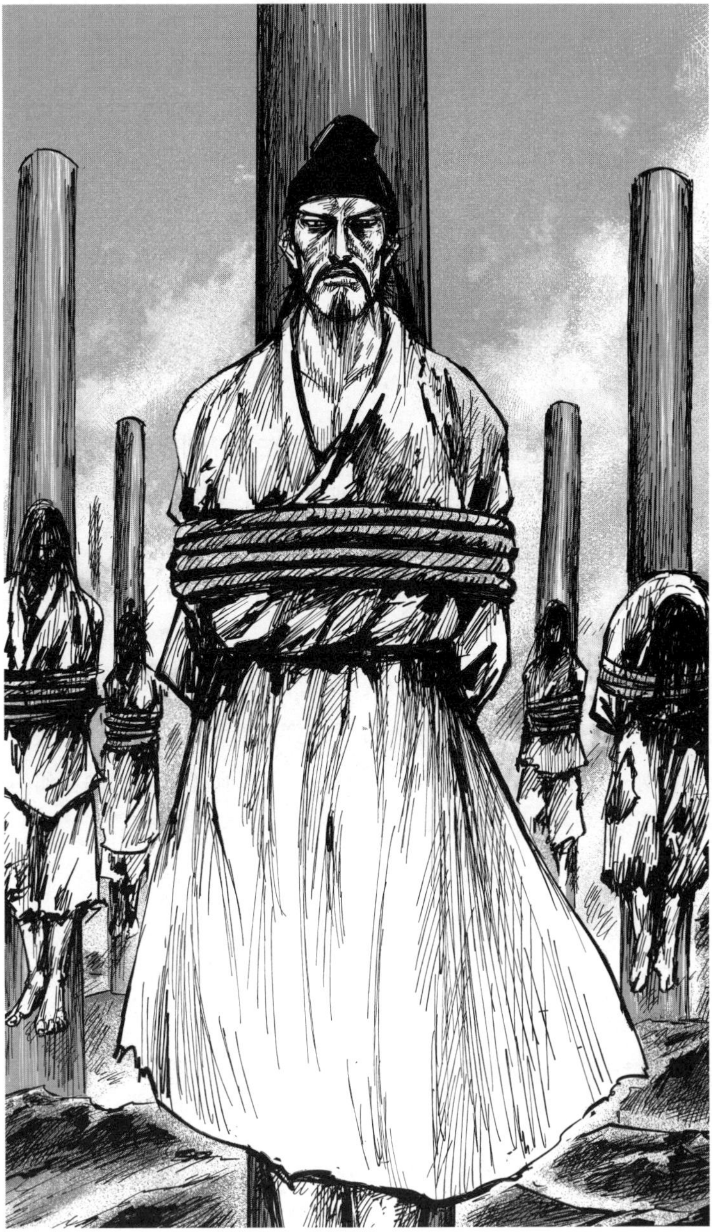

绳子必须系得极紧，一圈圈地挤压着胸腹，不一会儿就足以让人呼吸困难、疼痛难忍，再久一点，会感到下半身都不是自己的。

尤其还是在这么寒冷的天，要是一般人，怕是早就求饶了。可颜杲卿除了艰难地呼吸着，始终没有开口的意思，甚至连投过来的眼神，都让史思明不那么喜欢。

看了看手里的布条，史思明突然露出了一丝残酷的笑意。他忽然起身，悠然地走向颜杲卿，甩着手里的布条，道："恭喜你啊，颜太守。"

颜杲卿看也不看他。

史思明也不在意，笑嘻嘻道："就在我抓到你的时候，得到我们皇上的消息，要我把你活着押到洛阳，虽然很麻烦，但我好像也只能遵旨了。"

史思明探头去看颜杲卿的神色，见颜杲卿闭着双眼，仿佛没听见似的。

"哼，"史思明冷笑了一声，又道，"但是呢，以我对我们这位皇上的了解，如你这样的叛徒，送到他那儿，定是会按照他的喜好处置，这个处置方法呢，就是……"他猛地凑到颜杲卿耳边，一字一顿道："凌——迟——"

颜杲卿依然双目紧闭，不发一言。

见他还没反应，史思明眼中闪过一抹凶光，又道："但是，方才我也说了，我怕麻烦，所以……"他压低声音，仿佛真的在说什么秘密，"只要你肯承认降服，悔过你的所作所为，向我求饶，我现在就可以给你一个痛快。"

颜杲卿紧闭着双眼，却昂起了头。

史思明嘴角抽动了一下，嘲讽道："怎么，莫非你是想让我把你送去洛阳凌迟吗？颜太守是读书人，不会不知道凌迟是什么意思吧?"

依然没有回答。

"看来是想假装不知道呢。"史思明来劲了,声情并茂地道,"凌迟啊,就是把你用渔网紧紧捆住,全身的肉都被网格挤出来,然后拿小刀把挤出的肉一片一片割下来,割完一层,捆紧点,再割……直到骨头被刮得发亮,身上没一丝皮肉为止。哟,颜太守这身铜皮铁骨,不知道要割多久呢,或者说,颜太守想不想猜猜,自己在被割第几轮的时候,才会死呢?"

颜杲卿听着,睁开眼轻蔑地看向他,嘴角居然露出一丝冷笑:"呵呵!不愧是牧羊的羯奴,对这些贱业,倒是如数家珍。"

史思明不怒反笑:"不愧是读书人,嘴皮子就是厉害,只不过,你也就嘴皮子厉害了。颜太守,你就是用这张嘴,煽动全城的人为你送命的吗?他们知不知道,他们本是可以活的,但就是为了你这张老脸、你所谓的忠义,他们的性命被你硬生生送在了我们大军的刀下……"

话到此处,颜杲卿咬紧了牙关,强忍着眼中的悲色,死死地盯着前方。

"你自己看看后面,那么多小子,嗬,人还没有刀长,还有的,胡子都长到腰上了,这样一群老少,留下来陪你送死,你居然也忍心?哈哈哈!看不出,你打仗没多狠,做人,倒是真的够狠,生在你的治下,真是前世作了孽啊!"史思明的语气如蛇一般,轻柔,却仿佛带着剧毒,"他们是不是听了你的,以为你们所效忠的那个朝廷会来救你们?你们等到了吗?你们还觉得那个朝廷会在意你们的生死吗?那群被你诓骗而留下来送死的人,死前不会怨恨你吗?"

史思明熟谙兵法,自然也善于攻心,他一字一句都犹如尖刀一样扎进颜杲卿的心里。颜杲卿牙齿咬得咯咯响,却紧闭着嘴不予回答。

"如果是我,我都没脸多活一天呢。"史思明已经从颜杲卿的反应中看到了一些想看的,笑容越发残忍,"说真的,何必如此折磨自己,你现在只要一句话,我就能给你个痛快。"他盯着颜杲卿,再次道,"求饶吧,求饶就不会继续受苦了。"

颜杲卿缓缓抬眼,看向面前史思明混杂着羞辱和恶意的脸,嘴唇颤抖了一会儿,张口啐出一口带血的唾沫来,落在史思明脸上,随后闭上了眼,仍是一言不发。

史思明抬手缓缓擦了下脸,凝视了颜杲卿一会儿,咧嘴笑了起来,但是没有笑意也没笑声。

"你是真的蠢啊!"他阴森地道,"好吧,你要吃苦,我就成全你……先取你一只脚吧,看你能不能活着撑到洛阳……反正,我们有囚车,你本就用不着脚。"

说罢,他抽出了刀。正在此时,后面有一个兵士匆匆过来:"将军!"

史思明转过头,那名兵士立刻上前,凑到他耳边轻声说了几句话。史思明一边听,一边缓缓地看向颜杲卿,眼神骤亮,竟然很是喜悦,与神色凝重的兵士截然相反。

"放进来,"史思明听完汇报,笑着下令道,"贵客啊,怎么能拦着。"

他不怀好意地看着一脸警惕的颜杲卿,笑容几乎占据了半张脸,露出黑黄丑陋的牙齿:"我高兴得,都不知道该如何恭迎他了。"

说着,他忽然反手一挥,手臂上的甲胄发出"叮"的一声脆响,一柄匕首被击落在地!

他并没有回头去看偷袭他的人,反而一脸饶有兴味地观察着颜杲卿,终于如愿以偿地看到了这个自始至终面不改色的男人,在看到他背后的来人时,逐渐崩溃的表情。

他满足地笑了,回头,看到身后的烟尘中,那一身甲胄的青年,头戴红巾,手握横刀,步伐坚定地走了过来。

"季明……"颜杲卿颤抖着低喃出声。

五 十
颜家不降

万军之中,颜季明终究还是走了出来。

他似乎全然不在意周围人不怀好意的眼神,也不在乎他们为何不攻击自己、抓捕自己,此时他的眼中,只有被绑在柱子上的父亲,还有正冲自己父亲举起刀的史思明。

黑黄的雪地上,他的脚印笔直向前,因为他的步伐没有丝毫停顿,仿佛此时带领着千军万马的人不是史思明,而是他。

他就这么径直走到了史思明的面前,缓缓地抬刀,起势,双眼定定地看着史思明。

史思明甚至没转身面对他,只是转头瞥了他一眼,看到了他的架势,哼笑一声,冲颜杲卿示意了一下:"架势不错,你教的?"

颜杲卿看也不看他,只是紧紧地盯着自己的孩子,眼中的情绪汹涌而出,以至于不得不低下头,强迫自己不去看他,喃喃道:"季明……你……唉……"

"父亲大人,"颜杲卿的声音极小,但颜季明却仿佛听到了似的，朗声叫道，"请恕孩儿不孝！孩儿明白父亲的苦心，但也请父亲大人明白，宁为玉碎非我所愿，苟且偷生更非我所愿！孩儿是懦夫，不愿余生都在这种痛苦中度过，亦不愿苟活着去见等待自己的人！父亲大人，我……"他哽咽了一声，咬牙道，"我虽死无憾！"

他的声音在曳落河成千上万狰狞的鬼面上回荡，在这个修罗地狱的上空盘旋。

颜季明站在自己的回声中，看着垂下头的父亲和一脸讥笑的史思明，努力压抑着心中不断涌上的无力感。

他仿佛回到了当初巨鹿郡的烽火台上，李萼在前面浴血拼杀，他在楼梯上彷徨不前。那时候的他，惊恐，茫然，怕到连怎么呼吸都忘了。可是现在，虽然他依然害怕，但害怕的同时，心底却汹涌着一股兴奋感。他看看自己的刀，又看了看转向自己的史思明，心里竟然有些跃跃欲试。

他盯着史思明，目不转睛。

史思明笑了一声，抬手拦住周围要涌上来的卫兵，又勾了勾手指，一旁便有人将他的武器递了上来。

一把新月镰刀。这把刀只有短短的刀柄，两头却连接着如新月一般的弯刀，若非极为灵活且天赋异禀之人，根本无法驾驭，在伤人之前怕是已经伤了自己。这是一种极为危险的凶器。

颜季明看到那把镰刀时，神色一紧，但随即收摄心神。他知道自己已经没有退路，抑或他此行来此，就是为了舍命一搏。即使从未与这样的武器对阵过，他也丝毫没有退缩的意思。

他不动，史思明可不会干等。只见他一步跨前，猛地挥刀，冲着颜季明直直地砍了下去。这看似毫无章法的一刀却带着极为刚猛的威势。颜季明举刀挡住的那一瞬，只感到一阵剧痛从虎口一直窜到脚跟，震得他整个人一矮，险些跪下去。

颜季明感觉自己全身的骨头都在嘎吱作响，但他咬牙死死顶着，面上青筋暴突，目眦欲裂。而就在他接下对方这一刀的瞬间，史思明双手忽然在刀柄上一扭一抽，新月镰刀从刀柄处被分成了两部分，一把双头弯刀竟然变成了两把单头弯刀。

不等颜季明反应过来，史思明就以极为诡异的姿势反手握刀，刺向颜季明的左肋。

"季明！"颜杲卿失声大呼，却在下一瞬猛地瞪大了眼睛。

颜季明没有丝毫迟疑，竟然直接伸出左手，握向了史思明的刺来的刀尖！

新月般尖利的刀尖瞬间破开了他的手掌，紧接着划开他的臂甲，撕裂了他的左臂！筋肉割裂的声音甚至盖过了臂甲被破开的脆响，听得所有人都头皮发麻。

可颜季明却好似毫无所觉，看也不看自己血肉模糊的左臂，而是拼力将右手的刀往上顶去，薄如蝉翼的新月刀刃本是为更快地杀人而设计的，此时却成了颜季明横刀下的亡魂，竟然硬生生断裂，发出了哀鸣！

史思明明知颜季明是来搏命的，却没想到他竟然能以身为盾，猝不及防之下，只听到"叮"的一声，再把目光从面前那条断臂转移到自己右手的刀上时，已经只能看到自己的刀尖打着旋飞了出去，而砍断了自己弯刀的那把横刀，在下一刻反手一掀，以一种近乎行云流水的姿态横劈向自己的喉间！

这一瞬间，即使身经百战、杀人无数，史思明还是被惊出了一身冷汗。断刀不及对方的横刀长，而另一把刀此时还卡在对方的骨头上。颜季明当真是对自己左臂的惨状全然无视，双眼只是死死地盯着史思明的脖子，横刀破开凛风，打碎雪花，带着一往无前的决绝直取对方要害。刀锋上仿佛带着刺骨的寒意，在史思明的脸上罩上了一层寒霜，而刀锋每逼近一寸，都让史思明的脸亮上一分。

就连后面颜杲卿的双眼都爆发出了希望的光彩，屏气凝神看着颜季明的刀砍下去。

然而，史思明终究不是李萼所说的"一般人"。

他的惊愕只有一瞬间，就在横刀的利风刮在他脖子上的那一刹那，他猛地仰天一倒，左脚却往前一迈，右手手腕一翻，原本嵌入颜季明左臂的刀转刺为砍，生生卸下了颜季明的左臂，紧接着又砍进了他的腰腹，入骨三分！

而颜季明却收势不及，即使拼命往前递刀，刀尖却还是只能在史思明的额头上划出长长的一道口子……

颜季明心里一空。

左边身子迸射的鲜血溅到了他的脸上，像是乘势进入了他的脑子，让他的大脑也一片混沌。他的眼前一片黑红，只能勉强看到不远处颜杲卿满溢着痛苦和爱怜的双眸。周围曳落河的欢呼，他一点都没听到。

颜季明跪在了地上。

手臂被砍断的痛楚还未开始发作，他却已经能感觉到连日战斗和流血过多给他带来的极致的疲惫，他早就已经站都站不稳了，连呼吸都是断断续续的。

他拼命地呼吸着，心里却不停地闪烁着各种念头。

"多么可笑啊，明明要死了，又为何还要这般喘息……

"自己果然不是练武的材料啊，即使在战争中那般练习掀击式，可一碰到真正的强敌，就完全不行了……

"李萼，你还活着吗……

"我，大概是要随父亲去了……"

一阵寒气抵在了颈间，颜季明努力睁了睁眼，果然是史思明右手那把新月刀，那上面还有自己手臂的血迹。

"最后一次机会，"史思明任由额头上的血液汩汩而下，顺着他脸上的沟壑把他的脸勾勒得越发狰狞。他神色阴冷，双眼中有暗火在烧。

他生气了，真的生气了，周围的曳落河都看得明白。

但是曳落河们不会知道，史思明的怒火不是源于额头上的这道伤口，而是因为他到现在还惊魂未定。

这个乳臭未干的小子，竟然让自己感到了久违的恐惧！那种恐惧让他想起了过去出身卑贱任人欺凌的自己，让他想起了方才颜杲卿的怒骂：

牧羊的羯奴！

他的牙齿在唇间颤抖了几下，开口却森然道："颜杲卿，降我，我放你儿子一命。"

他嘴上虽这么说，心里想的却是：等你投了降，我再杀了你儿子，让你知道牙尖嘴利的下场！

弯刀抵在颜季明脖子上的力道越来越大，颜杲卿却只是默默地看着颜季明，一言不发。

史思明明明大局在握，心底里的暗火却越烧越旺。他冷笑一声，低头道："颜公子，你不过断了左臂，现在让你父亲投降，兴许军里的大夫还能救你。你年纪还小，有大把好日子要过，何必这样和自己过不去？"

颜季明一直低着头，闻言，动了一动，忽然开口道："父亲大人。"

他的语气平静、虚弱，听到史思明耳朵里，分明就是软弱。

史思明意味深长地看向颜杲卿,果然看到他正瞪着自己的儿子。

"父亲大人,我……看不懂天下大局,也管不了……千秋万代。我……是想活的……"

这一转折,让表情越来越紧绷的史思明松了一大口气,笑了一声,得意地看向颜杲卿,却见颜杲卿神色丝毫不变。

"父亲大人,我说过,我想成为像您一样的人,坦荡,无悔,无惧无畏……我想,今天……"颜季明说着,忽然抬头,咧嘴一笑,"我是做到了的吧!"

颜杲卿一愣,转而怔怔地凝视自己的儿子。颜季明满脸血污,可那笑容却仿佛小时候还承欢膝下的幼童,清澈,灿烂,无忧无虑。

不,那笑里含着泪。

可他的泪中真的带着笑。

颜杲卿的悲意如决堤的洪水充斥了胸腔,他的眼泪汹涌而下,却硬是扯起嘴角,露出一个难看至极的微笑,哽咽道:"嗯……"

"哈!"史思明笑了一声,"你们两个真是……"

他话音未落,却见颜季明忽然深吸一口气,仰头声嘶力竭地吼道:"颜家——不降!"

"颜家不降!"

"不降!"

"不降!"

…………

余音还在天地间回荡,可这个声音的主人,却在喊完后,被一刀砍下了头颅。

头颅上,还凝固着他最后一瞬间的表情,那时他已经道完心中所想，所以神色有几分畅快淋漓，然后他似乎看向了自己的亲人，向着自己此生最敬重的人露出了微笑，可他的心中应该是念起了另一个重要的人，于是那双清澈的眼中，还带着一丝怀恋。

他死得坦荡，无愧于心。

颜杲卿终于忍不住了，他仰头一下一下撞击着柱子，号啕大哭起来，口中满是鲜血。

可他的哭声，却没有让史思明得到丝毫快感，他低头面无表情地看了看地上的尸体，思考了片刻，正想弯腰去提起颜季明的头颅，却忽然听到空中传来一声震彻云霄的鹰唳。

史思明身形一顿。

牧羊的羯奴！

他感觉今天自己是不是受到了什么咒术，自从听颜杲卿骂了那句后，过去埋藏在心底的恐惧便时不时地涌上来。或是被人欺凌，或是在牧羊时，每每听到鹰唳时的惊恐……

狼只会在晚上潜入羊圈偷羊，可鹰，却是会大白天地在他面前将羊掠走。一旦发生那样的事，等待他的，是远比被欺凌更惨痛的惩罚。

史思明咬了咬牙，突然对眼前的一切失去了兴趣。什么让颜杲卿屈服，什么拿颜季明的头颅去喝酒……他转身，在颜杲卿如野兽般痛苦压抑的呜咽中，一脸冷漠地离开了。

鹰唳还在徘徊，在硝烟之上，来来回回，像是余音绕空，尖厉中带着苍凉，苍凉过后，只剩下绵绵不绝的悲意，与鹰唳一起，乘着风向远处飞去，一路飞过平原郡，飞过太原府。

正在城外练刀的何红儿猛地抬起头，她若有所感，望向常山郡的方向，忽然流下泪来。

而太原府西山大佛天牢内，已经被酷刑折磨得人事不省的李

五十｜颜家不降

蕚忽然像抽筋一样颤抖了一下,虽然没醒来,可是他脚下的那摊血液,却被他这一挣动,推进了地缝中。血液混着污水顺着地缝一路往低处流淌,一直流到了外面。

天宝十五载正月初九,太原府西山大佛,流下血泪。

五一

人在异乡

"龟符?怎么会是龟符?"

晁衡脚步一顿,惊骇地看向旁边正窃窃私语的两个官员。

他们站在檐下凑头说着话,神色中的惊讶应该不亚于他。

"没错,王承业当时拿出的就是龟符,圣上也说怎么会是这个样子,杨相便说应该是安禄山另立朝廷后,直接从洛阳就地取了武周的东西,想区别于我们。"

"也不是全然说不通,但,王承业收复土门关的时候,那个伪朝应该还没立吧……"

"说的也是……"

"请问……"晁衡忍不住了,走了过去。那两个官员倏然回头,一见是他,神色才放松了不少,一同行礼:"晁大人。"

这两个官员与晁衡曾经共事,也算交好,往日双方没少互通消息,是以晁衡才凑上去。他知道自己的优势,不管在这儿做官多久,始终都是外邦人,又只是个秘书监,并不会对其他人的仕途产生什么实质性的影响,甚至可能比他们唐人的消息更为灵通，所以大家大多都愿意与他互通有无。

"你们在说……王承业？还有龟符？"晁衡故作疑惑，"怎么回事？"

两个官员对视了一眼，又不约而同地往四面张望了一下，确定没有第四双耳朵了，才凑近了低声道："今日上朝，右羽林将军王承业从太原回来，说自己刺杀了三个安禄山的副将，收复了土门关。"

"啊？土门关？那个背水一战的土门关？"

"没错，收复了土门关，陕西官兵便可以直接进入河北了，确实是一大喜事。"

"所以龟符是……"

"就是那三个副将的信物，守土门关的，高邈、何千年、李钦凑。"

"哦——"晁衡拉长了语调，心里闪过无数个念头。他偷看那两个官员的神色，似乎只是纯然的疑惑，并没有什么恐惧、敬畏的样子，便猜他们并不知道金龟袋的事，于是道，"他们的信物是龟符？可龟符，不是你们前朝的事了吗？"

"不愧是晁大人，这件事很多年轻后生都不知道了。"其中一个官员叹道，"据说当时朝上之人也大哗，说这龟符来路不明，若不是杨相那般解释，恐怕王承业当庭就要被判个欺君。"

杨国忠……晁衡沉默了，不管什么事情，但凡出现了杨国忠，他都会觉得不简单。他又问："那这位王承业将军，也是杨相带上朝的？"

"可不是嘛。他说有捷报，便让王承业上朝。王承业那般一说，龟符一事解释清楚，当真龙颜大悦。"

另一个官员语气复杂："这般时节了，还给了一堆赏赐，安禄山造反以来，这也算当朝第一喜了。"

"赏了什么？"

"加封羽林大将军、河东节度使，留在长安辅佐杨相执掌军务，啹，泼天富贵了。"

听那官员的语调似是嫉妒，可看他的神色，却分明是带着苦涩。

晁衡琢磨了一下，试探道："这王将军立了大功，就留在长安不回去了？不是说前线现在正缺将领吗？"

"杨相说他是人才，要留着拱卫长安。皇上高兴还来不及，怎么会把他往外赶？"

"唉，可惜了高将军和封将军……"

"嘘——"

一人感慨完，另一人立刻神色紧张地止住他的话头。两人看了看晁衡，干笑道："晁大人，让你见笑了。"

晁衡苦笑着摇摇头。他在这儿为官也有三十多年了，大唐就是他的第二个家，发生这种事，他的痛心不亚于面前这两个官员。

然而即使如此，高、封二人已死，杨国忠独揽大权，已无人敢呛声了。

"龟符一事，二位还是莫要再提了，"他忍不住叮嘱道，"便是别人说起，也不要再凑上去，我总觉得，此事有点蹊跷。"

"可不就是觉得蹊跷才说嘛，"两个官员皆无奈，又拜，"多谢晁大人提点。"

晁衡点头与他们道别，一转身，神色立刻变了。

王承业，龟符，杨国忠，安禄山……

虽然王承业带功入朝，理应被封赏，但是一旦牵扯到金龟袋，他几乎可以确定其中有见不得光的关联，尤其是这么一个将军，刚立下一个功劳，就急急忙忙入朝，那些还在前线征战的将领该作何感想？

如今还未见过王承业，他心底里却已经对他存下了疑虑。

或许应该提醒一下皇上？

这念头一起，晁衡悚然一惊。

他忽然意识到，自己对这个朝廷的隐秘，似乎有些牵扯过多了。尤其是在见过方才的两个同僚之后，他意识到自己知道的事情似乎已经远远超过了其他官员，甚至超出了自己的身份该知道的。

如果说之前什么都不说，是因为没有真切感受到金龟袋对自己、对这个朝廷的影响，那么如今在前线缺将的情况下，还能够凭着几句话就将一个将领留在长安为己所用，杨国忠乃至金龟袋的能量，他算是切身体会到了。

这着实是在左右朝政和国运了。

如果王承业能用，那不是应该把他派出去继续领兵打仗吗？

为什么李光弼、郭子仪在前线连战连捷，哥舒翰固守潼关不让反贼前进一步，这些功劳没有得到丝毫嘉奖，反而只收复土门关却没有做任何实事的王承业，却仿佛立下了什么不世之功一般，能够平步青云？

想必有这个疑虑的，朝中，乃至天下，都不止他一人吧？

为国计，为家计，也理应有人把这些进谏给皇上。若是自己有机会，是不是就能……

可是一想到时刻守在李隆基身边的高力士，还有看似纯真的杨贵妃，甚至是与杨国忠擦肩而过时对方瞥自己的眼神，都让他感到毛骨悚然。

自己不过一个外人，真的要为大唐做到这个地步吗？如果不是自己，应该也会有其他官员出手的吧？这个朝廷，并非只有金龟袋才能说话吧？

他心事重重地继续往外走，一路来到藤原清河的住处。

自从海难一事后，两个同样无法归国的人同病相怜，已经成了挚友。然而与晁衡不同的是，藤原清河依然非常思念家乡，然而如今世道混乱，归国的希望越来越渺茫，藤原清河也不得不看清现状。他给自己起名为"河清"，接受朝廷的任命，成了特进秘书监，与晁衡成了同僚。

晁衡是应邀而来的，是以刚到前厅，河清便已经迎了出来。两个曾经患难与共的人虽然同朝为官，但是私下聚会却极少，如今终于有了机会。

酒过三巡，二人很是唏嘘。

一番叙旧过后，河清给晁衡倒了一杯酒，忽然道："晁卿可是有心事？"

晁衡闻言，也不掩饰，苦笑道："如今这世道，谁没点心事？"

"我就没有啊！"河清笑起来，"我只想回家，但这个世道，怕是只有客死异乡的命了，我的心，已经死了。"

看他的笑容苦涩，晁衡想到那让他们至今心有余悸的海难，连安慰的话也说不出一句，只能道："这，也算是一种看开了吧。"

"晁卿，你我同为异乡人，"河清道，"有些事若是不便说，那便不说，只不过若是想醉，你可在此安心醉。"他将酒杯往晁衡那边推了推，"你曾说过，你有一好友，他便是借醉眼来笑看这世间的，是吗？"

"李白大人啊……"晁衡轻叹，"我本以为回到长安，能与他把酒言欢也不错，奈何他却已经不知道飘荡到何处了。"

"原来是李白，哈哈哈！"河清笑道，"以他那性子，你怕是有的等了。"

晁衡一口饮尽杯中酒,道:"若是他,或许也不会像我这般优柔寡断了。"

河清看了他一眼,确信他当真有愁难言,便也不再多问。两人继续喝酒赏雪,过了一会儿,河清突然道:"晁卿,现在家乡的雪,应该也是这么大、这么美吧!"

晁衡抬头看向屋外,见雪花簌簌而下,天地间一片银白,呢喃道:"马上就开春了,到时候樱花一开,那才叫美……"

两人相视一笑,都清楚对方并没有放弃回家的念头。

"我时常在想,等到回了家,家人问起我在大唐的见闻,我该说些什么。"河清道,"我不过一个遣唐使,对大唐的见闻没有你广博,为家乡带回去的东西也没有太多,甚至在大唐做的事,都屈指可数,只剩下海难,还有国难。唉……"

"人活一世,何必纠结这些呢?"晁衡心不在焉,随口道。

"别人或许可以不纠结,但是我们不行啊,"河清道,"我们为何千里迢迢到大唐,是为了浑浑噩噩、一无所成吗?"

晁衡一愣,倏然转头看向河清。

河清专注地看着自己的酒杯,还在感叹:"盛世了无作为,乱世苟且偷生,我不仅丢了家乡的脸,还辜负了很多人的期待,每每想起,当真羞愧……"

"是啊,当真羞愧……"晁衡茫然地复述了一句,再望向外面的雪景时,只觉得越来越刺目。

他的心中忽然燃起一股火焰,不是因为所谓的"日本留学生"的颜面,而是因为自己所处的这个世间。

自己、自己的好友,都生活在这个国度,若是自己明知可为而不为,那当下他好友的苦闷和飘零,未来他们可能遭受的苦难，岂不是都有自己的责任？

自己确实慑于金龟袋的势力而噤若寒蝉，但是并不需要与金龟袋正面对抗，只要把自己当成一个普通的大唐官员，做一个普通官员能做的事就行了！明明身在大唐沉浮之中，却总把自己当成旁观之人，这般下去，自己终会为自己的冷眼旁观付出代价的。

事在人为，不试试怎么行！再怎么也比坐在屋中酒入愁肠百转千回的好！

晁衡"噌"地站了起来。

河清吓了一跳，但转而就泰然了，笑道："慢走，保重。"还朝他举了举杯。

晁衡匆匆一礼，快步离开了河清的府邸。

五二

终为异客

    雪还下着，晁衡已经等在了华清宫内。

    温泉氤氲的烟气中，即使过了一整个冬天，宫内的树木还是郁郁葱葱。缥缈的雾气蔓延开来，在林木花丛间盘旋，或许再过几日，便又能见到彩蝶在其中翩翩起舞了。

    他无神地观赏着这绝无仅有的美景，越是等待，心思便越沉。就在他以为自己终究会被拒绝时，一个小太监忽然从拐角处小步跑来，恭谨道："晁大人，陛下召见了。"

    小太监的眼神有些游移，在对上晁衡的视线时，立刻垂下，竟似比晁衡还不安的样子。

    "谢谢公公。"晁衡一礼，迈步往走廊尽头而去。等宫人掀开走廊尽头的帷幕，入目便是比方才更加浓郁的雾气。

    一阵娇柔的笑声忽然响起，还未落下，又有苍老的笑声跟着传来。晁衡下意识地皱了皱眉，回头果然看见跟在身后的小太监垂下了头。他立刻明白，见不得皇上现在还沉溺温柔乡的人，应该不止自己一个。

晁衡深吸一口气，走入雾气中。刚行两步，一个壮硕的身影拦在了前头。高力士手执拂尘挥散了一点雾气，平静地看着他："晁大人，还请稍等一二，皇上正在更衣。"

"是。"晁衡心里打鼓，并不敢看高力士，低头静静地等着。

高力士端详了他一下，意味深长地道："这两日，好多大人求见，皇上连休息的时间都没有，如今好不容易松快一下，还请大人体谅。"

"是……"但是晁衡心里却也不想真的这么轻易去"体谅"，只能更深地低下了头。

"晁大人可是有要事要禀告？"高力士试探道。

"是。"

晁衡语气有些生硬，却也没有老实地交代自己要禀告什么。高力士微睁双目，瞥了他一眼，轻声道："晁大人也算朝中老臣了，稳重可靠，别说陛下，便是我，也很是欣赏呢。"

"多谢高爷……"感觉到高力士的紧张，晁衡心里有了一些快意，但却又不得不感到些许挫败。他虽然本就知道今日并不好过，可被高力士这般三番五次警告，却也知道自己走这一步，着实有些莽撞了。

可事已至此，只能硬着头皮往下走了。

远处有铃铛响了两声，高力士听了，挤出一丝笑意，对晁衡道："好了，晁大人，请吧。"

晁衡点点头，继续往前走，绕过雾气腾腾的温泉，一路走到李隆基和杨玉环休息的御帐前。明黄色的御帐大半打开着，可以看见里面的长桌上摆满了水果点心，甚至还有正被烤得吱吱作响的肉。大冬天的，李隆基敞着胸，手里拿着一个酒杯，正一脸宠溺地看着杨玉环素手执着扦子，玩闹似的转着烤架上的肉串。

见到晁衡，李隆基眼睛一亮，扬起一抹笑，朗声道："晁卿，来来来，近来烦心事一件接着一件，自你海难归来，朕还没好生慰劳过你。近来可好啊？"

"多谢陛下关怀，臣一切都好。陛下……"龙颜在前，即便老态龙钟、和颜悦色，其威势却丝毫不减。晁衡忍不住弓腰，强行压住擂鼓般的心跳，沉声道，"臣，是来面谏的。"

此话一说，李隆基神色立刻沉了沉，一旁与宫人玩笑的杨玉环也笑声一停，往这边看了看，作势要起身。

"玉环，继续烤。"李隆基突然道，朝晁衡抬抬下巴，"你说。"

没有被赶出去，第一关便是过了。晁衡已经骑虎难下，只能继续道："臣听闻王承业将军收复了土门关，北方战局一片大好，皇上封赏他，实属应该，只是臣以及几位同僚想知道，如今土门关是谁在守，带兵入关收复河北的重任，是哪位将军来担？"

"晁卿，你是觉得，朕应该将立下汗马功劳的将军，继续送到前线去吗？"

晁衡心里一紧，立刻道："臣并非此意，只是战场之势瞬息万变，若是收复土门关而不守，迟早会被反贼再抢回去。前线还有那么多将军在拼死作战，亦有立下大小功劳，却都不曾回京领赏，而是继续尽忠职守。皇上这般厚待王将军，难免对其他将军不公。"

"你……是在为谁抱不平呢？"

李隆基的语气没有起伏，可其中的凶险却让晁衡立刻出了一身冷汗。想到高仙芝和封常清二位将军的下场，他深知那是朝廷权力博弈的后果，如今他绝不能报出任何一个的名字，让李隆基以为前线的将军与朝中官员有勾结。

幸好，他早有预料。

此时晁衡的心中,与其说充满愤怒和无奈,不如说更多的还是深深的悲凉。他喉头一哽,低声道:"皇上,臣的家乡在千里之外,隔着重山大海……臣只希望这场仗能快些结束,好让臣与臣的同乡一道,再次踏上归国之路,在死前,最后见一见骨肉亲人。臣纵使要抱不平,也是为自己,为万千被这场仗挡住去路的异乡人。臣何德何能,敢为谁在皇上面前抱不平呢?"

从未有一刻,晁衡如此庆幸自己并非唐人,可也从未有一刻,他对大唐感到如此的同情和遗憾。

他心目中的泱泱大国,如今的前路仿佛就和面前这位帝王的双眸一般,目光如炬,却被缭绕的雾气拘在这一方庭院之中,即便有人披荆斩棘穿过迷雾来到他的面前,也只有与他一同被裹挟的命运。

这可是大唐啊,他骄傲地生活了三十多年的地方,像一座灯塔一样屹立着的国家,光芒万丈,是让周边诸国都不敢直视的天朝!

怎么如今会变成这样呢?到底哪里出了错?

或许是晁衡的心情太过低落,以至于李隆基真的相信他确实是苦于有家难回,神色松动了稍许,柔声道:"晁卿,朕一直当你是自家的臣子,从未轻视于你,你这般见外,倒让朕有些伤心了。"

"臣有罪……"

"你且放心,朕不会慢待任何一个有功之人,也不会放过任何一个有罪之人。"李隆基提到有罪之人时,神色中闪过一丝狠戾,但看向晁衡的时候,却倏然又成了一个和善的长者,"晁卿,且放宽心,终有一日,你会得偿所愿的。"

晁衡心中暗叹一声,低头道:"多谢皇上。"

"下去吧。"

"臣——告退。"

晁衡后退几步,见李隆基已经仰头闭目,便知道再无转圜的余地,只能转身往外走,步伐无比沉重。他走到廊上,正想长叹一声,却突然听身后高力士道:"晁大人。"

晁衡一惊,他没发现高力士竟然在送自己,连忙转身道:"高爷。"他心里打鼓,莫不是这就要跟自己秋后算账了?

高力士神色间没什么变化,只是淡淡地看着他,开口道:"晁大人,有心了。"

"嗯?"高力士语气中竟然有一丝恳切,晁衡倏然抬头,还以为自己听错了。

"王将军心系皇上安危,让他留在长安,也是我的意思。"

"啊?"晁衡有些惊讶,他不明白高力士为何和他说这个。

高力士无视他的疑惑,反而看了看温泉的方向,神色复杂起来,轻声道:"有些人,不担要职,不予重任,于国于家,或许反而是好事……晁大人以为呢?"

晁衡一头雾水,只得躬身应了:"高爷说得是。"

高力士点点头,转身离开了。

晁衡目送他离开,回头拧眉一想,忽然一愣,下意识地望向高力士的方向,却见他早已走入雾气中。里面君王、贵妃的笑声再次传来。

他隐隐觉得,方才高力士的背影,竟然很是沉重。

"心系皇上安危……不担要职,不予重任……"他重复默念着,心里的猜想越来越清晰。

王承业这么一个立了点功就急着来领赏的人,分明就是一个贪功求名之人,这种人宁愿在权力中心伏低做小,也不会愿意堂堂正正去打仗立功，让这样一个人去守土门关那样一个扼要之地，那才是对战局、对国家的不负责任。尤其是他还有可能和金龟袋有关系，若是真让金龟袋的势力渗透前线，这个国家才当真岌岌可危了！

说不定，连这个土门关的功劳，都不是他一个人的……

晁衡心念闪动，终于将自己心中的不忿平息了一些，可转念一想，却又疑惑了。

为何高力士会这般提点他？他不是金龟袋的人吗？怎的还叫住他说了这番话，似乎是在安慰他一样？

明明听说王承业能留在长安，是杨国忠的功劳，可听高力士的说法，他也在其中加了一把力……李隆基的心思尚未可知，杨国忠肯定希望自己的势力越大越好，而高力士，他又是为何在明知道王承业留在土门关对金龟袋更有利时，却插手将其留在了长安呢？

难道……

晁衡心中一惊。

难道，金龟袋的内部，也起了龃龉？

疑窦一起，就再也无法按捺得住。且不说金龟袋已经出了安禄山这么一个"叛徒"。光是金龟袋这个组织的存在，本身就已经充满了危险，毕竟这个组织汇集了当朝诸多掌权之人，他们大多野心勃勃，不甘人下。这个组织就像一个蛊，在荼毒着周围的同时，内部定然也充满了斗争。

若不是他们的利益暂时还在一条战线上，光是高力士与杨国忠这般一人之下的人的存在，就足以让王朝倾覆了吧……

只是可怜了无辜百姓，可怜了这天下苍生。

五三

天命所归

"李莩!"

"李莩,醒醒!"

"李莩,该醒了!"

"李莩……"

李莩睁开了眼睛。

在这个仿佛已经待了一辈子的深邃洞穴中,他每一次睁眼,都只能看到一片黑暗,甚至连几步外的栅栏都看不清楚,这让他感觉不到时间的流逝,身体的伤痛却很清晰。

但是这一次,他的视线却凝固了。

眼前有一团月辉一样的光亮,缓缓凝成了一个人形,抑或是有一个人,周身散发着光芒,直直地站在他面前。

"阿莲娜……"他轻轻地叹息,但喉咙的剧痛让他不确定自己究竟有没有发出声音。

可是,那又有什么关系呢,反正她不需要真的听到。

"你醒了!"阿莲娜的声音仿佛真的在洞穴中回荡,一如既往的沉静、柔美,让李萼周身的疼痛都消散了不少。

"谁知道呢,"连日的拷打折磨,李萼已经连抬头的力气都没有了,他垂下双眸,轻声道,"或者噩梦……成了美梦罢了……"

"你做噩梦了?"

"是啊,噩梦……"李萼想到梦里的内容,心头一阵剧痛,艰难地道,"很长的噩梦……我梦到常山在燃烧……守城的士兵、百姓,被屠杀……颜太守被绑在柱子上……季明,季明……喀喀……"

他吐出一口血来,胸腔火辣辣地疼。

"我没有看到他,我想救他,或许梦里的我也知道我无颜见他。我该去救他的,他在等我,常山在等我,那么多人,在等我……喀喀喀……"

剧烈的咳嗽牵动了周身的伤口,鲜血自他伤口中迸溅开来,汇入地上的血池,他毫无所觉,因为心中的痛楚已经远胜于伤口带来的痛苦,羞愧和愤恨揪紧了他的心脏,不停地拧动,拉扯,让他疼得失去了理智。眼前阿莲娜的形象似乎越发清晰,他甚至能看到她身后逐渐会集的其他无形者,无数个无形者,一个接一个走到阿莲娜的身后,与她一起静静地看着自己。他们身着斗篷,头戴兜帽,虽然沉默着,却带着风暴前夕一般的汹涌威势。

李萼艰难地抬起头,贪婪地看着面前的人们,除了阿莲娜,还有很多他熟悉的兄弟也站在其中……

李萼眼眶一热:"我想念你们……"

他自己都想不到自己会有这么脆弱的时刻,脆弱到难以压抑袒露心事的冲动。他的脸上有温暖的液体流下,刺痛了他满是伤痕的脸颊,滴落在身上,却是晦暗的红色水滴。

他的声音哽咽:"我找不到他们,也找不到你们,我想保护

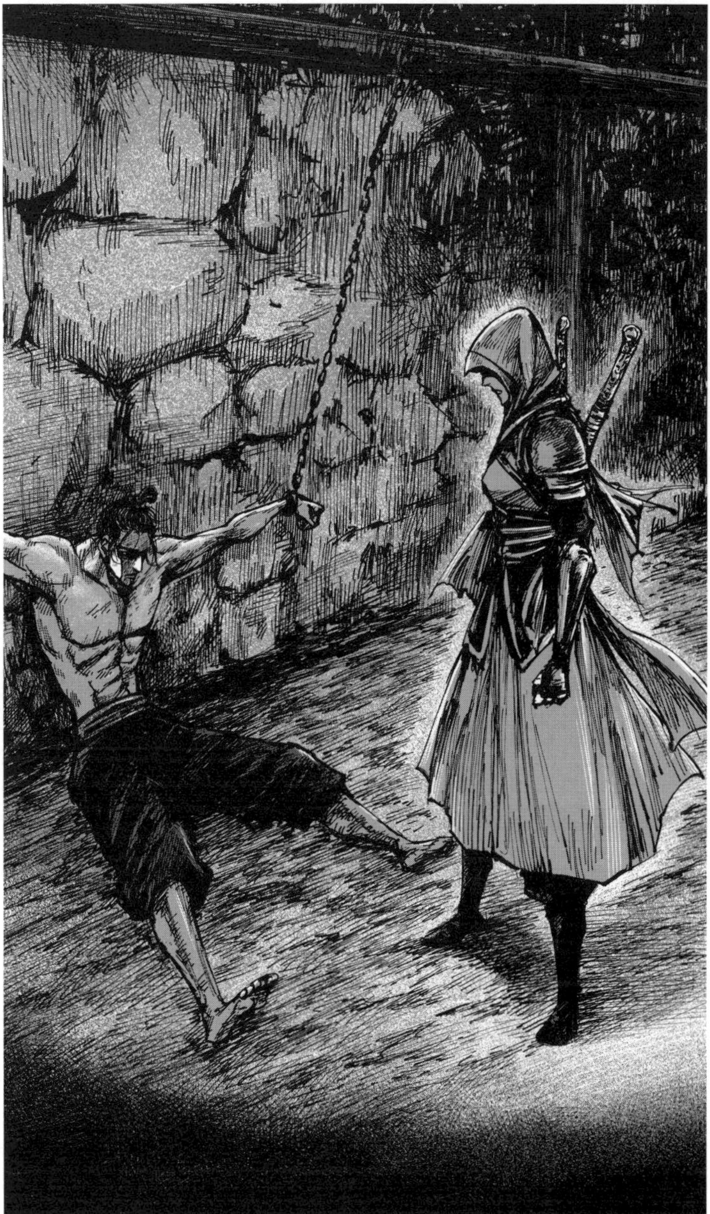

的人,我想并肩战斗的人,一个都没有,全都没有了,像你们一样。你们每一天都来看我,可是你们全都不在,都不在了……我怕看到他们,常山的,颜家的,季明,我怕看到他们……如果看到了,是不是就等于,他们也……"

他说不下去了,这段时日浑浑噩噩,鹰眼视觉混淆着深沉的梦境向他昭示了太多的景象,那些景象无一例外将他拖入更多噩梦的深渊。他分不清梦境和现实,也不想分清,因为不管是梦境还是现实,都不是他想看到的。每一个出现在脑海中的景象都像是在捶打着他的理智,让他醒过来,却也让他更不愿醒来。

那些惨叫、血和火甚至让他再次想起了上一次几乎将他压垮的痛楚,那时候他也曾在心中燃起希望的火苗。他有了同袍,有了兄弟,有了新的目标,他们整装、休憩,准备奔赴下一个战场,再一次履行他们心中的信条,可是那一切都在一场偷袭战后结束了。

马蹄的践踏,箭雨的追击,还有无数弯刀的挥砍……他们从未觉得能凭一己之力与一个国度的大军去对抗,却没想到仅仅是那些许的火苗,都会引来当权者无情的镇压。

阿莲娜死时是什么样子呢?其他无形者们死时又是什么样子呢?

他已经记不清了,他以为自己已经记不清了,可是现在他们走到了他的面前,身穿战袍,手里拿着他们最后握着的武器,脸上,还留着对敌时的表情——一如既往的从容、坚毅和无畏。

自己呢,自己现在也是这个表情吗?自己,还能拥有这样的表情吗?

李萼垂下了头,心中一片冰寒,那是对自己的失望和对世界的绝望。

"我……不停地幻想，"他难抑羞耻，呢喃道，"我幻想我早就料到了朝廷军有叛徒，我幻想我及时发现了他们的不对劲，我幻想我杀了王承业，逃出了太原……我回到了常山，和他们并肩作战。现在，现在或许我已经与季明一起，带着河北的义军，在潼关包夹安禄山了……我不停地想这些，只有想着这些，我才能好受一点，可是我知道，这只是幻想……十郎总是在提醒我，它在逼我去看我该看到的一切。啊，不是十郎，是你们吧，是你们想让我看到这一切……"

他泪流满面，失声低吼："我不该回来，我不该回大唐。如果我在哈里发偷袭我们时与你们一起战死，这一切或许就不会发生，不会给他们留下无谓的希望，而我则死得不明不白。都是我的错……"

"对，是你的错。"

阿莲娜的声音让李萼一愣。他苦笑一声，低下头："对啊，是我的错……"

"你不该放弃抵抗，李萼。"阿莲娜打断了他的自责，"如果没了我们会让你变得软弱，那么，这应该是我们的错。"

李萼一怔，连忙抬起头："不，这怎么会是你们的错……"

"如果没有你，他们就会苟活，那么，确实应该是你的错。"

"……"李萼呼吸一窒。

"李萼，他们会苟活吗？"

"他们会投降吗？"

"他们会放弃自己的信念吗？"

"不会……"李萼低下头，咬牙道，"不会！"

"所以，就算没有你，就算重来一次，他们还是会做出一样的选择，是吗？"

"是!"

"那么,这就是天命。"

"……"

"唐家子人,这就是你们所说的天命。"阿莲娜的声音仿佛在洞穴中回荡,寒冷的风吹动了无形者们的衣袍,"怛罗斯,是你的天命,遇到我们,是你的天命,遇到他们,也是你的天命,而现在,你还活着,你的天命就还在继续。"

李萼无言。他下意识地动了动手臂,耳边传来锁链碰撞的声音。

一只手突然出现在他面前,他顺着手缓缓抬眼,看到阿莲娜隐藏在兜帽中的脸。她的双眼如星空一般明亮,带着清冷却源源不断的光。

"现在,起身吧,"阿莲娜道,"该你面对自己天命的时候了。"

"咚!咚!"沉重但有节奏的声音突然响起,李萼一时分不清那究竟是自己的心跳,还是远处渐渐靠近的脚步声。

他活动了一下自己无力的四肢,蛰伏许久的剧痛突然传来,与刺骨的寒冷一起浸透了他的全身。

"我……我不知道我身在何处,我该去做什么,现在的常山已经……"

"嘘——"阿莲娜突然竖起食指挡在嘴前,"有人来了。"

她说着,毫不犹豫地起身走入阴影之中,同时,她身后那影影绰绰的无形者们竟然也都已经消失不见。

李萼心中一空。紧接着,牢房前那一丝从远处投射过来的光亮填满了他的胸腔,充斥了他的双眸。

他低下头,隐藏起自己闪烁的眼睛。

两个兵卒走到了他的牢房前,提起灯笼观察了他一会儿。

"昏着？死了？"

"谁知道呢，进去看看不就知道了。来，钥匙。"

"他倒是命硬，都两个月了吧，居然还活着。"钥匙开锁的声音。

"命再硬又怎么样，还不是得死。"牢房门被推开，"嘖，早说了朝廷不会管那么远，直接杀了得了，将军不听，非得留着。你看，白白关那么久，浪费我们多少气力和粮食。"

"所以人家是将军，咱们是臭当兵的。"

门打开了，两个兵卒说着话走了进来，其中一个一脚像是踏进了水坑中："啧！血都流了一地，我看他多半已经死了。"

"死了不就省事了，直接拖出去喂狗。"

他一边说着，一边凑过去探看李蕚的气息。

他刚弯下腰，就对上了一双冷若冰霜的眼睛。

五四

但为苍生

那必然不是一双属于垂死之人的眼睛。

与之对视的那个兵卒被其中的狠厉所慑，竟然愣住了。而就在这电光石火的一霎，那上一刻还被当成尸体的人挺身抬腿，脚尖如刃，狠狠地击中了面前之人的喉间。

这一击宛如一记重锤，带着李萼积攒了数月的愤怒与痛楚，释放的瞬间就击碎了面前之人的喉骨，甚至将其远远地踢飞了出去。

重物落地声与骨头碎裂声混合在一起，让这阴暗的洞穴监狱陡然溢满了杀气。

这一切发生得太快，对于旁边的另一个兵卒来说，他只见到同伴弯个腰的工夫就飞了出去，他甚至没意识到眼前到底发生了什么。当他双目惊恐地转向李萼时，迎接他的却是对方快如闪电的下一波攻击。

李萼一击即中，丝毫不给对手喘息之机，抬腿夹住另一个兵卒的脖子，用尽全身力气旋身一扭！

锁链的叮当声中混杂着人类垂死的呜咽声，那兵卒到死都想不到锁住犯人的锁链会成为拧断自己脖子的工具，他抬起双手刚想去掰开脖子上的桎梏，就听到了"咔嚓"一声。

那是他生命中听到的最后的声音——自己脖子被拧断的声音。

他双手垂落。

李萼松开被他绷直了的锁链，无暇理会肩颈处脱臼一般的疼痛，用双腿夹起兵卒的上半身，又用脚尖钩到了他手边的钥匙……

"当啷"两声后，捆缚他两个月的锁链终于解开了。

李萼缓缓起身，血液似乎在此刻才又开始在他周身流动。方才的两轮袭击耗尽了他积攒的所有力气，他此时宛如行尸走肉，连站立都很困难。

但是此地不宜久留，他必须赶紧走。

他喘息了片刻，终于恢复了一些体力，快速走出牢房，奔向大门口。刚出门口，一旁就传来灯笼落地的声音，同时一个惊恐的声音传来："有人逃狱了！有人逃狱了！来人啊！"

叫声和跌跌撞撞的脚步声正在远去，李萼想追上去，然而他的周身依然如冰一样寒冷，每走一步都很困难，更遑论追上那个去报信的兵卒了。

他努力调匀自己的呼吸，站在黑暗中静静观察四周。

两个月前他被关进来后，曾经数次被拖出去严刑拷打，那时他能够观察到的，也只有前往对方大本营的路线。

如果是两个月之前的他，这时候跟着报信的兵卒悄悄过去，解决所有有威胁的人应该是绰绰有余的，但是现在不行，他必须先活下来，他得先离开……

他转过头，看向自己从未曾去过的方向，那儿幽深，却有着一束细小的光，远远地照过来，是牢房前唯一的光亮。

"或许，那是出口……"

他动了动腿，万蚁啃噬般的麻痒后，是钻心刺骨的疼痛。

如果那不是出口，便是他的死路了……

他不怕死，但他还不能死，他必须活着出去……

杂乱的脚步声从远处响起，直奔他这边而来，越来越近。

李荨的心跳声几乎被那些脚步声盖过了，他咬牙抑制住自己越来越急促的喘息，左右看了看，想找出一条比那丝光亮更有希望的生路来。

该走哪边？

他只有这一次机会了！

"他在那边！"脚步声带着火光从远处拐角传来，火光中的兵卒面目狰狞，宛如地府催命的厉鬼。他们看到李荨后，越发加快了脚步，"别让他跑了！抓住他！"

李荨后退一步，下意识探手去摸墙上的火把。他此时只想舍命一搏。

"李荨……"身后忽然传来阿莲娜的声音，即使他知道这是自己的幻觉，却还是立刻回过头去。那边带着一丝光亮的甬道中，他居然真的看见了阿莲娜笔挺的身影。

她指着那丝光亮，指尖仿佛射出了光芒，连接着远处的光亮，在甬道中形成了一条光路。

"跟我来！"阿莲娜的声音冷静而坚定，让李荨的呼吸都平静了许多。她说着，转身率先往光亮处跑去，"顺着光的方向，你就能找到自己的路！"

李荨毫不犹豫地跟了上去，即使他知道那是幻影……

但如果是阿莲娜，如果是为了阿莲娜，纵使奔向地狱又如何？！

光亮越来越大；让这长得仿佛没有尽头的阴暗甬道都显得温暖了起来。他盯着阿莲娜的背影，她的斗篷飘舞着，在光亮中逐渐透明。他近乎油尽灯枯的身体此刻竟像是充满了力量，加快了脚步想追上她，最后再看一看她的脸。

　　他知道，她很快就会在光中消失。

　　光亮最终成了一个狭长的洞口，两边宽，上下窄，像一个横躺的蝶蛹。

　　阿莲娜就站在洞口前，背对着他，静静地等着。

　　李蕚放慢脚步，他的双腿几乎已经不是自己的了，可他还是咬着牙迈步走了过去，看向洞外。

　　白日的光亮刺痛了李蕚的双目，他忍不住抬手挡了一挡，转头去看阿莲娜，却发现她不知什么时候已经退到了他的身后，隐入了黑暗中。

　　他看到了覆盖着云雾的崇山峻岭，原来他们此刻是站在一座高山上。

　　而云雾下的莽莽群山中，一个狭长的河谷若隐若现，银练般的河流直直地从他的脚下经过。

　　阿莲娜的声音一如既往地冷静："准备好了吗，唐家子人？"

　　李蕚咬了咬牙，身后追击的声音越来越近，他知道自己该走了，但他此时已经迈不动步子。他深深地吸了口气，又慢慢地吐了出来。

　　"看来，你是准备好了。"阿莲娜的声音里却有着了然。

　　"阿莲娜，我一直都在思念着你。"李蕚看着外面，声音沙哑，却面露微笑。

　　"我知道……"

　　"但是，我不能再见到你了！"李蕚看着外面的群山、河流，平静地道,"从现在起,我只想往前看。我有很多事,需要去做了断……"

"呵呵,"阿莲娜发出低沉的笑声,"这才是我认识的你,不愧是我教出来的好徒弟……李蕚,好徒弟用中原话怎么说?"

李蕚心念一动,平静地道:"意中人……"

"好吧,我的……意中人!"阿莲娜的语气里虽有狐疑,却还是顺从地叫了出来,"看来,你与我们,也该有个了断了。"

李蕚没有说话,他静静地听着身后的动静,感受着阿莲娜带来的大漠般的旷达和灼热,还有越来越近的追兵的脚步和叫喊。

"这必然是一条充满荆棘的道路,"阿莲娜沉声道,"但是,你一定要记住,你是大漠最后一个无形者……但不是大唐的最后一个……"

李蕚一怔。

尖厉的鹰啸突然划过天空,十郎裹挟着猎猎劲风飞到李蕚的面前,在洞口盘旋了一圈,再次展翅飞向远方。李蕚的目光紧随着它,也张开了双臂。

"但行公义,不问死生。"他感受着身后近在咫尺的脚步声和劈头砍来的刀风,心如止水,"行于黑暗,侍奉光明。……"

他纵身一跳,如鹰隼击云。

"没错,我必不会是大唐最后一个无形者!"

"我将与苍生一起,为苍生讨回公道!"

身旁与他一同跳落的阿莲娜的衣袍声逐渐隐去,直至穿过云海时,彻底消失不见。

李蕚闭上眼,露出一丝释然的微笑,眼眸颤动。

"再见……我的意中人!"

"扑通!"

四溅的水花之上,高耸入云的西山大佛,在阳光下熠熠生辉。

五五

钓鳌之人

从高处落入水中,纵使当年对此已经千锤百炼,但这一次还是让李萼本就千疮百孔的身躯伤上加伤。

若不是河水冰寒刺骨,刺激着他昏昏沉沉的头脑,他几乎立时就要昏厥其中。

他勉力维持着清醒,随波逐流,只有偶尔在快撞到礁石时,才划动两下以避开。

两边俱是高耸的山崖,他没有气力,也没有把握能在追兵到来前爬上去,只能寄希望于河流能将他带得越远越好。冰寒的水流麻痹了他全身的伤痛,却也在不断侵蚀着他的意志,他不得不拼命维持着思考,以免成为水中的浮尸。

"……王承业……安禄山……高将军……封将军……季明……阿莲娜……呼……裴老……空空儿……精精儿……呵……兵法有云:形兵之极,至于无形……无形,则深间不能窥,智者不能谋……夫兵形象水,水之形,避高而趋下;兵之形,避实而击虚……水因地而制流,兵因敌而制胜……故兵无常势,水无常形……能因敌变化而取胜者，谓之神……"

在心中默念了无数遍不知什么时候被烙印在脑海中的兵法后，他的意志依然难以承受住身体的沉重，再次被汹涌的河水吞没。河水已经冲刷干净了他周身的血污，周围清透得像在冰块中一般，也寒冷得像在冰块中一般。李萼一点点沉了下去。他艰难地抵抗着不断想合上的双眼的眼皮，已经分不清自己是昏是醒。就在他抵抗不住双眼即将闭上的那一瞬间，一根细细的黑线忽然出现在眼前！

李萼猛地睁大眼睛。

他几乎要怀疑这是自己头脑中出现的又一个幻境，可此时已无暇多想，他拼力游向那根黑线。那根黑线在水中飘荡，像是在向他招手，而随着他的靠近，他终于看清，那竟然是一根鱼线！

没有丝毫犹豫，他一把抓住了那根鱼线。鱼线那头立刻感受到了他的扯动，猛地往上一拉……

"哗啦！"

细细的鱼线硬是将他带出了水面。李萼死死抓着鱼线，根本无暇去看鱼线的另一头是谁，只顾着仰起头在水面上拼命呼吸。

"嚯！还以为钓到了个巨鳌呢，居然是个人……咦？是你啊，年轻人！"一个豪迈的声音从一旁的小舟上响起，模糊之中一个人影扔了鱼竿，一手拿着酒壶，一手抓着李萼的手臂，边将他拉上船边大笑，"真巧，我们又见面了！"

李萼狠狠地躺在船上，仰天喘息了许久，才逐渐恢复了点气力。他勉强地睁开眼，终于看清了坐在船头的人，竟然是一年多前在长安花卉盛宴时酒楼中偶遇的那个散发中年男子。

他依然长发披散，白袍翩然，大冬天的在河上喝酒钓鱼，当真是一如既往地潇洒放浪。

"是你……"李萼冷得牙齿都在颤抖。他想坐起来,却分明听到身体里油尽灯枯的警报,全身的筋骨都在嘎嘣作响,显然已经无法再支持他做出动作。

"有……有劳。"他的大脑都是冰冷的,一时间什么都说不出来,只能躺在那儿吃力地道,"我,我……"

一袭带着暖意的棉袍突然盖在了他的身上,散发男子悠然的声音响起:"你就安静躺着别动,有这力气不如换了衣服吧,哈哈哈,我可不想钓个死人回去!"

"多,多谢……"

船在河上静静地飘荡。男子一会儿喝酒,一会儿吟诗,看起来丝毫没有受李萼突然出现的影响。李萼艰难地换了衣服,将已经成了破布片的衣服扔进河里。他裹着棉袍,终于感受到了久违的暖意。

他坐了起来,长长地舒了口气,抬头看向散发男子,刚要张口,却被一个来自岸上的吼声打断。

"喂!前面的小舟,速速靠岸,否则格杀勿论!"

两人一起转头望去,就见远处的岸边,出现了几个骑兵,马上的兵卒正朝着他们招手。

李萼神色一紧,看向散发男子。

"哧!"散发男子不仅不慌,竟然还露出一脸鄙夷的神色,掏着耳朵道,"怎么这么吵……他们都是来追你的?"

"是,说来话长……"

"那就不用说了,去他们的吧!"

李萼一怔,转头看向岸上虎视眈眈的兵卒。散发男子见状,抄起桨随意地划动了一下,船又离岸远了几分。他无视岸上越发愤怒的吼叫,拿起酒壶大笑道:"管他们作甚!说吧,去哪儿?"

散发男子的狂放瓦解了李萼的紧绷，他终于放松了下来，苦笑道："我原本想去的地方，怕是不存在了……"

"哦？哪里？"

"常山……"

散发男子一愣，叹息一声："我听说常山的事了。怎的，你是从哪儿逃出来的？"

李萼摇摇头，努力掩饰痛苦："不是，常山被叛军攻打前，我奉命前往太原接应援兵去了……"

"太原？他们没有派兵去救吗？"

"嗯……"

散发男子挑眉："太原尹是谁？"

想起男子也曾在朝中为官，李萼咬了咬牙，道："王承业！"

"王承业？"散发男子歪头想了想，耸耸肩，"有点印象，不熟悉……怎么，他不仅不救，还把你关在那儿？"

说着，他朝远处的西山大佛示意了一下。

李萼心中也是疑云丛生："他说，他要借这次的事，加入什么'金龟袋'。"

散发男子方才问话时还酒不离口，显得很是随性，仿佛只是想听李萼说个故事，然而一听李萼的这句话，拿着酒壶的手却顿住了，神色微变："金龟袋？"

李萼见状，追问道："先生知道金龟袋？"

"唉，怎么说呢，你不提起，我都快忘了此事了。"散发男子似乎有些无奈，他撩了撩吹到脸上的头发，歪头冥思苦想了许久，才缓缓开口道，"我曾有一友人，哦……我曾与你提及过，他在朝中为官，曾说起过这个组织……"

散发男子似乎也有些不确定，手指一下一下敲着酒壶："他说朝中很多权贵似乎都在这个组织之中，有一手遮天的架势。但他那时只知道个大概，并不翔实，还说以后知道得多了再与我说，谁料后来……"他不再往下说，而是举酒朝天，随后仰头一大口。

"节哀……"李萼记得他说的友人，似乎是归国途中遭遇了海难，生死未卜。

"嗯？其实他没有死！"

李萼一愣。

"哈哈哈哈！"男子又喝了一口酒，笑起来，"他漂流到了很远的地方，历经千辛万苦，哈，又回到了长安！只不过自他出海之后，我们就再未相见。"

李萼不由得跟着心里一松，可想到方才散发男子说的话，却又再次绷紧。

权贵，组织，朝廷！

不过寥寥几个字，但听在李萼耳中，却如黑夜中接连亮起的烽火，整个世界转瞬清晰了起来。

"龟符是安禄山副将的，王承业却要拿龟符找杨国忠领功，想借此加入金龟袋，所以说他们应该都知道龟符的含义……"李萼神色冷厉起来，从牙缝中挤出结论，"他们，都是金龟袋的人！"

"哈！"散发男子听着，不惊反笑，只是笑容略带嘲讽，"年轻人，你可给自己找了个好对手！"

拨开了迷雾，便等于找到了前路，知道了自己接下来该做什么，李萼反而平静了下来。他轻吐一口浊气，抱拳道："多谢先生搭救！在下清河客李萼，敢问先生怎么称呼？"

"我早就想说了，我不过天地间一碌碌无为的过客，贪一口美酒才游荡世间，哪敢当'先生'这一称呼，不如……你就叫我酒中仙吧！"

"好，酒中仙！"李萼露出一抹笑容。

"哈哈哈哈！可想好去处了，小友？"

"我要回一趟清河，"李萼沉声道，"但在此之前，我想先去常山看看……"

"哦？还不死心？"

李萼沉默了一会儿，道："我的兄弟，或许还在那里……就算已经死于非命，我也不能任其曝尸荒野。"

"好，那就常山！"酒中仙一拍大腿，猛地站了起来，任由小船左右摇晃。他仰头喝了一口酒，晃晃悠悠地将酒壶递给李萼，"来来来，刚热好的清酒，喝一口暖暖身子。路途还长，我们说点别的吧，比如……你的故事？"

酒中仙的洒脱仿佛一阵山风，吹散了李萼心头压抑的阴云，他深吸一口气，笑着接过酒壶，摩挲着，沉吟道："嗯……上次与你别后，我便……"

"打住打住！之前的不说说吗？你是如何走上这条路的？"

酒中仙，当真是个妙人儿。

满身的酒气盖不住他的通透和洒脱，看似不羁的外表下，却藏着极其细腻的心思，时不时地便会冒出一两句非凡之语，虽是他随口而出，却又异常精妙。

李萼对自己的过去虽然并不讳莫如深，但也不是健谈爱现之人，却没想到和酒中仙泛舟饮酒之时，竟然断断续续地就把自己的过去都说了出来。那些回忆大多并不美好，却又不乏让他有会心一笑之处。待说完时，他已经有了一种恍若隔世的感觉。

他总说自己是清河客，可在这世间转了一圈后，他却仿佛已经离自己的家乡很远很远了……

何处是家乡？何方是归路？

他已经分不清了。

水声悠悠，船行缓缓，两人沉浸在长长的故事中，各怀心事。

冬去春来，万物复苏，曾经可行马匹的被厚冰覆盖的河面，如今彻底化了开来，展现出水流奔涌的架势。小舟随波而行，但见两岸山峦交替、山势起伏，给人一种心旷神怡之感。

随着重山迫近，河流渐狭，终于到了抵岸分别之时。

李萼上了岸，回身深深一拜："多谢先生搭救！"

"哎，都说了不要叫先生。"酒中仙道，"我还要多谢你，每逢我拔剑四顾心茫然时，总能遇到你，让我知道还有侠客行于世间，我亦有大道尚可追随，哈哈哈哈！妙哉！妙哉！老天有眼，苍生有幸！"

李萼想到自己现在满身伤痛的狼狈样，苦笑道："您高看我了。"

"李萼，'人'这个字啊，最是深奥难测。"酒中仙一撑船桨，将船推离了岸，笑道，"我曾以为蜀道之难已是极致，如今知道了你的故事，才知道何谓'难于上青天'，但你却依然走了过来，而且必然会一直走下去……行路难！行路难！"

他突然吟诵起诗句来，声音虽然沧桑，却中气十足，带着股微醺后的洒脱："多歧路，今安在？"

李萼站在岸边，静静地看着酒中仙的小船越划越远，吟声悠悠，在他周身盘旋，在天地间回荡。

"年轻人，记住！"远处船中的酒中仙忽然起身朝他张开双臂，状若疯癫，震得小舟都晃荡了起来。李萼下意识地往前踏了一步，却见酒中仙拔剑抵在船沿上，把自己稳住，大笑道，"记

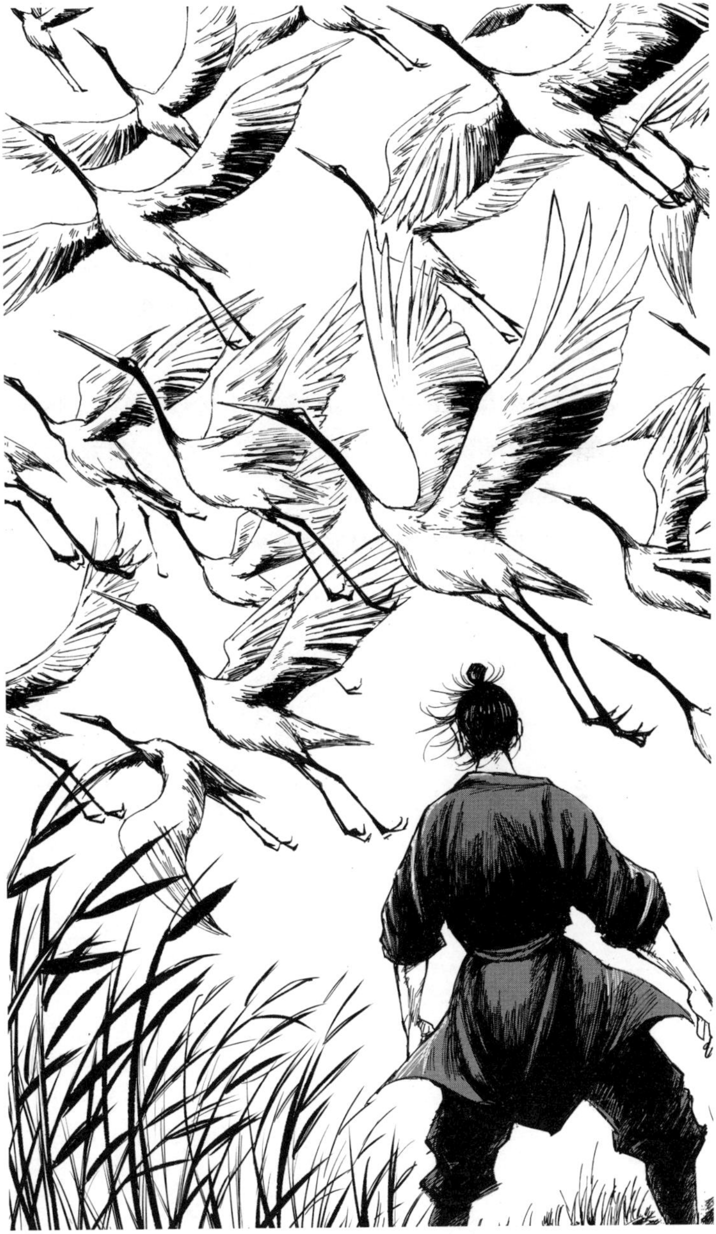

住！长风破浪会有时！直挂云帆——济沧海！"

"你可千万别停下来，要一直走下去！"

李蕁一怔。他尚未完全领会那诗中真意，却已经被酒中仙的豪迈所感染。他脸上露出一丝微笑，用坚定的语气大声回应道："谨遵教诲！"

"哈哈哈……好好好！那么，江湖再见！"酒中仙又一屁股坐下，划着晃动的小舟渐行渐远，只留下他哼着小曲的声音，在水面悠悠荡荡。

李蕁抱拳目送着酒中仙，耳听他吟唱小调的声音越来越远，渐渐消失在河面的薄雾中，又陡然惊起一群白鹭，羽翼翩然，倒真像有仙人驾鹤离开一般。

李蕁深吸一口气，转身看着郁郁葱葱的树林，辨认好方向，想到自己即将奔赴的地方，神色逐渐黯淡了下来。

五六

英雄出处

三天后,李蕚站在了土门关前,灰头土脸,狼狈不堪。

上次过关时他没有留意到,在这三省通衢的土门关,不同方向的关口都略有不同,包括山势、地形,还有城楼……唯一相同的,它们都具备在险峻的山崖中那万夫莫开的雄伟气势!

原本,当初应该有一支军队从这儿过去,驰援常山……他会跟着军队,抑或提前出发,在敌阵中杀出一条血路,救出季明,救下常山。

他在路上曾经难以抑制地幻想自己此行是前往常山救援,然而身上的伤痛却一遍遍提醒他这一切都已经是妄想,他终究还是得面对这个自己最不愿意面对的现实。

土门关还在,常山,却已经没了。

嘴上说得容易,要去寻找故人的踪迹,但是真站在这儿,他却觉得双腿重若千钧,每靠近常山一点,心便越发地沉下去。

为什么一定要去找呢?究竟想找到什么呢?不管找到什么,都不过是徒增伤感吧。

李萼脑中思绪纷乱,在关口守卫的瞪视下,继续迈步往前走去。刚走两步,突然听到身后有马蹄声迫近,紧接着是穷凶极恶的大吼:"快让开!让开!找死呢!"

李萼在马蹄快踩到他的那一刻堪堪避开,刚皱眉瞪去,却见关口的守军长槊相交,生生拦住了冲过来的那队骑兵,甚至以更高的声音喝道:"你是哪边的?报上名来!"

"我乃羽林大将军王承业麾下羽林,奉命前来捉拿逃犯!"

李萼一听,赶紧低下了头,以免被这群骑兵看到自己的脸。

"逃犯?什么逃犯?"

"此人通敌,被我们将军抓住关在西山大牢,前几日他越狱逃走了,我们奉命捉拿!"说着,领头的骑兵掏出一张通缉令,在守关兵卒面前展开,"就是此人!可曾见过?"

"多此一举。"一个守军道,"李光弼将军已经奉命出关收复河北,现在关内到处是朝廷军,逃犯怎么可能来自投罗网?"

李光弼?收复河北?那第一站,岂不就是常山?

李萼面色一变,微微侧身,挡住自己紧握的双拳。

追兵并不气馁,依然坚持要入关搜查,守军不情不愿地放了行。待追兵过去,尘土散尽,守军定睛四望,疑惑地发现方才关前那个落魄的身影也已经消失了。

李萼自然是在混乱中偷偷进入了关内。

不过小半年时间,土门关就几易其主,如今虽然依然在此巍然屹立,却已经有了些破败之色。

当初常山义军曾经浴血奋战过的地方,如今又有了唐军的身影,他们在各处扎营休整,一副蓄势待发的样子。相比李萼在常山见过的团练兵,这些府兵看起来更为训练有素,眉眼中皆是杀气,显然是一支百战之师。

颜杲卿筹划举义时，众人曾挑灯研究土门关地图，因此李萼在其中隐匿穿梭，如入无人之境，很快就探听到了这群唐军最高统帅在何处。他们的将军李光弼就在当初高邈和李钦凑"接待"颜家父子的碉楼中坐镇，此时正在商议进攻常山的计划。

李萼虽然曾经随高仙芝行伍多年，却并不知道太多朝廷其他将领的信息，对李光弼也是知之甚少。另外有王承业背叛在先，他不得不多留一个心眼，因此没有直接找过去，而是沿着当年救颜家父子的路线，直接趴伏在了碉楼外的屋檐上，探听里面的动静。李萼刚隐藏好自己，入耳便是一声怒喝："承业小儿，无耻之尤！"

"将军息怒……"

"史思明这狗贼打个饶阳都要二十天，顶天了也就这么点本事。当初他攻打常山时，那个王承业若能及时带兵去救，如今说不定河北都收复了，现在倒要老子在这儿给他擦屁股！他王承业的命是命，我的兵的命就不是命吗？"

"就是！如今他倒好，缩在长安城里吃香的喝辣的，我们在这儿……"

"住口！没见将军已经够气的了吗，还要火上浇油？将军，线报还没读完，不如我们看完再议？"

"呼——接着说！"

"常山郡的守将是安思义，他是来顶替史思明守城的，麾下精锐应该是尽数被史思明带出去攻打饶阳了，郡内只有少数府兵，大多是团练兵，总数应该不足一万。"

"安思义……怎么没听过？"一旁有人道。

"那是安禄山的侄儿辈，安禄山养父兄弟的孙子，无名小卒，不足挂齿。

"哦,那……将军,我们是不是可以直接去打了?"

"常山郡内可还有百姓?"将军语气中已经没有多少怒火,只有沉稳。

"禀将军……有的。"

"真有?上次城破后,难道史思明还能给他们留了屋舍?"

"城内毁损确实严重,之前的颜太守带兵顽抗,史思明直接放火烧城,差不多十屋九毁……但还是有不少百姓听说仗打完了,就拖家带口地回来了。"禀报的声音很是沉痛,"我们有些消息便是从这些百姓那里打探得来的,还有不少百姓刚回来,就被抓去充了军。"

"嗯……"将军沉吟,"这……有百姓,也不好办。"

"将军,还等什么,兵贵神速啊!"一个年轻点的声音急道,"常山郡这么副样子,要打下来岂不是易如反掌?"

"打下来容易,但你别忘了,我们也只有这万余的兵,若跟常山叛军拼得两败俱伤,如何去应对回援的史思明?你们真当这个狗贼是好相与的人物?"

众皆沉默。

"那……要如何才能以最小的损失去收复常山?那个安思义再无能,总不能自己出来投降吧。"

"我愿效犬马之劳。"一个声音忽然从窗外传来。

"什么人!"

屋内众将立刻拔刀,对准了窗外突然出现的人影。那人影静静地站在窗外,仿佛站了很久,早已与周围的环境融为了一体。此人这份隐匿气息的本事,让房内几个身经百战的将军都暗呼"惭愧"。

听到身后有手下上弩箭的声音,李光弼忽然抬手作阻拦之势,沉着脸道:"君子不立危墙之下,窗外的兄弟既然敢放狂言,想必也是有头有脸的人,何不现身一叙?"

"我是一个有罪之人。"窗外的人并没有动,而是从容道,"还请将军听完我的经历,再决定是否要我现身,如若不信我,我自会离开。"

"你说。"

"我名李萼,年前常山举义,我助颜太守夺回土门关,随后受他所托赶赴太原寻求援兵,谁料王承业污蔑我是反贼奸细,将我关押至今。几天前我寻机逃出来,得知了常山城陷的消息,我此次回来,是想请将军给我一个机会,我要为我那些在常山阵亡的好友,讨一个公道!"

"你不露面,我如何信你?"李光弼的声音很平静,听不出是信还是不信。

"若是不能与将军合作,我自要去寻另一条道路,还请将军体谅。"

"呵呵,若我是如此轻信之人,别说带兵了,怕是都活不到现在!"

"将军……"那个汇报战况的人压低声音说了句话,将军听罢,开口道:"你说你受托求援,总不能也凭这么说书似的来一段吧,信物呢,信物是什么?"

李萼不假思索道:"是三个龟符,上面分别刻有李钦凑、高邈和何千年。"

"龟符一事,朝中确实对此秘而不宣,但是……"李光弼声音沉了下来,"这在反贼军中,应该不是秘密,我怎么知道你不是敌方派来取信于我的奸细?"

"将军,我说过了,我是有罪之人,"李萼语气诚恳,"关外的告示上,就挂着我的通缉令。"

房中沉寂了一会儿,忽然听到另一个人突然"哦"了一声,又对李光弼低声说了些什么,李光弼哼了一声,高声道:"你进来吧!"

窗外的人影来到了门前,门被推开后,李萼被两个守卫的刀尖对着,站在门外。

房中站了四个人,最醒目的自然是被围在中间的中年将领李光弼,他身为契丹将领,容貌粗犷,身形雄壮,细长的双目炯炯有神,此时正细细端详着李萼。

打量完了,他摆摆手,平淡道:"进来吧。"

李萼看了看他们桌上的地图和周围带着些许警惕和好奇看着自己的其他将军,深吸一口气,迈步走入房内。

时隔两个多月,再次来到常山郡,李萼真的有了一种恍若隔世的感觉。

只不过时移世易,如今登高远望,常山郡几乎完全没有了当初他离开时的样子。城墙破损不堪,墙头像是没有了牙齿的牙床一般凹凸不平,上面铺满了黑红的污渍。城墙前的空地好似一片被犁过了一遍的荒田,坑坑洼洼,几乎没一处平整的地方。

光看这景象,就可以想象当初的战况有多激烈。或许当时季明就曾经站在墙头往下看他现在的这个位置,抑或曾经在那个如今被重新修补起来的城门后举刀怒吼,他可以想象到季明奔波在那些黑红污渍斑驳的地方的情景,然而这一切也仅止于想象了。

李光弼说,颜杲卿和袁履谦被押送到了洛阳,生死难料。而他们,都未曾听说颜季明的消息。

李萼努力抹去自己在牢中时脑中不断浮现的画面,那些让他心如刀绞的画面。他至今不知道那些画面是十郎传给自己的,还是他自己的想象……或许他早就知道了真相，只是不愿意去面对。

但不管如何，在没有耳听目见的时候，他都要死守住这一份希望。

"你当真能进去？"一旁的一个将军问道，"不需要我等佯动引敌？"

"不用。"李萼道，"待天黑，我自有办法。"

这位将军笑了。他看起来已过而立之年，长眉细目，面色黝黑，身形精壮，一眼望去颇为凶悍，但性格显然很爽直，可以结交："我哥舒曜也算见识过不少人了，第一回见你这样的，你这身匿迹潜踪的本事，难道是在高仙芝那儿学的？"

李萼失笑。自从得知他曾在高仙芝麾下效力过之后，哥舒曜对他就很是上心。哥舒曜与高仙芝素未谋面，但一直心怀敬仰，总是打听他们在西域征战的故事。

李萼摇摇头："若真如此，那高将军麾下该是个什么样的军队？我是流落西域的时候，受了些高人指点。"

"有意思，待有空闲了，你与我好生说说，我就爱听这种奇人异事。"

"哥舒将军，我也有件好奇的事。"

"啥，你说……啊，你不用问，让我猜猜……哥舒翰和我什么关系？"

"是……"

"唉，那是我爹。"哥舒曜面上没多少自豪。

"哦。"李萼点点头，"知道了。"

"就这样？"哥舒曜反而意犹未尽了。

"哥舒这个姓少见，问一下而已，并没有别的意思。"

"兄弟,你这人不错。我现在就烦别人一遇着我,就开始说我爹,说他的身体,说潼关的局势,说高仙芝和封常清的下场,说朝廷这样那样,说来说去,好像我不是个人,是我爹流落在这儿的一只耳朵,能通过我直接与他说话似的。"哥舒曜果真攒了一肚子怨气,眉头紧皱地抱怨道,"是,我爹是在守潼关没错,他前头高仙芝死得冤也没错,可我能怎么办?我倒是想替他,我配吗?他们知道的,难道我不知道,我爹会不知道?皇命不可违,就是真步了高、封那两人的后尘,难道他们能为我们哥舒家打抱不平不成?"

没想到哥舒曜对这事这么敏感,李萼就更不好开口了。他看了看天色,干脆坐起来,一边听哥舒曜絮絮叨叨发泄着,一边低头检查自己刚刚到手的武器和工具。

他自己的武器全被扣在西山大牢,此生估计没有寻回来的可能了。幸而李光弼军中东西很全。李萼本就行伍出身,自然样样称手,此时他左手横刀右手短弩,寻找着久已生疏的感觉。

一旁的哥舒曜还在抱怨:"要我说,守潼关还不容易?现在去宫里把杨国忠那帮人宰了,别说潼关能守住,不用一个月,安禄山那厮都能被打回老家去!"

李萼心里一动:"……你当真这么以为?"

哥舒曜冷哼一声:"我就问你,高仙芝'畏战',你信吗?"

"不信。"

"那不就得了!那群刀都不见得拿得动的货色,几句话就能把高仙芝说死。临阵斩将啊!这战局到底是谁在拖后腿,这天下谁才是最大的反贼,你心里还没个定论吗?"

李萼沉默地擦拭着手里的刀,眼中冷光闪烁。

哥舒曜咬牙道:"只要他们不对我爹下手,这潼关定不会失。

我现在就指望着能快点收复河北，将他们尽数斩于潼关之前！"

"我该走了，"李萼淡淡地说，"天黑了。"

"哦？"哥舒曜看了看天色，残阳还在西面飘荡，常山郡有一半笼在昏暗中。他深吸一口气，脸色平静了下来，拍了拍李萼，"兄弟，可还记得将军的叮嘱？"

"记得，"李萼道，"活捉逼降为上，刺杀生乱为中，逞强送命为下……无功而返亦可。"

"没错！你可别忘了，大军就在身后，这常山郡，我们是肯定能收回来的！"

李萼点了点头，拢上兜帽，转身遁入阴影之中。

一声鹰唳响起，哥舒曜抬头，看见夜空中有一只巨鹰，追着李萼的身影一划而过。

五 七

乱城义士

常山郡叛军守将肯定已经收到了朝廷大军来袭的消息,于是将城门紧闭,城墙上火光串成了一条火龙,巡逻极其严密。

若不是有十郎的帮助,即使通过坑洼不平的城墙攀爬上去,李荨也不一定能在不被人发现的情况下躲入城头车上的草垛中。巧的是,他刚躲进去,便有人过来拉起了他所藏的那辆车。

"老黄,这车你拉去哪儿?"旁边有人过来大声道。

"将军有令,这些干草会积夜露,别等明后日要用时点不起来,叫我们先拉到仓里候着,等到时候要用了,再拉上来不迟。"

"啧,这不是折腾吗,虽然是一车草,但也有百十斤呢,早怎么没想到呢?"

"哎,不是说按道理今日该到了吗?结果这都天黑了还没来,估计今晚是打不起来了。"

"说是这么说……你说这李光弼到底行不行?怎么从土门关过来都要这么多天,莫不是吓得不敢动了?"

"小点声,这话可不兴说。"老黄压低声音,"我听他们说,派出去好几个捉生将都没回来,指不定人家已经就在眼前了!"

"那还把草往下拉?"

"将军下令了能怎么办?唉,反正我们就是磨上的驴子,让干啥就干啥呗。"

"哼,让造反,也跟着造反?"

"嘘——你不要命啦!"

"行了,怕啥,兄弟们不都这么想的?再说了,现在的守将是安思义,软蛋一个,领着我们这点子兵,能守住啥?老黄,我跟你说,你年纪也不小了,到时候打起来,别露头,且活着,说不定还能回去看孙子。"

"我哪回想露头了?要不是那些曳落河盯着,谁不上杀谁,我也不至于……唉,不提了不提了。咦,这车咋的这么沉?"

说着,车子往下一滑!

"哎哟你小心。"一旁的人连忙帮着扶住,一副"我就知道"的语气,"你瞧瞧,很快就要连这车都拉不动了,这仗打完,该回去享享福啦……"

"说得是啊,说得是啊……"

老黄沉重的呼吸声和车辘辘在地上滚动的声音混合在一起,过了许久才停下来。他将干草车拖到了一个很安静、很暖和的地方。李蕚躲在干草中,听着外面走来走去的脚步声逐渐走远,直到消失。

他轻轻地翻出草垛,刚一抬头,却看到一个老兵站在门口,一脸惊愕地看着自己。

"你……"老兵刚开口,李蕚飞扑上前,拿刀顶住了他的脖子:"别动!"

老兵满脸沧桑,身形瘦小,吓得浑身都在颤抖。李蕚都不用推他,他自己就一点点挪进了这破旧的仓房中。

"这是哪儿?"李蕚冷声问。

"常……常山。"

"我当然知道这是常山。"没想到老兵会被吓成这样,李蕚无奈。

"哦哦,城……城南谷仓,哦,但……但没谷子了,大……大侠要……要什么?"

"安思义在哪儿?"李蕚说着,收紧了刀刃。

老兵抖得更厉害了:"大侠饶命,我上有老,下……下有小……"

"我知道,你还有孙子。"李蕚冷声道,"你应该不想打这场仗吧?"

"对,对……哦,你都听见了……"

"那就告诉我,安思义在哪儿?"

"做……做什么?"老兵哆哆嗦嗦道,"安思义身边,很……很多兵,都是亲兵,曳……曳落河。"

"你只要告诉我,他在哪儿。"

"城……城中,开……开元寺。"

李蕚抬头看了看开元寺方向,开元寺的须弥塔隐藏在昏暗中,只有塔顶闪烁着灯火。他又问:"哪个殿?"

"这……这我不知啊!但是大殿很……很多被烧了,应该……应该是在好的那座里。"

李蕚没有继续问,而是深沉地看着老兵,眼神闪烁。

老兵混沌的神志此时如有神助,突然清醒了过来,他意识到李蕚在思考什么,当即"扑通"跪了下来,痛哭流涕道:"大侠饶命啊!我……我不是反贼!我也是没有办法,我们当兵的,只能听命行事！我们也不想反的啊！我，我……"

"你既不是曳落河，为什么会在这儿？"

"我们是团练兵，是其他郡里调过来的……"

团练兵就是乡兵，并非府兵那般的正规军，而且在战事紧急的时候，很多团练兵都是被强征入伍的，这一点，李萼倒是也知道。

他又打量了一眼老兵满是皱纹的脸，慢慢地放下了刀，冷声道："你应该明白我原打算做什么。"

"是是是！"老兵点头。

"不要让我后悔放过你……老黄！"

"我明白！"老黄抹了抹眼泪，"我一定当什么都没看到！"

就在此时，一个人突然高声说着话，从外面走了进来："老黄！咋的就不见人了？你不会比我还会躲懒吧？快把你找到的酒分点出来，累死我了……呃！"

他疲惫的双眼在颈间一丝冷光的映照下陡然清醒。

李萼根本没躲，那人刚进来，他就已经把刀顶了上去。

来人是个壮年男子，面容方正，听声音似乎就是方才和老黄说话的人。此时他面露震惊，看了看李萼，又疑惑地望向跪在地上的老黄："这……这是怎么回事……"

李萼一言不发，只是看向老黄。

"等等，大侠！"老黄立刻反应过来，他双手撑着地，哀求道，"这是我老乡，他也不想反的！求大侠饶过他一命，我们一定不会妨碍到大侠！"

"你是……朝廷来的人？"

"阿勇！别说话！"

谁知这个阿勇根本不理会老黄的警告，双眼发亮地瞪着李

423

萼："你真是朝廷来的？"

"我乃李光弼将军麾下，"李萼看着他的双眼，平静地说道，"奉命入城，擒贼擒王。"

"好呀！其他人呢？"阿勇竟然还不怕死地张望起来。

"就我一人。"

"啊？就你一个？那不是送死吗？安思义这人尿得很，身边跟满了曳落河！"

"我怎么到的这儿，就会怎么到他身边去。"李萼道，"记住，你们什么都没看见。"

说罢，他收了刀，绕过阿勇欲走，却见阿勇忽然冲上前拦在他面前，斩钉截铁道："好汉，我帮你！让我帮你吧！"

李萼对上他坚定的眼神，面无表情地问："你待如何？"

"安思义现在在开元寺的钟楼里，上下都有曳落河！但他们曳落河人少，我们人多！我可以让兄弟们假装闹事，引得他们过来管我们，你再混进去！"

"在曳落河眼皮子底下生事，一不小心就会送命，"李萼依然保持着怀疑，"你们为什么要帮我？"

"不是为你，是为了我们自己！"阿勇梗着脖子道，"我们虽是不起眼的卒子，但也不想背上个反叛的名声，在子孙后代面前丢人！老黄，你说是不是？"

老黄还跪在那儿惊魂未定，闻言胡乱地点着头："是！是！"

李萼右手摩挲着刀柄，沉沉地打量着他们。

"要不这样！"阿勇忽然道，"你穿上我的衣服，叫老黄带你过去，我去召集兄弟们！"

"什么？我？"老黄大惊失色，"那你要是不把人带来，我岂不是……岂不是……"

"嘻，孬种！"阿勇骂了一声，"我是怕这位好汉不认识路。那成，我带他过去，你去召集兄弟们，成了吧？"

"可……可他们也不听我的啊……"老黄苍老的脸此时显得楚楚可怜。

"那你说怎么办？"阿勇一脸焦急。

"我认得路。"李蓼忽然开口。

"啊？"

李蓼叹了口气，转身道："罢了，给你一刻钟的时间，你若能召集兄弟，那就按你刚说的计划行事，若是不行，就不要轻举妄动，但是……"他抽出了刀，在月光下旋转刀刃，任由月色反射的白光照在自己脸上，"若是你以相助之名出卖我，你们二人，定活不过今晚。"他瞥了他们一眼，轻描淡写道："我取了安思义的命后，自会来找你们的。"

阿勇在李蓼的目光下忍不住咽了口口水，咧开嘴道："好汉放心，我赵成勇向来说到做到，绝不是那种无耻鼠辈！"

萍水相逢，李蓼当然不会仅凭这个赵成勇几句话就相信了他，但是如果真像他所说的，用假装闹事的方式吸引保卫安思义的曳落河们的注意，那么对他的刺杀行动帮助确实不小。相反，若是赵成勇当真只是为了活命这般说，那后面只要不出卖他，放过便放过了，但如果出卖自己……他自有把握回来取他的狗命。

李蓼不再多言，又看了他们一眼，转身一闪，便没了踪影。

赵成勇和老黄同时松了口气。老黄扶着墙慢慢站起来，心有余悸道："造孽啊，别等打仗了，半条老命已经给我吓没了……阿勇，你刚才说什么来着，要酒是吧……唉，我给你拿。"

他一边说着，一边撑着腰往旁边去取酒，却没听到赵成勇的回应，他疑惑地回头，正好见他一脸严肃地站在那儿，思考着什么。

老黄心生不妙:"阿勇,你不会真的……"

"老黄,你待着别动就好,我出去一下。"

"什么?"老黄上前拉住他,"你疯了吗?莫非你是要去通知将军?"

赵成勇回头低喝:"说什么呢,我怎么可能是这么卑鄙无耻的人!我是要召集兄弟,帮刚才这位好汉!"

"造孽啊!你好端端的,帮那等凶神恶煞做什么?我们不过是讨口饭吃,何苦掺和这种要命的事!"

"你是讨口饭吃,我可不是!"赵成勇甩开老黄,"我跟我娘发过誓,不混出个人样不回去!可如今却被一群叛军支使着做牛做马,再跟着他们,说不定哪天我就被逼着杀我娘了!"

"那你也不能……"

"怎么不能?这是老天在给我建功立业的机会!我若不抓住,我就是天字第一号大蠢蛋!"

"可你如何去说服兄弟们?他们虽然也这么想,可不一定敢跟着你这么干啊!"

赵成勇愣了一下,低头沉默了一会儿,忽然道:"老黄,我一个人,或许确实说服不了他们。"

老黄面上一松:"对啊!"

"可若你跟着我一起去,有两个人在,就会有更多的人愿意了。"

老黄目瞪口呆:"啥?我?"

"你跟不跟我去?"赵成勇冷冷地看着他,"跟着我去,这次事成,你也是一大功臣;若不去,到时候我办成了,我一句好话都不会为你说的。"

老黄一脸苦相,双手缩进袖子:"阿勇啊,我这一把年纪了,唉,说不定本来就活不过这一仗……"

"懒得与你多说,不去就不去!"赵成勇转身就往外走,"到时候你做了俘虏,我看谁替你照顾你家小,反正你是决计指望不上我的。"

赵成勇说着话,人已经走出了仓房。他快走了几步,又放慢了速度,眼角瞥着身后,脸上的神色还真有点不安。

然而没过多久,随着一阵小跑声,老黄的哀叹还是出现在了他身后:"唉,走吧走吧,打也是死,不打也是死,不如看看有没有可能逃过这一劫吧!"

赵成勇嘴角飞快地翘了一下,面色一正,道:"赶紧的,时间都快过去了!"

"走走走!"

两人快步往城墙方向走去。

五 八
浮屠刀光

开元寺，自东魏建成以来几经改名，直至玄宗年间诏令天下州郡各建一大寺，以纪年为寺号，当年的解惠寺便成了如今常山郡的开元寺。

能被选中改名，开元寺自有其独到之处。它本就是常山郡中最大的寺庙，有殿宇七八座，兼有九重宝塔和钟楼，恢宏庄严，香火鼎盛。而如今经历战乱后，却只剩下大片残垣断壁，许多殿宇被烧毁，残存的也大都摇摇欲坠，唯独高高的须弥塔虽然披着被熏黑的外壳，陪伴在业已看不出红墙的钟楼边，却俨然成为周围废墟中鹤立鸡群般的存在。

李萼站在须弥塔顶，静静地看着塔下的情景。

常山郡内的破败，远超过他的想象，曾经鳞次栉比的屋舍如今几乎已经被夷平，满地都是焦黑的砖瓦和梁木，几乎看不清原本的街巷，可见当初城内巷战之激烈。

偶尔有些废墟中有点点火光明灭不定，但大多都亮一下就消失了，尤其是当有一排火把快速接近的时候，沿街两侧更不敢有人亮灯。巡逻兵沉重的脚步声，隔着很远就能听到。夜空高阔，可夜幕下的常山郡，却压抑得让人喘不过气来。

这是李萼第二次攀上须弥塔。

如果说上一次他在这塔顶看到了颜杲卿治下常山郡的繁华和丰饶，那么这一次，目之所及，直如地狱。

李萼努力不去想象当时常山义军战斗时的惨状，他收回目光，将注意力放在了钟楼附近……时间快到了。他有一夜的时间去行动，并不急于这一刻，他只是有些好奇，那个赵成勇，到底是不是当真要帮自己。

如果赵成勇说到做到，那么这次的行动，肯定会有把握得多。

夜色已经漆黑，幸而天空疏朗，寒凉中带着一丝清透。十郎拍打翅膀的声音在周围时近时远，神出鬼没。李萼等了约一刻钟，并没有听到下面有什么动静，也没见钟楼里有什么异动，知道这赵成勇，终究还是食言了。

不过无妨，反正今晚之事，他横竖都是要做的。

钟楼二楼有灯光闪烁着，还有鬼面的曳落河在外面过道来回巡视。他观察了一会儿，确定外面门口有两个人，而里面，除了安思义，从人影数量上看，至少还有三个。楼下则更多了，除了守在塔楼外的两个曳落河，进出塔楼的还有四个。

十人为伍，看来这一队就是安思义的卫队了，塔楼二楼里面应该还有两个曳落河，剩下的便是安思义和另外一个人。

人有点多，但自己还能应付。只要自己动作够快，楼上楼下的就能分开解决……如果一切顺利，或许只要挟持了安思义，一楼的曳落河也将不再是威胁。

他攀着塔檐跳到三层，从口袋中掏出几个粉包。粉包手掌大小，有一根细线露在外面。他掏出弩箭，将粉包放在弩机上，瞄准了塔楼二楼的窗户，另一只手掏出一个火折子，正要将其吹燃，突然听到下面传来一阵骚动。

一群团练兵从不远处走过来，直奔钟楼，打头的正是赵成勇，老远的看不清他的表情，却可以看出所有人中只有他脚步坚定。

钟楼下的曳落河当即迎了上去，其中一个人冷声道："你们这是做什么？"

"长官，"赵成勇的声音隐隐约约的，带着些许谄媚，"这不是明儿就有场硬仗了嘛，兄弟们傍晚就分到点干饼，没啥油水，实在不顶饿，想过来讨些吃的。"

"就为这事，你们就擅离职守？"曳落河抬高了声音，"你们也知道明日就有大战，还这样扰乱军心，按律当斩！"

"斩"字一出，赵成勇身后的人明显畏缩了一下。赵成勇见状，却并不畏惧，也高声道："要我们给你们打仗，又不给我们吃饱，这不明摆着是要我们送死吗？我们也是有爹娘老小的人，凭什么你们每日大鱼大肉的，我们就要饿着肚子？"

"我看你就是来找死的！"曳落河怒喝，伸手去拔腰间的刀。

"怎么回事？"二楼的曳落河探头望着下面，大声问道，"吵吵嚷嚷的！"

"这群乡兵找死，我这就解决了他们！"

"快点，别扰了将军清静！"

"唰！"楼下的曳落河拔出了刀。

赵成勇全身都是僵硬的，他梗着脖子，眼睛不停瞟着塔楼上面，显然是在寻找"好汉"的身影，可是直到面前的曳落河的刀光映在了自己脸上，他都没看到任何自己期待的动静。

他身后的人紧张地拉住了他："勇哥……怎么办……"

赵成勇咽了口唾沫,他全身都在颤抖,不知是因为懊悔还是因为愤恨,就在身后的人用力拉他的时候,他猛地抬起头,大吼一声:"什么怎么办,拼了!"说罢,直接往面前的曳落河扑去。

"啊?"身后拉着他的人收回了手,却全都在往后退,唯独赵成勇一人抓住那个曳落河握刀的手,回头大吼,"上啊,孬种!今天不死,明天也要死!"

"勇哥……"听到"死"字,后面的人愈发犹豫了。

这边的动静终于吸引了其他几个曳落河,墙门边的另一个,以及钟楼一层里面的四个都走了过来,见到当前的情形,一边拔刀一边调笑:"老兄,你也没吃饱饭吗,这么个乡兵还要纠缠这么久?哈哈哈!"

被赵成勇缠住的曳落河骂了一声,一脚踹开赵成勇,举刀朝他砍去。

赵成勇跌坐在地上,看着头顶落下的横刀,眼中满是绝望……

忽然,他们的头顶传来一声闷响,紧接着,一阵惨叫响了起来!

所有人都往惨叫传来的方向望去,却发现那里正是钟楼二楼。此时,二楼内正有诡异的白烟喷涌而出,而白烟之中,一个人影正直直地站在外面,仿佛看着这边。

"怎么回……"举刀的曳落河以为自己眼花了,可下一瞬,他的瞳孔陡然放大,他清楚地看到,那个白烟中的人朝他抬起了手,他的手上,赫然是一把手弩!

弩箭穿透肉体的声音完全被二楼的惨叫遮盖住了。就在楼下所有人震惊地看着那个曳落河倒地的时候,塔楼外那个鬼魅一样的身影已经消失在了白烟中。

"保护将军!"终于有曳落河反应了过来,拔腿往钟楼冲去。

可就在他们迈腿的那一刻,一个声嘶力竭的声音从他们身后响起:"兄弟们,跟我一起拦住他们!安思义要完啦!"

话音未落,一个人已经从地上爬起来,连滚带爬地猛冲两步,一把抱住了其中一个曳落河的腿。

此人自然就是赵成勇!

他满脸狂热和激动,仿佛安思义已经死了,仿佛他已经打了大胜仗,抱住对方腿的时候又嘶吼起来:"快啊,现在还不信吗?那是刺客!李光弼派来的!大唐的刺客!我们的刺客!"

"上啊!"又一个人大叫一声。剩下的乡兵接连怒吼,钟楼下面彻底乱了起来!

烟雾中,李萼紧闭着双眼,凝神听着周围的动静。

虽然下面非常吵闹,但是二层塔楼内,烟雾虽然还在弥漫,但结局几乎已经尘埃落定。

在看到赵成勇吸引了楼下曳落河的注意后,他就已经开始行动了。虽然惯用的烟雾弹没有了,但他还是借用土门关中已有的东西,自制了几个石灰弹:他在石灰粉包中塞入了小炮仗,一旦炮仗炸开,便能让石灰粉散溅开来。

虽然同样能让人看不清东西,甚至杀伤力更强,但相比他早已习惯的烟雾弹的配方,石灰弹的杀伤力是敌我不分的,敌人可能会被灼瞎,但自己也必须闭眼,还要屏住呼吸,以免石灰粉进入口鼻。

用手弩将石灰弹射入塔楼后,他纵身跃到塔楼围廊,趁外面两个曳落河不注意时将其击杀,随后用弩箭顺手干掉了威胁赵成勇的那个曳落河,这才戴上兜帽面罩包裹住头部,一头钻入已经弥漫了石灰粉的屋中!

此时,屋里的人在石灰弹的攻击下,都捂着眼睛惨叫起来。

五八｜浮屠刀光

李萼早有准备，他辨别着惨叫声，听着声音发闷的，便断定是戴着鬼面的曳落河发出的，立刻摸过去手起刀落，惨叫声便戛然而止。剩下的人意识到不对劲，便都闭上眼摸索着要往外逃，可谈何容易，很快就有人忍不住咳嗽了一声。

闷声，曳落河！李萼当即过去，呈"之"字形连砍三刀！

"轰——哐啷啷——"又一个沉重的身体倒下。

他宛如一个烟中的恶鬼，无声无息地收割着活物的性命。

"喀喀喀……将军！"有一个人忍不住喊了起来，石灰进了他的喉咙"你……喀喀喀喀喀……快走……喀喀喀喀……我拦住……啊——"

又一个尸体倒地的声音。

此时被石灰弹打破的窗洞上，呼呼灌入的风已经逐渐吹散了满屋的烟尘。李萼挥了挥手，感受到周围的空气中石灰已经渐渐飘散，这才缓缓揭开面罩，静静地看着面前的角落。

那儿缩着一个卸了盔甲的壮年男子，正捂着嘴紧闭着眼，脸已经憋得发紫。

李萼迈步走过去。

似乎是听到脚步声，抑或是感觉到烟尘已经散开，壮年男子微微睁开眼，刚睁开一条缝，眼泪就涌泉一般流了下来，双目如涂了血一样通红。看到正在逼近的李萼，他睁着这么一双赤眸，嘶哑地怒吼一声，从身侧抽出刀来直接刺向对方的喉咙！

李萼没有躲闪，甩手一劈，男子的刀飞了出去，掉在地上"哐啷啷"地响。

男子握住虎口，眼中的惊怒逐渐被惊恐取代。

"安思义？"李萼居高临下地看着他。

"你……是何人？"男子没有否认自己的身份。他的声音着

433

火一般沙哑，说完还带起一串剧烈的咳嗽。

虽然看起来狼狈，但是在这极致的恐惧中还能忍着双目和喉咙剧痛蛰伏这么久，这个安思义也不知道是真的勇敢还是贪生怕死。

然而这都不是李荨需要考虑的了。

"安思义，"他抖了抖手弩上的粉尘，再次举起混杂着鲜血与石灰的刀，冷声道，"起来，开城门！"

五九

新仇旧怨

常山，夺回来了。

信号弹发出没多久，隆隆的蹄声就迫近了常山城下。而此时，常山城内三千团练兵已经打开了城门，城门内，密密麻麻地蹲了近千名曳落河，他们皆垂头丧气，鬼面散落一地。

哥舒曜骑着马直奔开元寺，在一片狼藉的塔楼内看到狼狈不堪的安思义。听了安思义被俘的经过，他对李萼很是服气："兄弟，你果真是一个奇人！"

李萼站在窗边，看着朝阳中渐渐亮堂起来的常山郡，面色平淡地道："将军呢？"

"他马上就到！"哥舒曜大马金刀地坐在凳子上，长舒一口气，"哈哈哈哈！我是真没想到，你居然真的能做到。传说中的万军丛中取敌之首，我算是见识了。哈哈哈哈！"

"还得有人帮忙，"李萼示意了一下一旁站在角落里一脸期待的赵成勇，"若不是他们帮我拖住楼下的曳落河，一旦他们听到动静上来，我不会那么轻易得手。"

"好好好!"哥舒曜起身走过去,大力拍了拍赵成勇,"大唐就需要你这样的忠义之士,此战记你一功!"

赵成勇被拍得面露痛苦之色,他捂着肩头苦笑道:"谢……谢谢将军!"

"怎么,伤了?"哥舒曜这才看到他周身的血迹。

"喀,还好。方才那群叛军下了杀手,我……我侥幸活了下来,"赵成勇哽咽起来,"跟我一道的兄弟,没了三个……"

哥舒曜叹息一声,没说什么,转身对自己的卫兵道:"你们去几个人,陪这位……"

"小的赵成勇!"

"陪成勇安葬了那些兄弟。"

"是!"

等赵成勇离开,哥舒曜神色一正,再看向安思义,脸上就有些讥讽之意了:"安将军,这样就失了城,作何感想啊?"

安思义自哥舒曜进来后就一直垂头不语。安思义虽然身形健硕,却并不像安禄山那般魁伟,此时颓丧地坐在角落里,头也不抬一下。

"你果真和安禄山不是一个爹生的,"哥舒曜继续讥讽道,"若他也在这房中,定会不分敌我胡乱挥刀,靠近者死。"

"看来哥舒将军是以己度人了,"安思义终于开口了,声音还是很沙哑,冷笑道,"若是你面对当时的情形,估计也会这么做吧?"

哥舒曜神色一变:"你……"他猛地站起来,迈步向安思义走去。

"子明!"一声厉喝忽然响起,哥舒曜动作一顿,看向声音发出的方向,就见李光弼刚走到门口,正看到这一幕,脸色阴沉,"你要做什么?"

"将军,"哥舒曜面露不甘,退后了一步,"没事,就是开个玩笑。"

"你啊……"李光弼摇了摇头,没有当众继续斥责他,转而拍了拍李蓁的肩膀:"你辛苦了。"

李蓁早就看到李光弼来了,此时只是点点头,默默地让到一边。

李光弼进了屋子,看向安思义,一边坐下来,一边下令:"来人,给他松绑。"

"将军!"哥舒曜皱眉,"他……"

"子明!"李光弼抬高了声音,再次喊出哥舒曜的字。

哥舒曜一顿,一脸不忿地闭上了嘴。

"唉,你们下去吧,看看城里的情况,"李光弼知道哥舒曜的心性,也不愿苛责,"应该有不少百姓和义军被关押着,按老规矩来,全放了,每人给一笔安家费,有伤的治伤,有饿肚子的给粮……再带人寻块空地,好生安葬了那些在叛乱中死了的人,等准备好了,我亲自去祭奠。"

"是,将军……"哥舒曜不甘地点了点头,转身朝李蓁使了个眼色。李蓁知道李光弼这是要单独审问安思义,而自己想问安思义的,方才已经得到了答案,便向周围抱了抱拳,跟着哥舒曜下了城楼。

此时天已经蒙蒙亮,常山的破败在曙光中越发清晰,虽然现在已经被收复,有朝廷军来回跑动忙碌,可这破败的景象依然刺痛着李蓁的眼睛。

当初史思明攻打进来时,也是从这个门吗?

他忍不住环顾四周,想象着颜家人在守卫常山时的景象。

季明一定是冲锋在前的吧？即使有府兵保护，他那柔弱的身躯不知道能撑多久……但以他的心性，定然不会贪生怕死，躲在别人的身后或阴暗的角落里。

至于他的父亲，颜太守，他更为刚烈，说不定……

"李萼，如今你立了这大功，将军定然会把你的通缉令撤了，之后你就是自由身了。"走在前面的哥舒曜突然回头，笑道，"怎么样，接下来如何打算？"

李萼回过神，深吸一口气，道："大仇未报，谈何自由……我还有不少对头，需要一一清算。"

"嘿，巧了，我也是这么想的，哈哈哈哈！"哥舒曜大笑起来，搂着李萼的肩膀往前一指，"来来来，史思明不就在附近吗？哥哥我一会儿就要过去找他了。怎么样，同去不？"

李萼露出一丝笑意，摇摇头："不了。"

"嗯？"哥舒曜显然没想到会得到这个答案，惊讶道，"你可想清楚了，跟着我们，不仅能手刃仇人，还能建功立业！你既已立了大功，必能得到重用，这么好的机会，你当真不要？"

"建功立业非我所愿，"李萼平淡地道，"再说了，有高、封二位将军的例子在前，跟着朝廷军，当真能算自由身？"

哥舒曜一怔，难掩黯然，苦笑道："你倒是看得通透。"

"至于手刃仇人，"李萼看着自己的双手，猛一握拳，冷声道，"我还是喜欢亲力亲为。"

"既如此，那就祝兄弟你早日得偿所愿了。"哥舒曜笑着抱拳，"你说得对，只有天下太平，方能畅谈自由。哥哥我就等你的好消息了。"

哥舒曜说罢，就去办李光弼吩咐的事了。李萼站在原地举目四望，看着周围破败的样子，心不断地往下沉。

他没有忘记自己当初要来常山的目的，但此时，看着周围的片片废墟，竟有一种无从下手的感觉。

他们就算下落不明，总该留下点痕迹吧？

李萼漫无目的地在城中寻觅，竟然不由自主地进了太守府。那儿已经有不少士兵在各自长官的指挥下搬运砖木或者清理瓦砾，显然准备将这里挪作他用。门口有人守着，大概是怕有不长眼的兵痞、百姓进去寻摸财物。他们见李萼要进去，二话没说就放行了。

想找到点和颜家人有关的蛛丝马迹，太守府应是最佳的场所了。李萼在里面慢慢地走着，细细观察每一处边角。然而被叛军盘踞过的太守府，里面就如蝗虫过境，什么都没剩下，就连桌椅柜架，都被拆了烧火了。

除了书……

李萼寻到了书房，发现不少书掉在地上。或许是因为书太多太散，叛军连捡都懒得捡，因此它们倒是逃过了一劫。

他上前将一些书在地上归置好，就地坐下，随手拿起一本看了一眼，不禁愣了一下。

…………

"李萼兄，这些都是我蒙学的书，你看看还记得多少，读到了哪儿，爱读什么，有什么不懂的，都告诉我，我一定知无不言！"

当时那个青年兴冲冲地捧着一摞书跑进来的场景仿佛就在眼前。那时窗外雪花纷纷落下，天光打在他的背上，却也没盖住他明朗的笑容。他的身后，端庄窈窕的妻子手里捧着茶盘，一脸无奈："季明，先让李萼兄喝口茶。"

"哦，对对，李萼兄，喝茶先……你看，我觉得你们应该是从这本《千字文》读起的，或者是这本《孝经》？若这两本都读了，那就该读'五经'了。哎呀，不好意思，我读它的时候还太小，总是读着读着就睡过去了，这块污渍应该是当时不小心打翻了茶水留下的……"

"我怎么记得父亲大人当初说你是枕着这书睡的，所以这块污渍应该是你流的……"

"红儿！"

李萼忍不住笑起来。

…………

恍惚中，他一抬头，笑容倏然收起。

面前空空如也。

他深吸一口气，拿起那本破损不堪的《孝经》，收进怀里，轻声道："待我看完了，再还你。"

正要起身，突然听到门口有耳熟的声音传来："李公子！你是李公子吗？"

李萼抬头，一眼认出门口那矮瘦精干的老人，正是颜家老仆陈伯！

他当初为了保护颜季明受伤，不得不在墨家村养伤，如今看来，倒是逃过了一劫。

"陈伯，"李萼起身抱拳，"是我，李萼。"

"李……李公子！"见到李萼，陈伯双眼通红，哽咽道，"你……你看到我家少爷了吗？……"

话未尽，泪已纵横。

六十

故地故人

重遇陈伯，李荨有一种恍若隔世的感觉。

他下意识地看向陈伯的身后，总感觉这个精瘦的小老头身后，应该还站着另一个身影，以至于连陈伯问的话，他都没听真切。

待回过神来，看着哭得像个孩子的老人，以及他空空如也的身后，酸涩的感觉也涌了上来。两个多月没见，本来就岁数不小的陈伯，看起来已经苍老得不成样子。

两人相对而站，俱垂头不言，房中弥漫的悲伤气息，压在两人的身上，越来越重。

几抹天光从破损的门窗照了进来，带着一阵阵清风。这清风全然没有充斥着外面的焦苦味，它清爽、和煦，轻柔地吹遍两人的周身，拂动了书页，仿佛是在他们耳边轻声絮语。

房中的气息就这么逐渐清朗了起来，仿佛颜季明此时就站在此处。

陈伯哭声渐息，他有些怔忡地抬起头，呆呆地看着周围，室内空旷的四壁和散落的书页显然已经不是他记忆中的模样，但他却像是被某种力量指引着似的,弯腰将书一本本捡起来,擦着上面的灰,低喃:"少爷,是你吗?老奴找了你好久啊……你到底在哪儿?呜呜……"

他呜咽了一阵,抱着书籍残本深深地吸了一口气,终于冷静了一些:"李公子,对不住,我……我失态了,我刚看到你,还以为,还以为能看到公子……"

"我明白,"李荨轻声道,"我也在找他……陈伯,你既然来了这儿,可是有什么线索?"

"唉!"陈伯长叹一声,"常山一丢,我就开始四处打听了。裴公帮了不小的忙,但也只打听到老爷和袁大人他们被押到了洛阳……"陈伯眼睛又红了,"怕是凶多吉少。常山一战没几个人生还,听说活下来的都去了平原郡,我想着若是少爷还在,定会递信到墨家村报平安,结果左等右等等不到,我……呜呜……"

李荨沉默,这与他方才私下问安思义得到的答案一样。安思义并未参与攻城,只知道颜太守被押赴洛阳,至于其家小,他并不知情。

"凶多吉少……"纵使已经有了心理准备,这四个字还是让他的心不断往下沉。

"唉,少爷啊……"陈伯心里也早已有数,来此不过心存侥幸。他见李荨都束手无策,愈发悲痛,整个人更是伛偻了几分。他呆站了一会儿,忽然想起什么,将书码在一旁,从身后小心地拿出一把刀。李荨一眼看去,目光就挪不开了。

"这是——"

"没错,这是少爷的刀!"陈伯拿袖口擦拭着脏污的刀。这刀已经没了刀鞘,外表看来平平无奇,刀柄上系着一根红布带,业已破烂不堪,刀刃上坑坑洼洼,满是缺痕,昭示着其主人生前经历过极其惨烈的战斗。

他将刀递给李蕚:"我前几日跟着难民进来,四面打听,差点掘地三尺,最后只找到这把刀。这刀是我陪着他挑的。当初他要练刀,我只当他心血来潮,就带他随便挑了一把,对他说等他有所成了,就给他弄把好的……谁知他得了这刀跟得了宝似的,又是刻字又是挂刀穗,唯恐别人抢去似的……"

陈伯难掩伤感:"哪想到如今……就剩下这把刀了……"

李蕚接过刀,握住刀柄,看着红布带上凝固的血液,咬了咬牙,闭紧眼深吸了一口气,苦涩地道:"都说了那么多次,他不是这块料……"

"我悔啊!"陈伯低头握拳,"我那点伤,有什么好养的?我当初就该跟着你们回常山,就是豁出这条老命,我也会保他平安的……"

"他不会的。"

"啊?"

李蕚轻声重复:"他不会的,"他将刀递还给陈伯,"你看着他长大,当知他是什么样的人,他不可能让你豁出性命保护他的。他只会豁出性命保护别人。"

陈伯身子一震,看着李蕚。这个李公子和他家少爷不过数日之交,两个人却如此一见如故、肝胆相照。想到这儿,陈伯的泪意再次汹涌。

"少爷……"他抹着眼泪,"你不是一直想要一个至交好友吗,怎么刚认识李公子,你就急着走了呢……"

李蕚暗叹一声,上前拍了拍陈伯的肩膀:"陈伯,如果季明看到你这样,心里会不好受的。"

"我知道。唉,老了,收不住。"陈伯低头再次擦泪,抬头时双眼更加红肿,"李公子,你接下来准备去哪儿?"

"墨家村,"李萼不假思索,"我要报仇!裴公精通兵法,深谋远虑,或可助我谋划一二。"

"我与你同去!"陈伯立刻道,"报仇怎能不带上我?"

"你不是刚从墨家村出来吗?"李萼倒没有拒绝,只是道,"听说常山的妇孺老少都去了平原郡,季明的夫人应该也在,你不去看看?"

陈伯神色一黯:"话虽如此,但我哪儿还有脸面去见少夫人……"

"陈伯,季明要是得知你还活着,是会高兴还是难过?"李萼问。

陈伯一愣,脱口而出:"自然是高兴的。"

"那他的夫人,难道会难过?"

陈伯叹了口气:"李公子,你莫劝我,眼下对我来说,报仇,远胜过报平安。"

李萼点点头:"既然你心意已决,那事不宜迟,我们这就出发吧。"

临行前,李萼去拜别了李光弼和哥舒曜。

李光弼刚审完安思义,似乎是得到了什么不好的消息,面色严峻,得知李萼要离开,随口应付着,只是一心看着常山郡的城防图。

倒是哥舒曜,虽然早有心理准备,可得知他这么快就要走,很是惊讶:"你听说了?"

"什么?"李萼莫名。

"史思明快来了啊。"

"史思明?"李萼恍然,紧接着皱了皱眉,"安思义派人求援了？"

"原来你不知道？唉，无妨，反正不管安思义有没有求援，常山被我们收复这事一传出去，史思明肯定坐不住，这一战，早晚的事。"

"史思明何时来？"

哥舒曜端详着李萼的神色，笑道："怎么，心痒痒了？"

李萼转头看了看牵着马等在外面的陈伯，沉声道："若是有什么用得上我们的地方，我们……"

"嗐，你放心！"哥舒曜用力地拍了拍李萼的肩背，大声道，"打仗的事尽管交给我们，你做你想做的事就行。常山，哥哥我一定给你守好咯，绝不能让史思明那厮再踏进常山一步！"

李萼没想到刚刚收复的常山，这么快就要再次经受考验，而且，又是史思明。

然而现在，没有颜家人的常山，或者说已经成为一片废墟的常山，于他也不过是一个念想、一座坟墓，他不可能跟着朝廷军在这里一直守到战争结束，他有他必须手刃的仇人。

"保重……"李萼不再多言，抱了抱拳。

"哎哎哎，等等！"谁料哥舒曜一把揽住他，"来来来，这次你立了这么个大功，我们总得表示表示。"

"不必了将军……"李萼连忙推拒。

"你要去哪儿？"哥舒曜不放手，斜眼瞥他。

"清河。"

"哦，就凭一双肉腿走过去？"

对上哥舒曜带着戏谑的眼神，李萼明白了，苦笑道："那我就却之不恭了。"

"哈哈哈哈，跟我客气什么！"哥舒曜带着李萼到了马厩，命马夫牵出一匹棕马来。那马高大神俊,四蹄雪白。哥舒曜抚着马背,轻叹,"它的主人没了,曾经也是我麾下一个好汉,要给它寻个新主人并不难,但若是跟了你,想必更值当些。"

说罢,他把缰绳交给李萼:"好好待它!"

李萼接过缰绳,看了看马儿温驯沉稳的眼神,郑重地点头:"我会的。"

"好了,快走吧!"哥舒曜退了两步,笑道,"再不走,就走不了咯。"

李萼不再多言,抱拳转身,牵着马向陈伯走去。

李萼和陈伯便快马加鞭,出了常山城。

此时朝廷军正忙于加固城防,准备迎接新的战斗。刚刚晴朗了一点的天空似乎感受到了大战在即的气氛,阴云再次聚集了起来。

为了不与史思明的军队撞上,两人只能拣小道一路狂奔。没过多久,天上竟淅淅沥沥下起雨来,而且越来越大。

雨势如注,眼见道路越来越泥泞,马行艰难,陈伯有些担心起来:"李公子,可要找个地方躲雨?"

李萼抬起头,就见十郎振翅飞过,没多久,一声鹰唳传来。他闭了闭眼,低声道:"继续走,反贼军队就在我们脚下。"

陈伯闻言,神色一紧。他往脚边的山谷下大路望了望,那儿高大茂密的树林夹道,在雨势的遮掩下,根本看不到有行军的迹象。

但李萼既然这般说,他不疑有他,只能一抹脸上的雨水,催马紧跟上去。

马不停蹄跑了许久,直到雨势渐收,李萼才一拉缰绳,慢了下来。陈伯跟上前与他并肩而行，问："贼兵过去了？"

李萼点点头，回头望了一眼，眼前浮现方才十郎让他看到的画面：史思明鹰视狼顾，周身戾气；曳落河们鬼面精甲，气势汹汹……他们一副势在必得的样子。

只希望这一次，朝廷军不是孤军奋战了。

"唉，以前只知道我们常山出英雄，却没想到会这么多灾多难。"陈伯唉声叹气，"你说这平原郡都还好好的呢，我们常山眼见着已经要打第三场仗了。"

"唇亡齿寒……"李萼望向远处，"陈伯，可要给平原郡报个信？"

陈伯摇摇头："不用，我们直奔清河吧。平原郡那位大人，耳目通达，不会不知道的。"

李萼不知道陈伯这份笃信从哪里来，但既然他都这般说了，自己也不再坚持。

歇息了一会儿，他们再次上马向清河飞奔而去。头顶十郎啸叫着，从雨云中窜出，向前飞去。

六一

颜家遗孀

就在此时,平原郡,城外。

一声鹰啸随风划过,拉回了何红儿的思绪。她撩了一下鬓发,这才听到身旁有人叫自己:"少夫人!"

"嗯?"她转头,见叫自己的是一个妇人,包着头巾,提着一把竹刀,大汗淋漓,于是问道:"何事?"

"少夫人,你能不能帮我看看,我这练了才一会儿,手腕子酸疼,都快抬不起来了,是不是我姿势不对?"妇人指了指不远处,羞赧道,"好几个姐妹都这样。我年纪大了,不怕羞,来问问。"

何红儿顺着妇人的手指望去,见那边的草地上站了三十几个妇女,绝大多数都手握武器,列着队一下又一下地做挥砍练习,一旁有几个新来的,正探头望向这边。

她轻轻闭了闭眼,整理了一下纷乱的思绪,露出一丝笑容,道:"你起个势给我看看。"

妇人于是握刀,抬臂,举步前踏,看起来有模有样。

但何红儿还是一下子就看出了问题,她上前托住妇人垂下的手腕,轻拍了一下她的手臂,道:"你用错力了。我方才说过,不要光手腕用力,要用整个手臂,将刀当作整个手臂的延伸……"说到这儿,她愣了一下。

方才那句话她脱口而出之时,回荡在脑海里的,却是另一个人的声音,丈夫季明的声音!

那时常山大敌当前,她提出想练刀,就是丈夫带着一股"名师出高徒"的得意,"传授"给了她这个秘诀。在她后来居上,很快就掌握了这个技巧后,挥砍间依然略显笨拙的丈夫,却显得比她还高兴。

"李萼兄说得没错,你果真很有天赋!"

彼时的他练得大汗淋漓,额上的红巾都被汗浸透了,却一点没有气馁自卑,双眸依旧熠熠生辉,满是与有荣焉的自豪:"红儿,以后我们外出游历,就全靠你保护我啦!"

"哦,原来是这样!"一声惊喜的叫喊,再次将她的思绪拉回。那妇人掂了掂竹刀,笑道,"我明白啦,我这就回去教她们,多谢少夫人!"

"每个人的情况不同,若有疑问,尽管来问,不要闷着。"何红儿轻拭了一下眼角,叮嘱道,"若是我也不知道的,我再去府里请教他人。"

"少夫人怎么还会有不知道的呢?"那妇人一脸不信。

何红儿露出浅淡的微笑:"我不知道的东西太多了……"

连以后自己何去何从,她都不知道。

看妇人欢快地向着姐妹们跑去,何红儿轻叹一声,握紧手中的竹刀,继续方才中断的练习。刚挥两下,一旁又有人过来,抱拳道:"少夫人,太守请你去前厅议事!"

"好。"何红儿放下刀,看向来人,认出是当初从常山撤退出

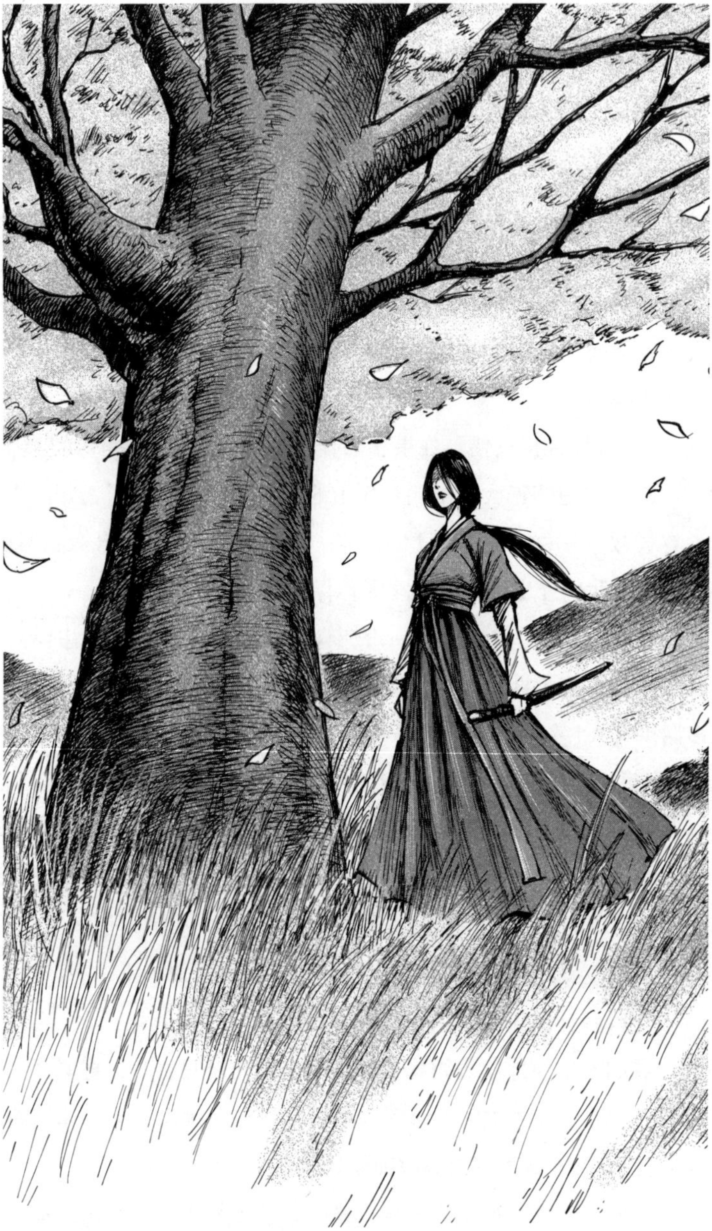

来的兵士之一，便道，"阿谦，你帮我在这儿看着，若是她们有什么问题，你能教的便教一下。"

"好……是好，"名叫阿谦的男人大声应了，却挠挠头，憨笑道，"少夫人啊，你训练女兵是件好事，只不过咱几个兄弟的婆娘都在里头，看她们白天使大刀，晚上挥菜刀，这心里，慌得很啊。现在你还要我自个儿教她们，我这不是自讨苦吃吗？"

"什么自讨苦吃，"听出他是在开玩笑，何红儿放下束袖的布带，也笑道，"你不做亏心事，有什么好怕的？"

"在婆娘眼里，你多吃一口菜都是亏心事。唉，咱可比不得你和少爷神仙眷侣似的……"说到这儿，阿谦一顿，眼中立刻涌出后悔的神色，看起来恨不得甩自己一巴掌，"对……对不住，少夫人，我，我……"

"没事，"何红儿面色不变，仿佛没听到一般，"我去了。"

她昂首往城内走去，留下一脸懊悔的阿谦站在山坡上，看着她的背影狠狠地给了自己一巴掌。

平原郡虽然至今没有被战火波及，但是几经加固，其城防已经颇有固若金汤的架势。何红儿一路走到太守府，沿途的人见到她，无论是否兵甲在身，都对她颇为敬重，颔首施礼。

何红儿逐一回之以礼，待进入前厅后，门一关上，轻轻地呼了口气。

"红儿，来了。"坐在前厅最上首的，便是平原郡太守颜真卿。他长相与颜杲卿肖似，只是眉眼间比之更舒朗些，看起来倒是与颜季明更像父子。颜真卿行事风格更为果决，比之颜家父子，气势要锋锐得多。

何红儿很敬重他，听了他的招呼，上前垂眸行礼："十三叔。"礼罢，她环视周围，发现府中的幕僚都已经在座，又道：

"抱歉,刚从城外赶来,有些耽搁了。"

"你是去训练女兵了?"颜真卿问道。

"是。"

"嗯。"颜真卿点点头,道,"我已吩咐府中给你们在校场划出一块地界,以后不要去城外了,不安全。"

何红儿一怔,问道:"反贼打过来了?"

颜真卿与旁边的幕僚对视一眼,摇摇头:"还没有,但是我们方才收到消息,常山,被李光弼收复了。"

"什么!当真?"何红儿一惊,猛地抬头,急切道:"那我们……"

"我明白,但是……不行!"颜真卿抬手止住了她接下来的话,"因为史思明已经带兵赶过去了,常山,还不安全。"

"那我们不是更应该带兵去支援吗?"何红儿急道,"守住常山,守住土门关,河北便会有源源不断的朝廷军过来!"

"你还相信朝廷军吗?"

何红儿怔住了。

颜真卿垂眸,平静地道:"我不是叫你不信朝廷军,而是我们身处这个位置,首先要想的,是靠自己……常山如今只是朝廷军东进河北的第一步,我们一来要做好支援的准备,二来,还需稳固自家的防务,万一朝廷又有了变动,我们也好随机应变。"

想到潼关高、封二将之死,以及常山迟迟等不到的援军,何红儿咬了咬牙,沉默地坐到了一旁。

见她听进去了,颜真卿轻叹一声,环顾四周,朗声道:"现在河北局势有变,我们或许又多了一线生机。听闻安禄山的使者如今在我们周围各郡出入,借常山之事对各郡守威逼利诱,难免有看不清局势的贪生怕死之辈屈从于他们。我找你们来,也是想商讨一下,常山之战之前,我们与其他几个郡建立的联系,如今断了不少,现下难以摸清他们的态度。我欲派人再去周遭走一趟,互通一下消息,顺便分辨一下敌我。各位以为如何?"

"大人,在下以为不可!"一旁一个中年文士起身道,"虽然以当下的形势,此举确实是我等唯一能做的事,可是如今的情况已经与常山之战前截然不同。反贼在洛阳称帝,气势大盛,常山举义却惨遭镇压,对周边郡县产生的影响只会对我等不利。如今即便派了使者去,遇到作壁上观、虚与委蛇之人已是万幸,若是遇到贪生趋利之辈,使者极有可能有性命之忧啊!"

一番话下来,众人纷纷点头。

"大人振臂高呼,有识之士和义士该来的都已经来了,那些没来的,多半是心志不坚之辈,不可信。"

"如今当潜心巩固城防,督造兵器铠甲,准备全力应对反贼。"

"若是说现在出兵去支援常山,那自然义不容辞。"

"可是朝廷军听说仅用一天就夺回了常山,或许并不需要我们襄助。"

"李光弼是什么人,以前倒未曾听说过。"

"据说是契丹人,将门之后,郭子仪举荐的。"

"郭子仪?朔方节度使?他好像确实挺厉害的……"

厅中之人你一言我一语,似乎都不看好颜真卿的计划。颜真卿剑眉紧锁,沉着脸思量着。

"我去!"一个清亮的声音突然响起,在一众男人浑厚的声音中,显得尤为突兀。

厅中一静,所有人都向出声的人看去,果然是何红儿。她不知何时站了起来,此时迈步上前,走到中间,抱拳道:"我愿为使者,联络周边郡县。"

"红儿,我召你来,只是想让你知道当下形势,并无要你出马之意。"颜真卿道。

何红儿毫不退让:"十三叔莫非也觉得我是女流之辈,不堪大用?"

"你若不堪大用,在场没几个人可用了。不过常山近万百姓如今都仰仗于你,你若离开,我们这儿可没几个人能如你这般照料他们。"颜真卿面露无奈,"你身上的重担,可不比我们的轻!"

"但我以为,使者一事,非我不可。"

"哦?"颜真卿揉了揉眉头,疲惫道,"你说说看。"

"常山举义之前,就是季明在四面奔走,联络各处郡守。如今常山举义失败,河北各郡人心惶惶,我身为他的遗孀,自当继承他的遗志,尽他未竟之事。也好让各处明白,我们常山虽然举义失败,但常山人没败!"何红儿抱拳,斩钉截铁,"我们都没有被打垮,他们,更不该不战而降!"

众人面面相觑,皆面露钦佩之色。

颜真卿依然紧皱着眉头,担忧道:"可是这次不比往日,比之季明那时,还要凶险得多,你……"

何红儿闻言,摸了摸腰间的刀:"十三叔可是忘了,我还是女兵的教头呢,有何不敢的?……况且,话已至此,若因凶险而退却,方才的豪言,不都成笑话了吗?"何红儿露出一抹微笑,"颜家的遗孀,可丢不起这个脸。"

颜真卿沉默地听着。他环视一周,见无人有异议,长叹一声,终究还是妥协了:"罢了!既如此,你好生挑选几个可信可用之人,随你一起出发吧。"

"就阿谦他们了,"何红儿不假思索,"他们都自常山举义一战中生还,一定信得过。"

颜真卿起身,再次叮嘱:"千万保重,不要逞强。"

"谨遵十三叔教诲!一旦平原郡有难,我们自当即刻返回。"何红儿答道。

"你放心,"颜真卿道,"有我在一天,河北二十四郡,绝不会全境落于敌手。"

何红儿点点头,行了礼,转身走了出去。

门外,早已在等消息的六个常山生还者见到她,纷纷起身,一脸希冀:"少夫人,可有用得到我们的地方?"

"走!"何红儿道,"把季明没做完的事,给做完吧……"

六人闻言,毅然抱拳,齐声道:"是!"

六二

暂隐山林

朝廷军大举东进，安禄山后院起火。

河北的局势再次暗潮汹涌起来。

千山叠翠，万物丰茂，春来后的河北，如江南一般生机盎然。

李萼和陈伯一路纵马飞驰。他们虽然心中焦急，却也难免被沿途的风景捕获心神。随着山峦河流逐渐与儿时的记忆重叠，李萼再次踏入了自己出生并长大的地方——清河郡。

只不过这一次，他依然不是回乡，而是前往他自西域归来后第一次获得安全感的地方，也是他最有可能获得自己需要的帮助的地方。

——墨家村。

清河郡已经陷落，此时还处于风雨飘摇之中。李萼不知道在裴老的守护下，此时的墨家村，是不是依然是记忆中的世外桃源。

近乡情怯，越接近通往墨家村的密道，李萼的心情就越发紧绷。他一面期待着赶紧到达，一面却又担心看到自己不想看到的场景。虽然陈伯不久前刚离开这儿,但是在与史思明的大军擦肩而过后,四望河北,只觉得处处烽烟、步步虎狼,没有一个安全的地方。

尤其是经过自己当年救下颜季明的地方时,他更仿佛失去了催促马匹前进的力气。他下了马,深吸一口气,盘桓良久,方才上马继续赶路。

隧道前的树林依然茂密,枝叶在暖风中愈发欢舞。在满耳都是风吹树叶的哗哗声中,他忽然听到一阵熟悉的嬉笑声。

"嘻嘻!"

"哈哈哈哈!"

"嘿!"

他心情一松,忍不住露出了一丝笑容,向着声音发出的方向抬头望去:"你们在等我吗?"

"哼!才没有呢!"话是这么说,但是留着桃子头的小男娃却还是从树上一跃而下,转头对身后梳着双髻的小女娃叫道,"空空儿,你看这个人,怎么没见过呀!"

空空儿抄着双袖,难得赞同道:"不认识,不认识,赶走,赶走!"

李萼仔细看他俩神貌,看来一切都好,便放下心来,调侃道:"我怎么记得这里有两个小友托我带什么长安的果子,莫非,不是你们?"

"是是是!是我们!"小男娃立刻破功,连连点头,"果子你带了吗?"

空空儿翻白眼:"精精儿,你这么好骗,别说我认得你。"

"有的吃就行,谁要认得你呀!嘿嘿,李萼,带了吗,在哪儿?"精精儿开始绕着李萼转圈,"哇,你看起来瘦了不少呀,长安……那么远吗？你是跑到天边去了呀！"

"是呀，果子也在天边呢，我还没跑到，就记挂你们，回来了。"

精精儿大惊："空空儿，这一定不是李萼，他竟然还会记挂我们？"

空空儿再次摆手："赶走赶走！"

"李萼！"正当李萼哭笑不得之际，一声苍老的呼唤忽然自前方传来。李萼愣了一下，抬头望去，果然看到裴旻正站在密道口，怔怔地盯着自己。

一看到他，李萼就再也笑不出来了。他胸腔里涌起一股热流，推着他快步奔去，"扑通"跪在了裴旻面前，张口竟然有些哽咽："裴公！我回来了……"

裴旻伸手去扶他，却没扶动，一向喜怒不形于色的他也忍不住热泪盈眶："回来了好，回来了好！我……我们等你很久了，还当你回不来了……"

"大仇未报，"李萼仰头，斩钉截铁道，"不敢死尔。"

裴旻点头："说得对！来，起来，我们回家去说。"

不出李萼所料，裴旻果真好好地守护住了墨家村。这里虽然依然清贫，但是只要尚未被战火波及，就还是那副世外桃源的样子。

回去的路上，两个小娃娃死死地黏着李萼，刚见面时的故作嫌弃早就烟消云散，一左一右地抱着李萼的大腿，拖得李萼寸步难行，直到李萼一边一个把他们都抱起来，他们这才消停。

久违的安宁让李萼渐渐平复了激动的心情。他一路走过村子，和每一个迎面遇见的人打招呼。所有人见到他都是又惊又喜，还有人立即回家拿了果子点心追上来，说要给李萼接风。

李萼抱着两个娃娃，自然是没有手去接的，于是便宜了两个小家伙。待到进入裴旻的静室时，两个娃娃怀里已经放满了吃食。

然而在静室外还威风八面的娃娃，一进入静室就老实了下来，乖乖地把吃食收到一边，关了门，并排坐在墙角。

归乡的愉快让李萼的精神松弛了不少，但再次与裴旻面对面跪坐着时，他却依然正襟危坐。陈伯陪在一边，早已收起悲伤，此时双目炯炯有神。

"说说看，"裴旻看着李萼，"是什么把你绊住了。"

"常山……是被小人出卖的。"

李萼此话一出，场中气氛一紧。陈伯双眸像燃起了火焰，连空空儿和精精儿都瞪大了眼睛，支起了耳朵。

除了裴旻。

他好像早已知道似的，不动如山，平静地道："说说。"

李萼深吸一口气，闭了闭眼，开口道："我与颜季明离开这儿，到达常山后，颜太守决议举义，夺回土门关，接应朝廷军。为此，我以安西老兵的身份，联络上了彼时远在潼关的高仙芝和封常清二位将军……"

在他被关押期间，这些往事在他脑中一遍遍重现，每一幕、每一瞬都仿佛刻进了骨髓之中，每一丝微小的思绪都会牵动起一段回忆。他能看到王承业拿着龟甲讥诮地笑，而他被死死地按在地上；他能感受到对面肃穆的气息扑面而来——那是颜家人对他托付重任时郑重的叩首；潜入常山时，他总觉得背后有一双眼睛焦急、担忧地望着他，不用回头他就知道，那是颜季明，可等他真的回过头去，身后又空无一人……常山沦陷之痛，赫然已经烙刻在了他的生命中，从此再也抹不去了。

还有金龟袋、朝廷、安禄山……

讲述的同时，他感觉自己的前路从未有如此清晰过，却又从未如此迷雾重重过。

"……如今史思明大军再次逼近常山，但我以为仅仅守住常山郡并不足以清算那笔旧账，所以与陈伯一起回到这里，想请裴公指点我们，该如何做，才能报此血仇，救万民于水火。"

裴旻垂眸沉思，一动不动，许久，才缓缓开口："你说的是……金龟袋？"

李萼点了点头，低头平复着自己的心绪。

"这一次，是金龟袋啊……"

"什么？"裴旻这一声低喃极轻，李萼没听清楚，抬头问道。

"没什么。"裴旻摆手，转而道，"还记得我和你说过我与安禄山的接触吗？"

"记得。"

"自那之后，我一直觉得他及其党羽行事诡谲，仿佛自有一套规则。只是那时候我已经告老，待交代了一应事务，便来此隐居。其后身在乡野，远离庙堂，倒是反而想明白了不少事。"

"请讲。"

"我曾与李林甫同朝……"这显然不是一段美好的回忆，裴旻神色冷淡，"他身为宰相，在当时可谓只手遮天，杨国忠之流，根本不入他的法眼。但凡与他意见相悖的，几乎都没有出头之日。彼时皇上还年富力强，本不该任其跋扈至此，奈何其人于朝政方面确实有几分才干，兼之欺上压下，倒让他作恶了那么多年才死……我那时最疑惑的，便是此人寡廉鲜耻、锱铢必较，怎么能拉拢那么多官员，为他鞍前马后，唯他马首是瞻，就好像有什么东西，并非单纯的权势，将他们绑在了一处。"

"……金龟袋!"

"对,如今想来,就是金龟袋了。"裴旻道,"既是以龟符为凭,说明至少在武周时,这个组织便已经存在,且一直如附骨之疽般,紧贴在皇位周围,从高层开始,往下扩张。不仅李林甫、杨国忠、安禄山等身居高位者,还有那些宦官和边将如边令诚、王承业之流,一定都在其中……"

"狼狈为奸。"李萼冷声道。

"并不完全是,"裴旻不置可否,"若没有一定的才干,空有野心,这个组织也不可能存在那么久。只能说它的存在就和一个朝代一样,一开始或许朝气蓬勃,成员都有雄心壮志,但是随着之后不断壮大,则开始鱼龙混杂、泥沙俱下,直至最后,宛如一群蛊虫,拉帮结派,唯利是图,逐渐变成了一个臃肿、腐烂的机体,戕害自身,又腐蚀他人,成了大唐的痈疽……"

"既是痈疽,那就必须拔除。"

裴旻平静地看着李萼:"看来你是下定决心了?"

"若非如此,我此时怕已经身在长安了。"李萼道,"但我要的不单单是一两个仇人的命,我要的是他们和他们背后的黑手,都再没有继续作恶的机会!"

"我明白了。"裴旻露出一丝微笑,缓缓站了起来。

"裴公?"李萼还在等着裴旻指点,却见他迈步要离开,于是面露疑惑。

裴旻居高临下地扫了他一眼,冷哼一声,道:"君子报仇十年不晚,就算再急,至少要把你这身伤养好再谈!"

李萼一怔,低头看了看。虽然自己穿的是从李光弼军队里找来的衣服,看起来完完整整,但是衣服没遮住裸露在外的皮肉,露出了累累伤痕。

直到这个时候，在狱中所受的拷打和折磨的记忆才进入他的脑海，那些在最寒冷的冬天衣不蔽体、食不果腹的日子，几乎要耗尽他的生命，若不是无形者的信念支撑，以及之后对于复仇的执着，他绝对撑不到现在。

常年独自行走江湖，他早已经习惯了自己熬过一切苦痛，可是如今，他面对的，已经不是几个宵小之辈，而是一群影响国运、残害生民的凶兽。

是啊，至少要把身体养好，他苦笑一声，点头道："都听你的，裴公。"

裴旻点点头，转身往外走。刚出静室，他神色一变，方才的镇定被沉重的忧虑取代。

"终于，还是来了啊……"他低声叹道，抬头看向天空，一片乌云正压到头顶，微弱的阳光在黑云中艰难闪烁着，宛如黑夜里的星辰。

他侧头又看了一眼室内，略加思量后，大步离开。

六三

平地惊雷

这一次征战的朝廷军,似乎没有辜负朝廷的期望。

继收复常山后,郭子仪也领兵越过土门关而来,与李光弼会合。两将屡出奇兵,在狗急跳墙的史思明大军的进攻下,稳稳地守住了常山城,甚至主动出击,越战越勇,不仅收复了常山郡大部分土地,甚至将史思明逼到了博陵郡。

若是打下博陵,再往北,就直逼安禄山的老巢范阳了。

自镇压常山举义后史思明立下的声威,在郭、李二人军队势如破竹的冲击下,已经荡然无存。河北二十四郡的态度越发飘摇了起来,尤其是当郭子仪平定南面的赵郡,斩杀了叛军任命的伪太守郭献璆后,举义的呼声再次四起,不少郡县都开始斩杀叛军守将以迎王师。

冬去春来,黄河以北隐隐出现了久违的欣欣向荣之象。

"少夫人,你在这儿呀,可找着你了!"常山生还者之一阿谦小跑着到何红儿面前,"卢大人找你呢。"

何红儿正独自站在城墙上眺望远方,闻言神色一沉,回头道:"怎么,他反悔了?"

"不知道,不过方才看到有信使来找他,或许是有什么新消息吧。"

何红儿微微地松了口气,转身道:"走吧。"

"少夫人,"阿谦跟在后头,"若是这个卢全诚当真反悔了,我们怎么办?"

"不强迫,人各有志,"何红儿道,"我们只要去下一个郡就好了。"

"嘿嘿,没想到朝廷军那么厉害,他们胜仗这么一打,这边那些墙头草太守一个个都这么好说话了。"阿谦在一旁喜滋滋地道。

"有几个郡县,季明也是来过的,"谈到颜季明,何红儿的语气却很平淡,"其中虚与委蛇的有,落井下石的有,坚守到最后马革裹尸的,也有。以后局势变了,也难保他们不会变。"

"啊?那我们这么辛辛苦苦跑这么些郡做什么?"

"送定心丸啊,"何红儿笑了笑,"在这各郡都自身难保的时候,借兵、借粮确实困难,但是我们此行最重要的目的,便是告诉他们平原郡的态度。我们要让他们知道,河北有这么一个郡,绝不会投降,若是他们有心起义,我们便是他们最坚定的盟友。"

"明白了!尤其是少夫人你亲自出马,他们知道我们是常山人,便会明白,我们即便是城破了,家没了,也不会投降!"

"对,"何红儿道,"这或许是我作为季明的妻子,唯一能做的事了。"

"少夫人,你可不能这么说,"阿谦突然严肃起来,"这一路,我们去了那么多郡,景城、河间……还有现在的饶阳,路上那么苦,你一声都不吭,面对那些郡守,你更是应对得滴水不漏,我们几个粗人，对你可是敬佩得紧！之前不是还有女皇帝吗，若是你生在那时候，定也能做个女将军了！"

"女将军……"何红儿轻叹，"若不是遇到季明，我或许真有这愿景，但如今……"

"如今怎么了？"

何红儿低头不语。

如今，她多想过一次相夫教子的人生，与那个人举案齐眉，白头偕老。

两人到了太守府，很快被迎进前厅。饶阳郡守卢全诚一看到何红儿，立刻站了起来，一脸焦急："颜少夫人，你可来了！"

"卢大人可是还有什么顾虑？"何红儿笔直地站着，神色在入厅时便已经绷紧了。

"颜少夫人，之前不是也说好了，虽然我们饶阳出不了什么力，但是还请颜太守放心，只要我卢全诚在一天，就一定固守城池，绝不纳叛将！这话我放在这儿，绝不反悔！颜夫人若不信，可带我家小去平原郡！"卢全诚好似被侮辱了似的，大声道。

何红儿表情松动了一些，语调柔和道："大人不必如此，只是我之前已经准备离开，却突然被叫回来，还以为大人另有想法……卢大人这次找我究竟是什么事？"

"这……"说到这里，卢全诚立刻满脸阴云，"方才收到一个消息，只是觉得夫人应当尽快知道。"

"哦？什么消息？"

"潼关……失守了。"

"啊……"

何红儿整个人晃了晃，呆了片刻，才问道："卢大人，此事当真？"

"不是只有你们平原郡在关注大局,我们也是有人在外不断传递消息的,虽然不知详情,但潼关确实已经被叛军攻破,眼下,怕是要兵临长安了……"

何红儿面无表情,低头沉思着。

"颜少夫人,潼关一丢,不仅河北,整个大唐的形势都将巨变,于我等更是不利。不管你接下来要去何处,在当前形势下,怕是都很难得到想要的答案,甚至可能有性命之忧。你听在下一句,赶紧回平原郡,与颜大人再好生商议一下。"

"卢大人,你的答案,不会变吧?"何红儿握紧了手中的刀柄,阴沉地看向卢全诚。

卢全诚笑了一声:"颜少夫人,若在下改了主意,何必费方才那些口舌,直接把你们的首级送给安禄山,岂不是大功一件?颜大人自身难保,难道还能为你带兵打我们不成?"

何红儿轻叹一声,松开了握刀的手,低声道:"是我多虑了。"

卢全诚见状,忽然神情一肃,抱拳深深一揖,道:"颜少夫人,还请你一路保重,替在下转告颜大人,我卢全诚虽然帮不上什么忙,但是守一下大义,还是可以的,敬请放心。"

何红儿郑重点头,抱拳回礼,转身离开。

不久之后,一支马队从饶阳郡疾驰而出,直奔平原郡。

与此同时,另一支骑兵队以更为急迫的速度,冲入了长安皇宫,像是带着一片阴云,沉沉地压向正莺歌燕舞的花萼相辉楼。

"启禀皇上!前线急报!潼关……失守了……"

乐声骤停。

信使夹杂在琴声中的声音清晰而又慌乱,让所有人都呆若木鸡,还没等他们厘清这个信息意味着什么,身体却最先做出了反应。

所有人都跪了下去。

舞伎们不约而同地停下舞蹈,尚不知道发生了什么的她们一看到周围跪了一地的官员,立刻也都跪在地上,瑟瑟发抖,水袖散落一地,在鲜红的地毯上宛如一条条白绫。

所有人都深深地低着头,没人敢抬头看顶上君王的神色,就连依偎在天子身旁的贵妃都缩回了捏着葡萄的手,收手时,素手微微颤抖。

"你……再说一遍!"低沉的声音缓缓响起,带着如鲠在喉的滞涩感,似乎问得极为困难。

风尘仆仆的信使低下头,颤抖着又报了一遍:"启……启禀皇上,前线八百里加急来报,潼关……失守了,叛军已……攻入潼关!"

这一次,殿上的人都听清楚了,所有人都倒吸一口凉气,每个人都惶惶不安,有的人终于忍不住抬头望向最高处,这大不敬的动作带着茫然无措的期盼。

春光正盛,久经战事磋磨的大唐刚刚在为河北的连捷庆贺,甚至杨玉环新作的曲子还在余音绕梁,可这刚刚伴着暖风热起来的宫殿,却因为这一个急报,直接坠入冰窟。

潼关丢了?

潼关不是一直都好好的吗?

潼关将士不是说,他们要和河北的郭子仪大夫一起夹击安禄山吗?

潼关怎么会丢的?

潼关丢了,会怎么样?

安禄山,要打到长安了吗?

……………
　　一连串的疑问像是鬼魅的低语萦绕着整个大殿，在每个人的脑中盘旋，困惑和惊恐笼罩着每一个人，没人知道此时该说什么、该怎么做。

　　他们只能等，等他们的君王给出一句话，哪怕没有宽慰，哪怕他也害怕，哪怕是……

　　"陛下！陛下！……"一个娇柔却带着惊恐的声音突然响起，殿内的人茫然地看到御座边上乱作一团。杨玉环扶着仰天倒下的皇帝痛哭，高力士以与其身形极不相称的速度跑到皇帝身边，只看了一眼，就面色大变，高声叫道："御医！御医！……"

　　更多在边上伺候的人反应了过来，于是宫人如街头的皮影人一般，僵硬却机械地动作了起来，赶人的赶人，找人的找人，抬人的抬人……

　　花萼相辉楼内，再次乱成一锅粥。

六四

忠奸难辨

晚上，兴庆殿内，杨国忠站在殿外，神色阴沉。

高力士打开殿门倒退着走出来，转头看到他，冷哼一声，往旁边走去。杨国忠也冷下脸，跟着他走到僻静之处。

"这下，你满意了？"高力士率先开口。

杨国忠心里一沉，虽然他与高力士在金龟袋中业已水火不容，但两人终究还是在一条船上，如今听高力士的语气，竟有一丝咬牙切齿的味道。

"高爷这话可不能乱说，"他故作镇定，冷声道，"潼关事关长安安危，如今潼关丢了，我怎么可能满意？"

"你这个时候倒知道潼关事关长安安危了？"纵使高力士已经习惯了不动声色，此时也忍不住有些气急，"当初你要杜乾运出兵霸上之时我就劝阻过你，不要轻举妄动，应让哥舒翰安心守关，你何必去挑衅于他？你与哥舒翰不合，杜乾运是你的心腹，他带兵到哥舒翰身后去，哥舒翰如何能心安？"

"他明知杜乾运是我心腹，为何还要杀他？还将杜乾运的兵都收了，这不是要我好看吗？他若不动，我自也不会动他！哥舒翰不能心安，我就能心安了？"

"你就为了你的心安，胡乱催促皇上下令让哥舒翰出关迎战，你……你究竟把国家安危置于何处！"

"我何来胡乱催促？潼关外崔乾佑兵弱没有防备，不是前线自己送来的军报吗？趁敌军疲弱将其一网打尽不是应该的吗？这群武夫平日里嚷嚷着什么将在外君令有所不受，这边皇上派人催促几次，他就出去了，不也是觉得机会难得，想出关捞份功劳？谁能知道崔乾佑是佯装的，这如何能怨我？"

高力士看杨国忠振振有词的样子，气得额上青筋暴起，忍不住捏紧了拳头，周身萦绕着一股狠厉的气息。

杨国忠见状，正想再争辩两句，突然周身一冷。

他差点忘了，眼前这个看似圆润、富态的老宦官，是曾经随李隆基一同起兵诛杀太平公主、平定韦后之乱的狠角色。皇上说高力士在一旁方能安寝，不仅仅因为其忠诚，还因为他也有一身高超的武艺。

虽然之前太平盛世没给他见识高力士身手的机会，但并不代表这个老宦官就能任他捏圆搓扁。

"高爷，"杨国忠深吸一口气，努力挤出些许和善的表情，"哥舒翰怎么看我们的，你也知道。杜乾运不仅仅是我的心腹，他更是我们金龟袋的人。他都杀我们金龟袋了，若是得胜归来，接下来要对付的，不就是我们了吗？我也是为我们着想啊！"

"将贪生怕死和鼠目寸光说得如此大义凛然的，你杨相也是千古第一人了。"高力士依然牙关紧咬，"你究竟是不是为金龟袋我不知道，但金龟袋会被你拖死，我却是可以肯定的。"

杨国忠瞪了瞪眼，转而冷笑："高爷如此心系金龟袋，怎么反而推举了我？如今我成了首领，倒开始对我指手画脚了。"

"我推举你做金龟袋首领，是因为你忠于金龟袋，至少忠于金龟袋能给你的东西。"高力士微微抬头，目光越过杨国忠看向远方，语气冷漠，"我不来争，因为我忠于皇上，忠于大唐，我绝不会为了金龟袋去祸国殃民。"

"呵呵……"

"但是，"高力士打断杨国忠即将脱口而出的冷嘲热讽，用更冰冷的语气道，"我却没想到，你杨国忠能蠢笨如斯，连最基本的道理都不懂。"

"哦，高爷赐教。"

"金龟袋的权势源于何处？"高力士抬高声音，"朝廷没了，百姓没了，甚至社稷没了，金龟袋又有何用？！你这个首领又有何用？！"

杨国忠一怔，硬着头皮道："高力士，就凭你说的这些话，就足以让皇上诛你九族！"

"哦？那就劳烦你再去催催皇上，把我也杀了吧。"高力士笑了一声。他本想嘲笑，可笑后的回味却带点苦。他叹息一声，甩袖迈步，绕过杨国忠，忽然步子一顿，背对他道，"杨相也是蝉联多年花魁的人了，这金龟袋于大唐，就好比花魁于花卉盛宴，如今，花卉盛宴是不会有了，你这花魁，也应该到头了……"

杨国忠猛地一握拳，面露狠色，转身道："我必不……"

"杨相！皇上醒了，传您进去。"一个小太监突然迎上来，躬身道，眼角瞥着走远的高力士。

杨国忠深吸两口气，闭上眼，再睁眼时，眼神中已是一片惶恐。他微微躬身，跟着小太监快步进了殿内。

他刚一进去，迎面就有一个东西飞过来，他躲避不及，被砸了个正着。

"哎哟！"他痛呼一声，都不敢去看是什么东西砸的自己，直接"扑通"一声跪下，连滚带爬地朝着龙床爬去，哭道，"皇上息怒，皇上息怒啊！臣罪该万死！"

"你……说说，"李隆基被高力士扶着靠在床沿，喘着粗气瞪着地上的杨国忠，"你……你都有什么罪？"

杨国忠磕头如捣蒜："臣一罪在该坚持向皇上进言，早早防范安禄山，不至于让他如此猖狂！二罪在不该只让杜乾运带兵前往霸上，臣若是亲自过去，定不会让哥舒翰寻机斩了杜乾运，收了那一万精兵，如今或许在霸上还能与叛军一战，力保长安不失！……"

殿中一静，所有人都愣了一下。

高力士给李隆基拿垫子的手都顿了一下，抬头用难以置信的眼神看向杨国忠。

李隆基明明是要就杨国忠催促哥舒翰出关来向他问罪，谁料杨国忠竟然能另辟蹊径，给自己找出这么一个"罪名"来。

这简直就是在怪李隆基当初没有听他的话早早对付安禄山，同时也怪哥舒翰杀了杜乾运，致使潼关后方无兵。

该说他是无耻之尤，还是说他当真天赋异禀，在这个关头，都能找到这种托词！

可偏偏，李隆基竟然沉默了！

所有人屏息看着龙床上刚被气晕过去的君王陷入沉思。床前的杨国忠维持着跪地叩首的姿态，看似身姿平稳，殊不知此时他早已汗流浃背。

"唉，国忠啊，国忠……"李隆基忽然长叹一声，带着无尽的疲惫，"朕，该说你什么好呢……"

"臣有罪！"

"你当然有罪，而且，你口中所说的罪，相比你真正的罪，不过九牛一毛罢了。"

高力士暗暗松了口气。

杨国忠趴得更低，几乎整个人贴在地面上，颤抖道："皇上恕罪！"

"唉，我恕你，谁来恕我……"

李隆基这深沉的一叹，让殿中空气一窒。

莫说高力士，连杨国忠都忍不住抬起头，小声道："皇……皇上！"

李隆基微微抬头，环视着自己的宫殿，这是他自藩王时期就住的地方，登基之后他弃太极宫、大明宫不用，启用了兴庆宫作为理政居住之所，这一转眼，已经三十余年了。

人这一生，又有多少个三十多年呢？

他在这三十多年里，又干了些什么呢？

"有人上奏，要我杀你。"李隆基随意地点了点一旁御案上的奏折，平静地道。

杨国忠再次趴下去，大呼："皇上！臣一心为国，从未犯过该当诛杀的罪过啊！"

"唉，玉环，也是这么说的……"

杨国忠一愣。

李隆基的神态没什么起伏，继续平淡地道："她说你这个兄长长于市井，偶受眼界所限，或有贪图小利等难堪之态，却绝无坏心，且一心为国……你早与我说安禄山有反意，为此与他水火不容；你又说潼关后方无兵，须早做准备，结果哥舒翰把带兵过去的杜乾运斩了……你们兄妹的话，倒像是一个模子出来的……"

喀喀喀喀……"

"皇上！"高力士见状，连忙上前抚慰。他是很想就潼关之失好好地给杨国忠点颜色看看，可眼见李隆基摇摇欲坠的样子，却又心怀不忍，"您切莫动气，伤了龙体！"

"朕怎么可能不动气？"李隆基咳了两声，盯着杨国忠道，"若不是你的所谓贪图小利搅得朝廷乌烟瘴气，若不是你的所谓眼界所限逼得朝中良将难觅，若不是你的所谓一心为国……喀喀喀喀！"他的语气越来越高，听得杨国忠冷汗直流，高力士不得不连连轻抚李隆基的肩背。

"……朕，还真的信了你的一心为国啊！"李隆基咳得全身无力，但是只是这看似无力的最后一句，却如撞钟一般，震得杨国忠如筛糠一般抖了起来，他张了张嘴，却什么讨饶的话都说不出来。

"国忠，"李隆基叹道，"事已至此，朕不杀你。"

"皇上！"杨国忠喜极而泣，"谢皇上……"

"不是因为怕玉环伤心。"

"……皇上？"

"而是因为，若因此杀你，那信了你的朕……也该死！"

"皇上！"此话一出，边上高力士等人也都跟着跪下了。高力士哽咽道，"皇上这般说，那老奴和这整个兴庆宫的人，都不配活着了！"

"哼！喀喀喀……"李隆基又咳了几声。说出了刚才的狠话，他的神色倒缓和了不少，他瞪着杨国忠的头顶，忽然道，"国忠！"

"臣在！"

"朕，再给你一次机会。"

"是!"

"如今,该怎么办?"

听到李隆基这么问,高力士一惊。他头埋着,难以置信地瞪大了眼睛。而杨国忠却是心中一喜。他抬起头,下意识地擦了把头顶的冷汗,急切地道:"皇上!臣以为,当务之急是……"

六 五

唐宫微雨

　　杨国忠离开了，殿内那惊惧的气氛却还淡淡地残留着。宫人们都战战兢兢，行动间小心翼翼，不敢发出丝毫声音。

　　李隆基在花萼相辉楼昏过去后，又醒醒睡睡到傍晚，其间听了杨玉环哭求，又接了一堆请杀杨国忠的折子，面见了几个大臣，最后还训了一顿杨国忠，这一夜下来，比接连上几日早朝还累。

　　但他的精神却异常亢奋，殿内灯火一直亮到深夜，只看到宫人、大臣进进出出，仿佛潼关之失，让他彻底振作了起来……

　　第二日清晨，晨钟刚响，阳光洒在了兴庆宫上，西南一隅的二层高楼上，勤政务本楼和花萼相辉楼两块匾额被依次照亮，但这些原本最为辉煌热闹的楼，却透着股连春日的阳光都照不暖的寒凉。

　　李隆基在高力士的搀扶下，缓缓登上了勤政务本楼。李隆基眺望了一会儿前方一望无际的长安城，看着日光驱散了晨雾，大片的琉璃瓦如波浪一般泛起金光，整个长安城像是开始呼吸一样涌动起来，带着一股远胜过自己这苍老身体的生命力。

他看着下面陆续走出大殿的官员。

"只有这些人了?"他平静地问。

高力士低头,面露悲色:"是,陛下,点卯的,就这些人了。"

李隆基点了点头,看着楼下微微躬身的官员,往日朝会时泱泱一堂,一眼都看不到尽头,而如今,却是人头寥寥,仿佛是白玉上的几块黑渍,一伸手就能抹去。

大难临头各自飞,这些,就是长安最后的忠臣了。

"哼,哈!"他笑了一声,直起身来,却晃了一下。高力士连忙扶稳他,心痛道:"皇上,您一夜没睡,还是去休息吧,切莫伤了心神!"

"伤了心神?"李隆基瞥了一眼楼下,"朕还有何可伤的……传我制书!"

"是!"高力士确定李隆基站稳了,微微转身,高声道,"皇上下制!"

下面的官员闻声,纷纷跪下。

"朕,将御驾亲征!"李隆基深吸一口气,高声叫道,"讨伐叛军!"

即使来上朝的没几个人,但是骚动还是从底下远远传来,连周围侍立的宫人都难掩震惊,纷纷抬头望来。

"命京兆尹魏方进为御史大夫兼置顿使,京兆少尹灵昌崔光远为京兆尹,充西京留守。"

"命剑南道节度大使李璬准备一应物资,出蜀平叛!"

"朕将亲赴大明宫整顿军马,即日出征!绝不把长安让给叛军!"

下完制书,李隆基仿佛用尽了全部的力量,往后晃了晃,高力士再次上前将他扶住,隐约看到帝王的眼中满是颓丧。他心里一沉，沉吟了一下，还是道："皇上，老奴自是要随你……出征的。到时候宫殿的钥匙，交与谁保管？"

"你说给谁吧。"李隆基漫不经心的。

"那，就交给边令诚吧。"

"你自去办了便是。"

这边边令诚正在楼下候着，此时见高力士扶着李隆基下来，赶紧带头跪下，山呼："皇上！"

脚步声在他面前停下了，他听到头顶高力士平淡的声音："边令诚，皇上亲征后，宫殿的钥匙，便交与你保管了。"

边令诚一愣，大喜，脸上却波澜不惊，甚至还挤出几滴眼泪："皇上！奴才恳求随皇上出征！"

可回答他的，却是越来越远的脚步声。

边令诚叩首便拜，此时才露出欢喜之色来。

这一天，整个长安城都传遍了皇帝即将御驾亲征的消息，但这个消息带给大家的惊疑远大过振奋。即使皇帝确实大张旗鼓地乘着御辇离开他长住的兴庆宫前往大明宫，即使确实有军马兵士来回跑动传令……可越看，人们的心里越惶惶不安。

渐渐地，越来越多的人开始背起行囊往城外走去，他们从四面坊巷中走出，在城门前会聚，互相逃避着眼神，逐渐会聚成了一股或许比即将出征的大军还要壮阔的洪流。其中除了百姓，不乏还来不及换下锦衣玉袍的贵族，他们一个个神色慌张，如丧家之犬。

守城的士兵无人上前阻止，他们看着那些难民的神色从一开始的惊讶，到愤怒，最后是无奈，乃至麻木。

什么御驾亲征，御驾未出，败相已显了。

可也不是所有人都想一走了之。

夜渐深，好不容易在灶房寻到了吃食填饱肚子的晁衡一脸担忧地回到屋内，看着桌案上的信纸，提笔，却久久无法落下。

宫中的萧条他已经深有体会，但是心里的萧条他却难以言表。

以至于这些日子以来他聊作慰藉的写信这种活动，都让他深感无力。

国家风雨飘摇，友人四散天涯，他写着这些无主之信，都不知道何年何月能够寄出，会不会有一天，只能陪着自己埋入地下，永不见天日？

就像自己知道的这些秘密一样。

他深吸一口气，还是慢慢落下笔去。

"李白大人：

"我终究，没有找到那本《推背图》……抑或，我已经害怕找到它了。

"找到了，又有何用呢？大厦将倾，纵使可推知千古，又怎能度过眼前的劫难？你在天涯某处，或许已经知晓了潼关沦陷的消息，你应当也很惊讶吧。抑或会对酒邀月，大笑三声？我曾以为我也是个洒脱的人，但如今，心中的沉重却让我知道，我终究还是活在尘世之中。

"身在宫中，唯一的好处，似乎就是耳目灵通。但是最大的坏处，似乎也是耳目灵通。如今朝中皆知，是杨国忠根据线报，说安禄山的先锋部队皆为老弱，又因河北连捷，以致军心涣散、士气低下，故而诱哄圣上不停地派使者到潼关，催促哥舒翰出关，才导致哥舒翰身陷囹圄，生死不知，潼关失陷。

"殊不知，在此之前，除了哥舒翰，在河北连战连捷的郭子仪，还有李光弼，都曾经数次奏陈皇上，他们将率部直捣范阳，潼关大军但应固守，不宜出兵。圣上明明看了，却依然被杨国忠巧舌如簧，劝得圣上一日三使，催促哥舒翰出关……

"前来传信的士兵还带来了别的消息，他说，哥舒翰是仰天恸哭，不得不带兵出关的。甚至为了增加胜算，带上了全军，以图有足够的力量与敌人决一死战。然而，显然，敌人也是这么想的，也是这般准备的。

"唉……

"万般愤恨，一纸难言。

"对这世道，我在长安研学近四十年所得的学识，似乎都不够用以形容了。或许唯有借你一句：噫吁嚱，危乎高哉！蜀道之难，难于上青天……我接下来要走的路，当真是要难于上青天了。

"现在，叛军随时会攻入长安，圣上说要御驾亲征，可看起来，就连宫里烧火的宫人都不信。我方才去用膳，那儿的人业已跑了大半，他们能去哪儿呢？圣上都在这里了，还能有比圣上身边更安全的地方吗？"写到这儿，他自己都笑了，补了一句，"不过，有金龟袋在，圣上身边安全与否，我确实应该比别人清楚。"

"难道，我也该走了吗？我，又能去哪儿呢？"

灯火闪了一下，他停笔，调了调灯火，有些出神。

万籁俱寂，往日还能听到宫卫巡逻的声音，以及偶有小宫女的轻声笑闹，抑或是宦官匆匆而过。还有虫鸣鸟叫，极偶尔地，还能听到远处隐隐的乐声。

而如今，什么都没有，一切静得可怕，连灯火燃烧的声音，都显得异常清晰。

"噼啪！"

晁衡惊了一下，他猛地回神，感到有一丝寒意袭上脊背。他披上外袍，刚要提笔，忽然听到一阵极轻的脚步声传来。

他下意识地屏住呼吸，听着这脚步声越来越近，一个灯影从拐角出现，沿着走廊一路行到他的门前，停了下来，来人轻轻地叩了叩门。

"是谁？"晁衡警惕道。他往旁边摸去，却只摸到了自己的砚台。

"是我。"门外的人声音低柔，带着股似乎与生俱来的沉稳。

"高……高爷？"高力士？晁衡心里更慌，他连忙起身去开门，差点在几案上绊一跤，刚稳住身子，高力士已经推开了一丝门缝，露出半张被灯笼照亮的脸："晁卿，请立即收拾行囊，该上路了。"

晁衡还没站稳的身子又是一晃，他强压着慌张问道："上路？上什么路？去……去哪儿？"

"别问，也别和任何人说。"高力士看也不看他，只是平淡道，"半个时辰之内，到延秋门。"

"延秋门……"

"记住，只有你一个人能来。"高力士看了晁衡一眼，似乎极轻地叹了一口气，冷漠的声音终究柔和了点，轻声道，"这是圣上的恩赐，别辜负了。"

晁衡愣怔的神色在高力士的灯笼消失在远处时，渐渐融化。

他僵硬地转身，跌坐在桌前，直到灯芯的又一次爆裂声拉回了他的思绪。他终于明白了过来，这个方才晃过他脑海的，让他不敢置信到头脑一片空白的猜测，竟然是真的！

李隆基！大唐的天可汗！这位曾经至高无上的天下霸主，竟然要逃离长安！

他神色一定，再次提笔，而这一次，却是龙飞凤舞。

"李白大人，就在方才，我得到消息，圣上决定，离开长安。

"我再一次感觉到自己命运的莫测,我,阿倍仲麻吕,何德何能,经历一个这样的时代。我见证了一场席卷半个庞大帝国的叛乱,看到了一个帝王被逼离京,而我还将随他踏上旅程。这不是光荣的旅程,对于任何一个唐人来说都不是;对我来说,也不是,但我依然感动莫名……

"李白大人,没错,长安将经历一场浩劫,而我将逃过这场浩劫。冥冥之中有什么东西在帮助我活下去。容我独断,我认为,正是一份使命,一份要将我所知道的秘密,我所见、所闻的一切传下去的使命,它要我看到更多,要我记录更多,要我留下更多。

"而我,将会为这份使命,努力地活下去。"

六月乙未,黎明。

李隆基出延秋门,前往蜀中。

玉辂内,是皇上和贵妃。紧随其后的车驾属于贵妃的姐妹——虢国夫人、韩国夫人,还有公主、皇孙,以及皇太子。

队伍的最前头,是宰相杨国忠,带着他的新宠王承业,以及少数权贵。

高力士随侍在御驾旁,身后是其他皇亲国戚、宫人。

在龙武大将军陈玄礼统领的两千禁军的护送下。

庞大的队伍,行色匆匆,离开了长安。

这一天,微雨。

六 六

老骥难为

"哈哈哈……好一个御驾亲征！"

此时的洛阳皇宫，却完全是另一番光景。

安禄山一身黄袍，高坐御座之上，放声狂笑，一旁正在给他按腿的宫人吓得跪在地上，瑟瑟发抖。

"李隆基这个老货，当真是不中用了，逃跑就逃跑，还闹出这么大个笑话。御驾亲征？哈哈哈……真是贻笑大方，朝廷的脸都让他丢尽了！"

"恭喜陛下，贺喜陛下！"堂下，严庄带头出列，大声道，"潼关大捷，长安已经近在眼前。陛下的大业，离大成不远了！"

"恭喜陛下，贺喜陛下！"两边的群臣一起高喝，声音却参差不齐，大多数人面色如丧考妣。

安禄山笑容一顿，凶戾的双目瞪向群臣。

恭贺声的余音逐渐颤抖。

严庄冷冷地瞥了他们一眼，淡然垂眸。

这个反应，本就在预料之中。

堂下群臣中，有不少是洛阳的旧臣，城破之时，他们或为前途，或为家小，投降了安禄山，都成了大燕的臣子。彼时安禄山手下大多为只会带兵打仗的粗人，需要这些降臣来操持"朝政"。

其中那些受胁迫而就范的官员，本就对唐军还抱有一丝希冀，如今听闻潼关之失，要他们表现出真心的高兴，自然是不可能的。

所以安禄山早就安排了自己的亲信跟随他们，待亲信学会了处理朝政，自然会将他们替换掉。所以这群人的反应，安禄山完全没有介怀。

反正以后，有他们哭的时候。

严庄清了清嗓子，正准备继续汇报下一件事，却忽然听到头顶传来安禄山阴沉的声音："怎么？大燕打下潼关，这么大一件喜事，你们一个个笑得跟死了娘似的，莫非是见不得我好？"

群臣一阵骚动，都噤若寒蝉。

严庄心里一紧，微微抬起头，不敢置信地望向最高处那庞大的身影，心里焦急万分，却也知道此时不是自己出头说话的时候。

安禄山的声音越发森冷，他猛地一拍御座，怒喝："笑！都给朕笑！旧朝要灭了，老皇帝跑了，你们不笑，难道想哭吗？"

"哈，哈哈！"人群中，真有人挤出了一两声笑。这一有人开头，其他人纷纷效仿，生硬的笑声此起彼伏，逐渐汇聚在一起。

在安禄山豺狼一样的瞪视下，笑声越来越响，他不喊停，便没人敢闭嘴。空阔的朝堂中开始充满夸张的笑声，那笑声仿佛寒冬中哈气取暖的声音，笑声越大，气氛越冷，犹如一口寒潭将所有人裹挟其中,以至于有人竭尽全力地张嘴笑着,面容却紧绷到抽搐,更有人抖若筛糠,仿佛下一瞬就要背过气去。

严庄没有笑,他看着身周荒诞的场景,心里比寒潭更凉。

安禄山稳稳地坐在上面,仿佛听不出堂下笑声中的痛苦,冷冷地看着下面。严庄眼看着安禄山身侧的李猪儿脸色逐渐发白,整个人微微地抖了起来。

李猪儿这是看出安禄山起了杀心了!

严庄越发焦急起来,心里一片悲凉。若在过去,他完全可以出声阻止,再谏言一二。安禄山虽然会不高兴,却还能听进去一点。可是如今,他却再没这个自信了。

折磨人的笑声还在继续,其中隐约出现了几声咳嗽,显然有人快支撑不住了。严庄心里默默期盼有什么事能打断这荒诞的局面,老天似乎听到了他的祈求,突然,"砰"的一声闷响,有个老臣支撑不住摔倒了,昏了过去。

笑声停住了。

严庄如获神助,迫不及待地叫道:"来人,快把他拖下去!"紧接着没等安禄山发话,转身叫道,"启禀皇上,臣还有一事要奏!"

"说。"安禄山沉默了许久才开口,声音如夹杂着冰碴,尖厉森寒。

严庄硬着头皮道:"唐军叛将火拔归仁已将哥舒翰押至洛阳,等候皇上发落!"

"到了吗?"

"已到宫外!"

"那还等什么,带进来。"

听出安禄山此时语气中的松动,严庄暗自庆幸。他知道安禄山与哥舒翰有旧怨，两人虽然曾经同朝为臣，但作为武将，地位相当，升迁速度相当，在李隆基刻意的制衡下，二人虽然没什么交集，却水火不容。此时哥舒翰的出现，足以平息方才那点小事引发的安禄山的怒火。

果然当两个燕军拖着哥舒翰来到殿内时，安禄山整个人兴奋了起来。

他让李猪儿搀扶着自己，缓缓站起，一步步迈下台阶，走到哥舒翰面前，弯腰细细地看着眼前这个老对头。

看着眼前的场景，严庄心中沉了下去。

哥舒翰作为一个老将，过去耽于声色，已经不良于行，此时双腿绵软地瘫着，整个人趴在地上，威风全无，老态龙钟，十分狼狈。

而安禄山，他的身躯又庞大了一圈，双眸浑浊。看似他在细细端详哥舒翰，可是严庄心里明白，他的眼疾又严重了不少，不凑近根本看不清。

身体越差，安禄山就越暴躁，要想改变这种状况，看来只能等他……

严庄被心里冒出的危险想法吓了一跳，赶紧收摄心神，看向前方。

看到哥舒翰的惨状，安禄山似乎很满意。他直起腰，笑道："哥舒翰，你当初不是瞧不起朕吗？如今这滋味，如何？"

哥舒翰闻言，微微抬起身，看了安禄山一眼。就在所有人以为他要大骂安禄山宁死不屈时，却见他突然以头叩地，声音干涩道："成王败寇，我无话可说……皇上既要开创基业，还有大片地方需要平定，我……愿效犬马之劳……"

"哦？"

别说安禄山,殿上所有人都被他这番话震惊到了。没想到哥舒翰骁勇一世,如今兵败如山倒,被俘后锐气全无,已经贪生怕死到不顾晚节了。

哥舒翰却已经顾不上周围人的目光,他身体虚弱,只能有气无力道:"如今,李光弼驻守土门,来瑱镇守河南,鲁炅在南阳,他们都是我的老部下,我愿意写信招降他们,解皇上之忧……"

"哈哈哈哈……"哥舒翰的乖顺彻底满足了安禄山,他放声大笑起来。这一次,他没有再管其他人有没有笑。

哥舒翰的头依然死死地贴在地上,苍老的身躯微微颤抖着,不知道是因为寒冷,还是因为别的。

"来人!"安禄山笑了一会儿,忽然大声道,"给我把火拔归仁绑来!"

绑?严庄一愣,不祥之感油然而生。

很快,火拔归仁被五花大绑地拖了进来,扔在哥舒翰旁边。他看着已经被松绑扶起来的哥舒翰,拼命仰起头,不敢置信地瞪向安禄山,叫道:"皇上!是我为你俘虏了他啊!"

"我知道,你不就是眼见大势已去,干脆带兵抓了你的主将,想讨好我吗?"安禄山低头看着他,冷笑道,"但你凭什么以为,我安禄山能容下一个背信忘义的东西?"

他说着,竟然缓缓抽出了腰间的刀。

看明白他要做什么,严庄再也忍不住了,迈步向前,失声大叫:"皇上,不可!"

可下一瞬,他大张的嘴中,已经溅入了鲜血。

他看着倒在地上身首分离的火拔归仁,默默地退了回去。

"哥舒翰,你臣服于朕,朕自然不会亏待于你,这份大礼,你可满意?"

哥舒翰看了一眼地上的尸体，面无表情，低头道："臣，谢皇上恩典……"

"哈哈哈哈哈！"安禄山再次大笑起来。

趁着李猪儿扶着安禄山回到御座的工夫，严庄看着被拖下去的火拔归仁的尸体，神情已经恢复淡漠。

喜怒无常，屡杀降将，他的这个主子，将永无天下归心之日。

他想要一展抱负的新天下，业已成了空中楼阁。

曳落河，果然没比金龟袋好多少。难道除了他们，就没有其他人，能改变这陈腐世界的秩序，开创新的天地了吗？

就在此时，清河郡墨家村的静室中。

李萼跪坐榻上，看完手中的信，抬起头，定定地看着面前的裴旻，坚定地道：

"裴公，是时候了！"

掷地有声。

六七
天下北库

"哥舒翰,终究还是没躲过金龟袋的毒手。"墨家村的静室中,裴旻感慨道,"这个天下,还是被他们祸害到了这一步!"

"师父,您怎么看出这里面有金龟袋的毒手啊?"精精儿在一旁打着扇,探头去看裴旻面前的信笺。

"李萼,你怎么看?"裴旻不答,反而看向座下的李萼。

李萼已经看过了信,虽然惊讶于裴旻这个消息来源的迅速和翔实,但还是回答道:"哥舒翰本已经固守潼关数月,眼看快熬到郭子仪收复河北,却突然大举出关主动出击,显然是受朝廷逼迫,若是不从,或许就是高仙芝、封常清二人一样的下场。"说到此处,他的声音已经冷了下来。

"对哦,都是朝廷要求出兵,上次是监军边令诚,这次直接是皇帝出马,"空空儿嫩声嫩气地道,"他们背后,应该都有杨国忠那个坏家伙。"

"更遑论杨国忠与哥舒翰之前的不合了。"裴旻道,"若说杨国忠公报私仇或许不妥,但在这个时候还在谗言媚上、以权谋私……是真的该死了。"

"裴公,"李萼不欲多说,只是直言道,"是时候了。"

裴旻看着他,缓缓道:"你们,是下定决心了?"

"是,裴公,"李萼端坐着,眼神坚定,又重复了一遍,"是时候了。"

他的身后,陈伯更是精神矍铄,背上的斩马刀被擦得发亮,与他精光四射的双眸交相辉映。

裴旻点了点头。潼关失陷的消息一传来,他就知道会有今天,他一点也不意外。

"你的伤,可是全好了?"

"好了,"李萼平静地道,"至少,足够我报仇了。"

裴旻不言,只是静静地看着李萼,许久才叹道:"李萼,此行之凶险,你心里应是知晓的。"

"我知道。我还知道,如果再等下去,我身上背负的债,就会越来越多。"

"哦?"

"之前收复常山,我结识的将领哥舒曜,就是哥舒翰之子。"

"就是与你一道收复常山,还送你马的那位?"

"正是。"李萼道,"那时他一边忧心于他的父亲,一边却还在河北为朝廷征战。他曾说,纵使他父亲当真步了高、封二人后尘,还真有人能为他哥舒家打抱不平不成……我能,我要为他们打抱不平!"他握紧双拳,咬牙道,"高将军、封将军、颜大人、季明……还有常山那么多人,仅我一人就因为金龟袋失去那么多师友,如果放眼天下,又会有多少无辜之人被他们戕害?不剿灭金龟袋,我此生难安!"

"唉!"裴旻见李萼心意已决,叹息一声,缓缓起身,"冥冥之中，自有天定。李蓴，你与我墨家村结缘，或许就是上天注定的。"他走到门边，看着外面苍茫的山川，昂首道，"放眼河北，或许真的只有我们墨家村才能助你。来吧，是时候告诉你，我们墨家村那么多年来一直在守着的东西了。"

说罢，他打开门，大步往前走去。李蓴看了看左右，见空空儿和精精儿笑嘻嘻地朝他摆手示意他跟上去。李蓴不明所以，但还是赶紧起身，跟了上去。

裴旻要去的地方似乎并不近。他背着手慢慢在前面走，等李蓴跟了上来，突然问道："李蓴，你知道荆轲吗？"

"刺秦的那个？"

"对，还有曹沫、专诸、聂政、豫让。他们被后世称为五大刺客。"

李蓴点点头。此时他不得不再次感叹自己书读得太少，这些名字除了荆轲，都闻所未闻，于是问道："他们行刺了谁，为何行刺？"

"你只需要知道他们行刺的理由就行了。"裴旻拿起两个火把，交给李蓴一个，继续往前走，"他们舍身行刺的理由，只有一个字——义！"

李蓴身躯一震，神色越发专注了起来。

"荆轲刺秦王，虽事败身死，但令秦王开始畏惧刺客的存在，于是他在统一六国后，收尽天下兵器，将刺客赶尽杀绝。

"从此，刺客彻底隐匿于暗影之中，开始各自为营。其后人在中原各地建立秘密府库，藏匿兵器和钱帛，代代相传，以备乱世。并约定在非常之时，以墨者身份互通信息，确保能及时救天下于水火之中。"

所以他们才能那么快得到相关的信息！

李萼之前的一些疑惑此时豁然开朗：为什么陈伯这么快能知道常山收复，为什么裴旻在不知道金龟袋之名的情况下对其那么了解，为什么他们能这么快得到潼关沦陷的详情……

裴旻果真深藏不露！

或许，自己无形者的身份，他也心知肚明吧。

"如今，此处的秘府集江淮、河南钱帛于清河，聚甲仗利器五十万……"裴旻浑然不知李萼心中的惊涛，犹自娓娓道来。他在墨家村后一处山壁前停下，伸手在上面密密麻麻的藤蔓上一拂，露出一个浅浅的洞穴，火把刚一伸进去，就照亮了正对他们的洞壁上的一个血色的火焰状标记。李萼看着那标记，恍惚间有种呼吸都停止了的感觉。

裴旻伸出手指，在标记的凹槽处有规律地按了几下，只听到轴承旋转的声音沉闷地响起，标记缓缓上升，原来它竟是刻在一块巨石上的。巨石之后，是一个一人高的洞口，洞内似乎是一条长长的甬道。裴旻手持火把，带头走了进去，又把火把有火的那一头，往两边拳头大的洞中探了探。

一瞬间，洞壁上如有两条火龙苏醒，从那拳头大的洞口带着火焰一路飞奔向远处，直奔向看似没有尽头的黑暗。

看到眼前的景象，李萼猛地瞪大眼，甚至屏住了呼吸。

耳边，裴旻的声音再次响了起来："我们谓之——天下北库！"

"天下……北库……"李萼看着眼前的奇景，低喃出声，"天下……"

蓦地，他的脸上露出一丝笑意。

甬道的远处，隐约有一个纤瘦挺拔的背影，她转过身，语气笃定地道："大唐，肯定也有我们的同伴……甚至，他们的历史，

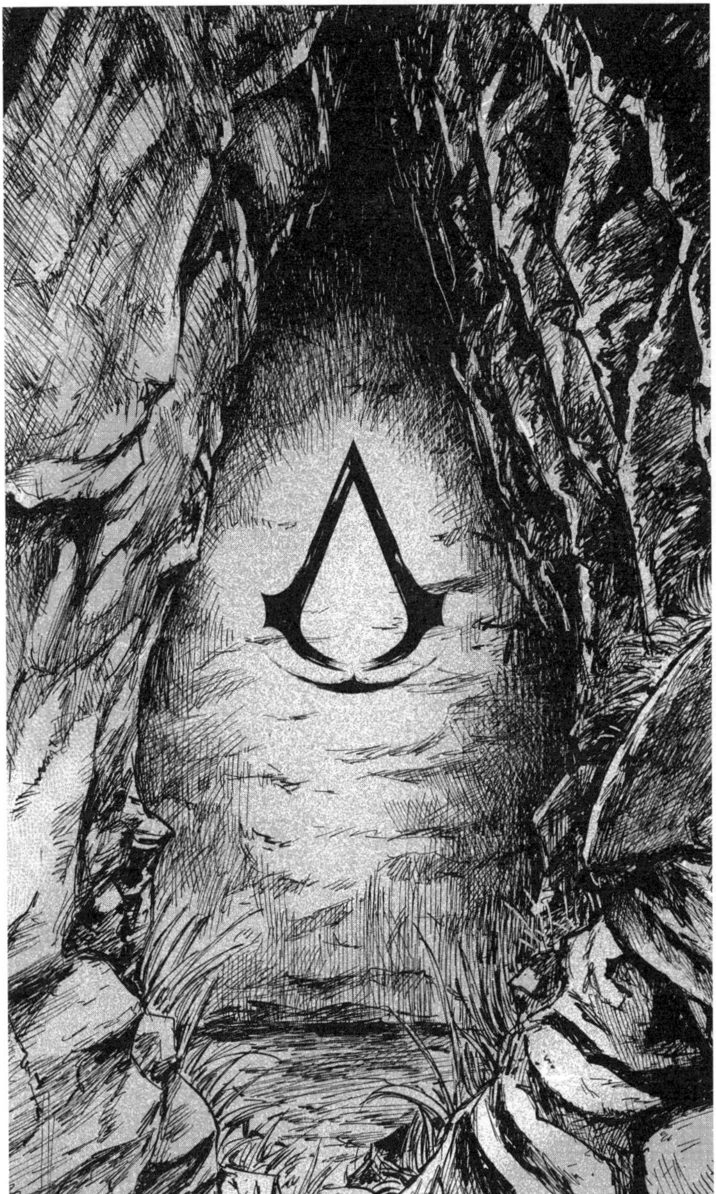

可能远比我们想象的还要悠久，实力，应该更为强大……"

"阿莲娜，你说对了！"看着两旁一望无尽的架子上放满了甲胄和武器，李萼低喃，"大唐，真的有同伴……"

原来，自己不是最后一个无形者，也不是最后一个刺客。

"李萼，你不是孤军奋战。"裴旻笃定的声音，恰好回应了他的低喃。

"嗯。"李萼掩去颤抖的语调，露出一丝微笑。

裴公，墨者，天下北库……

原来，他早就已经回到"无形者"之中了。

裴旻带着他继续往前走，平静地道："开元盛世以来，天下北库再无用武之地，亦无刺客传人现身。但我知道，这些府库之所以建立，就是为了防范一个同样源远流长的敌人，这个敌人形态万变，唯一不变的，就是专权和暴政……所以当你带着金龟袋的消息来到这里时，我就知道，这个敌人，出现了。"

李萼闻言身躯一震，若有所思。

"既然宿敌已经出现，那么，命中注定该站出来对抗他们的人，应该也出现了。"裴旻终于走到了甬道尽头，转头道："天将降大任于是人也……这个人，果然是你！"

说着，他把火把往前一探，照亮了一张横桌上的一副轻甲，朗声道："穿上它吧。"

李萼没有推辞，走上前去。远看时那铠甲就已经显露出杀气，走近一摸，更是让他心中一叹，忍不住道："这甲，怎么会如此？"

这副轻甲的头盔用黑色兜帽代替，其余部分是材质极轻却极为坚韧的胸板甲、披膊、护臂、甲裙和胫甲。整副盔甲通体黑色，表面平滑却无光泽，看起来像是能吸收所有的光线，极适合在黑暗中行走,像是为李蒡量身打造的一般。

它的蹀躞带上的扣,正是洞口那火焰的形状!

"它叫天王甲。"裴旻上前帮他穿上甲胄,"明光护身,坚不可摧,乃刺客先祖的大师毕生心血之作。穿上它,入万军丛中取敌之首,宛如铁兽,所向无前。"

李蒡将天王甲穿在身上,俨然感觉自己已经与这满库房的武器甲胄融为一体,而那些暂时无主的甲胄如同等待检阅的千军万马,正无声又肃穆地看着自己。

"别忘了这个。"裴旻仿佛自虚空中掏出一柄匕首。那匕首不过拇指粗细,却周身雕满繁复的血槽。它看起来锋锐至极,华丽的外表下透着嗜血的杀机。"这把匕首,为'刺客五祖'之一专诸的传世之刃。他为接近吴王,将此剑藏于鱼腹之内进献,乘其不备,将吴王刺杀。"

裴旻将匕首递给李蒡,冷声道:"暗藏杀机,削铁如泥,它就是鱼肠剑。"

李蒡再大字不识,也听过鱼肠剑的威名,遂接过去,比画了几下,反手收入臂甲之中,其顺手程度,比他之前丢失的袖剑有过之而无不及。

他面露惊叹:"果真是神兵利器。"

见裴旻接下来没有动作,李蒡收了鱼肠剑,抬头四顾道:"短的有了,我想再要几件长的。"

裴旻负手微笑,意味深长:"那就看你眼光了。"

李蒡闻言,挑眉一笑,当真在库中大肆挑选起来。

六八

为天下计

双股剑,拿了,挂背上。

环首刀,拿了,扣腰间。

横刀,拿了,扣在后腰。

臂张弩,手感不错,也带上。

....

随着周身武器越来越多,李萼蹀躞带上用于扣武器的环都满了,他依然不觉餍足,恋恋不舍地继续行走,在一排长矛前停下了脚步,双眼忍不住看向其中一支长矛。

它的矛头看起来有些岁月,但枪柄却是崭新的,看起来有些不伦不类。可是不知为何,李萼一看到它,就有些挪不开眼。

他抬手,握住矛杆,抽了出来。

"好眼光!"身后的裴旻赞道,"不愧是你,李萼。"

"哦?"

"这支长矛,应是府库内最古老的长兵器。"裴旻看着那支长矛,颇为感慨,"传说它是秦代所造,原本属于一位名叫魏羽的刺客，经过千年之久，却锋利依旧。只可惜矛杆是木材，容易腐蚀，前些日子我刚为它换了新的。"

"它也有名字吗？"李萼掂了掂，越看越喜欢，应该是不打算撒手了。

"还真有。"裴旻笑道，"此矛，名为'荆轲'。"

李萼一怔，再看向荆轲矛，眼中已经亮起了光。他将矛握在手里，比画了一下，平静地道："选好了。"

"好！"裴旻转身往府库门口走去。府库的新主人慧眼识珠，他老怀甚慰，忍不住吟诵起来："'千秋二壮士，烜赫大梁城。纵死侠骨香，不惭世上英。谁能书阁下，白首太玄经。'李萼，你可知这一段，是何意思？"

"略有所感，难以言明。"李萼跟在后头老实道。

"哈哈哈，它的意思就是：只要是循义而行，无论成败，皆是英豪，该当青史留名！李萼，你既拿了这鱼肠剑、荆轲矛，便是传承了自古而来刺客秉持的信条……"

"是什么？"

裴旻走出洞口，任天光洒在身上，一边走一边大声道："刺万乘之君，如刺匹夫！哈哈哈……"

李萼握了握荆轲矛，也忍不住笑了起来。

天下北库的出现，打乱了李萼的计划。

他本想拿了兵器，直奔长安，杀了杨国忠、王承业，捣毁金龟袋，然后掉转矛头，再去洛阳杀了安禄山。

但是裴旻终究是裴旻，他虽隐居深山多年，但对大局的判断，依然远高于李萼。

"刺客行的，不是匹夫之勇。"回到静室，裴旻抓起几颗黑子放在面前的棋盘上，又抓了一把白子，散落在四周。李萼看着他的举动,有些疑惑。裴旻继续道,"金龟袋更非等闲对手,要对付他们,天时、地利、人和,一样都不能少,否则,西山大佛不一定能容你第二次。"

李萼抿了抿嘴。

"怎么,不服气?那么多权臣老将都栽在他们手上,你真以为能轻易潜到他们卧榻之侧?王承业尚可算你一时失察,但是朝中高手,又何止王承业一个,你又怎知面前之人,究竟是不是金龟袋,该不该死?即便你顺利地杀了一个,又如何做到不打草惊蛇?"

"还请裴公指点。"李萼无言以对,只能低头。

裴旻执起一颗散落的白棋:"这是什么?"

李萼看了看棋盘,以及中间的黑棋和周围的白棋,确定道:"朝中非金龟袋之人。"

"然也。"裴旻看着白棋,"金龟袋就算再势大,也不可能吃下整个朝廷,纵使被他们挤到了权力中心之外,也依然是多数之人,且其中必有有用之人。"

"我该如何找到他们?"

裴旻摩挲着手中白棋,沉吟了许久,忽然起身,拿下了身后剑架上的那把剑,递给了李萼。

李萼见状,立刻坐直了身子,却没伸手,疑惑道:"裴公?"

那把剑一直放在静室最醒目的位置,纤尘不染,显然是裴旻极为珍重的宝剑。

"拿着,"裴旻语气坚决,"若有需要,拿给陈玄礼看。"

"那个龙武大将军?"

"没错。"

"他……"李萼迟疑了一下,"他守卫皇上左右几十年,在朝中依然算权力核心，裴公如何确定他不是金龟袋？"

"他不会的，"裴旻道，"当年我做左金吾卫大将军时，他已经是龙武大将军，同朝为官那些年，我与他交集不多，但也看出他的纯朴自检、忠勇刚直并非虚名。若要说同样忠于皇上的如高力士之流，其长袖善舞、城府深沉，尚有加入金龟袋的可能。至于陈玄礼，如今国家被祸害至此，他说不定比你还想杀了杨国忠。"

李萼点点头，连裴旻都这么说，那自然没什么可疑虑的了。他看向宝剑："那这剑……"

"见剑如见人，"裴旻昂首，"你只管给他就是！"

李萼不好再推辞，双手接过剑。只见这把剑被宝石雕饰，华光四射，却十分轻盈，果真是把绝世宝剑。于是李萼郑重道："多谢裴公，我定好生保管。"

"无妨，你收着便是。"裴旻送出这么贵重的剑，却好似一点不在意，淡然道，"身外之物，有人用才是有用之物。天下北库是墨家的，我为小友你壮行，总要有点表示。"

李萼笑了一下，将剑挂在腰间，问："若陈玄礼不肯帮我怎么办？"

"自然是不能将希望全放在他人身上。"裴旻道，"潼关破，长安乱，正是妖魔鬼怪现形之时，尤其是金龟袋，定会忍不住密会。你只消以杨国忠为核心，耐心蛰伏，做好准备，寻找将他们一网打尽的机会。"

这与李萼这些日子在思考的行动计划不谋而合，只不过裴旻另外提供了寻找帮手的思路，增加了行动成功的可能性。李萼跃跃欲试，几乎有些迫不及待了。

"怎么，这就坐不住了？"裴旻看了他一眼，忽然甩袖扫掉棋盘上的棋子,在满地棋子落地的声音中,再次执起一颗白子,"在我看来,你还有更重要的事情要做。"

"哦?"李萼挑眉。

"你以为,天下北库,就是给你准备的吗?"裴旻似笑非笑。

李萼一愣,明白了过来,脸一红:"裴公,是我浅薄了。"

"你既千里迢迢来问计,我自然不能辜负你。要计,就为天下计!"裴旻说着,落下一子。

"如今黄河以南,叛军一路直指长安,形势还算明确。但是在河北,因为郭子仪和史思明的拉扯,河北二十四郡如墙头之草,左右倾倒,谁兵临城下就降谁,这,是个很大的变数,对唐军不利。

"潼关未陷之前,我曾得到其他墨者消息,因为唐军在河北连战连捷,兵锋已经直指河北,安禄山确实曾经乱了阵脚,甚至想带兵返回范阳固守,但是却被麾下军师劝阻,不过几日,哥舒翰就带兵出关了……形势逆转,叛军定然士气大涨,不出意外,安禄山定会派大军驰援史思明,乘势彻底拿下河北。"

"然而唐军却士气大减,形势堪忧。"李萼紧皱了眉头。

"没错,这也是我打开府库的原因。李萼,河北二十四郡隐藏着很强的力量,但若是一盘散沙,永远都不可能发挥作用。他们需要一个统领,一个举起旗帜,带着他们站定一个立场的人。"裴旻掷地有声,"这个人需要有足够高的地位,要有一呼百应的威望,有坚如磐石的心智,更需要足够聪明,能够充分发挥府库的作用。"

李萼有些茫然。在他所知道的人中,除了那些还在征战的将军,他唯一想到的这样的人物,竟然是颜杲卿。

他垂下了眼眸:"裴公可有人选?"

裴旻没说话，看向了一旁一直认真听着的陈伯，李莼不明所以，也看着陈伯。陈伯一愣，正要开口询问，忽然灵光一现："哎呀！我知道！我知道裴公说的是谁！"

"谁？"

陈伯胸有成竹："平原郡太守，颜真卿，颜公！"

裴旻笑了一声，又拿起一颗白子，"啪"地按在一堆黑子中间。

"正是他！"他轻抚着胡子，"其实这些日子，他一直派人在联络周边郡县，欲联合起来抗击安禄山，奈何安禄山势大，又逢潼关之变，如今他的形势，怕是也岌岌可危。"

李莼双眼一亮："若是我们带去府库的军资，助他拉起举义大旗，稳住周边郡县的军心，装备四海义士，与郭子仪等朝廷军里应外合，安禄山就将永无安枕之日！"

"哈哈哈！你总说你大字不识，看来前些年我在这儿教那两个娃娃的时候，你也并非全然没有收获嘛。"裴旻拿起一颗白子，放入李莼手中，沉声道，"没错，到那时，便是你给他们致命一击的时候了。"

李莼低头看着白子，缓缓握住："我明白了。"

六　九

平原危机

李萼说自己大字不识几个，不是妄自菲薄。因为他在书塾中的所学，少到他都不够格知道颜真卿的地步。

但是他却不是第一次听说颜真卿。

因为颜真卿就是颜季明口中的"十三叔"，颜杲卿的堂弟。

没错，在河北辗转一圈，他又一次遇到了颜家人。

清河与平原相距并不远，李萼和陈伯自清晨出发，一路快马加鞭，到傍晚时，就已经远远地看到了平原城的城墙。

尚未入城，李萼已经感觉到了平原城与常山城的不同。

"这城……"他放慢了马速，抬头望着巍峨的城墙，有些说不出的感受。

"看着很坚固吧。"陈伯有些感慨，"颜公很久前就感觉到安禄山不对劲了，但他没法说，就只能自己暗中招兵买马，打造兵器，修筑城墙，明面上却时常宴请文人，诗酒欢会，让安禄山放松了戒备。我听说史思明攻打常山时，很多守军都是颜公派过去的，本以为能撑到援军到来，谁知……唉！"

"安禄山,竟然真的没有怀疑?"

"自然是怀疑的,但是颜公办事,着实滴水不漏,别说安禄山了,连我们家大人都没看出端倪,甚至还传信让颜公不要太过颓废。我家大人以为是因为朝中杨国忠一手遮天,颜公感觉仕途无望,才这般纵情享乐的。"

又是杨国忠!李萼咬了咬牙。颜季明曾经说过,颜真卿也是因为与杨国忠对着干,才被贬谪至此。想到这里,李萼杀杨国忠之心愈盛。

"走吧。"陈伯打马前行,"我这张老脸,用来面见颜公,还是可以的。"

李萼与陈伯入了平原郡城内,发现这里竟然井井有条,百姓的生活依旧,正值做饭的时候,城内炊烟四起,孩童跑来跑去,还有人大声说笑。只不过不少精壮的汉子在街边扎堆站着,看向他们的眼神颇为戒备。

行到太守府,迎接他们的人即使接了陈伯的名帖,却也并不是那么客气,甚至还将他们带到了后门。陈伯很是想不通:"颜公明明知道是我,为何如此相待?难道他……"

"不是,"李萼果断道,"你没看见府前刚刚被牵走的几匹马吗?"

"啊?"

"那马的马鞍上有'燕'字。"

"'燕'字?安禄山的人在这儿?"

"对,"李萼将马匹交给仆役,"颜公不想让我们和他们打照面。"

陈伯却心急如焚:"李公子,咱可不能让叛贼捷足先登啊!若到时候颜公被他们所迫,交出了平原郡……"

李萼笑着看了他一眼："我以为你该比我更相信颜家人。"

陈伯一愣，低下了头，无奈道："之前在墨家村，裴公收到的消息，我多少能听到点……"

想到嘴碎的精精儿和空空儿，李萼失笑："哦？"

"平原郡借兵给常山，其实已经耗掉了颜公大半的力量，若叛贼来硬的，有常山的前车之鉴，为了平原郡这几万百姓，颜公不一定会做出那般飞蛾扑火之举。不是说颜公秉性不好，而是现在的颜公，连当初常山对太原那种虚无的希望都没有。"陈伯痛心疾首，"都怪我！若不是路上停了几回，说不定能比那群狗贼早一步见到颜公！"

"哦？陈伯莫非比我还有用？"一个清脆的女声从旁边传来。两人看过去，一见来人，陈伯立刻老泪纵横："少……少夫人！"

李萼也有些惊讶，来人正是何红儿，颜季明的遗孀。

两人对视一眼，皆从对方眼中看到了无言的悲痛。何红儿露出一抹苦涩的笑，朝着李萼抱拳拜倒："先生。"

李萼抱拳，低头苦涩道："少夫人……"

"怎么，没有了弟弟，就不认我这个弟妹了？"何红儿抬头轻笑。她的泪珠已经挂在了眼角，神色却一如既往地坚韧。

"我对不起季明。"李萼依然低着头。

"先生，你何错之有？"何红儿反而双手将李萼扶起来，平静地道，"我们没有错，先生更没有错。若我们以为自己错了，那难道对的，是外面那群叛军吗？"

何红儿转头望向陈伯，神色愈发柔和："陈伯……我们，惦念你好久了。"

"少夫人！"陈伯哭着拜倒，"老仆无能，守了少爷一辈子，没守住最后一程！"

何红儿紧紧地闭了闭眼,再睁开时已经脸带笑意:"谁说的?他大仇未报,最后一程,还要劳烦陈伯一起守一守了。"

"是,少夫人!"

"二位这边请吧。"何红儿转身在前引路,"十三叔正要去前厅会客,要我带你们一起去……准备一下。"

"准备?"李萼眉头一挑,"怎么个准备法?"

何红儿不答,回头笑了一下,意味深长。

三人自后门一路穿廊过屋,沿途的房间内偶然会看到不少青壮年,大多布衣,很多穿着粗糙的甲胄。他们见到何红儿,都颇为恭敬,连带着对李萼和陈伯,也比外头的人少了许多警惕,多了几分好奇。其中几个注意到了李萼身上的天王甲,细看两眼后,眼中流露出些许艳羡。

"这些就是颜公招的义士?"

"对。十三叔之前倾尽家财,招兵买马,拉拢豪强,聚集了不少义士。只不过之前大半被派往常山,且都没回来……"何红儿声音顿了一顿,复又振作,"这几个月又来了不少,只不过,要再如之前那般装备出一支军队,着实有些捉襟见肘。"

就在这时,一个年轻士兵跑过来,对何红儿道:"少夫人,西客房的人,闹着要走……"

"怎么说的?"何红儿不动声色。

"他们说是来这儿这么久,要什么没什么,反而是叛军先上了门,待着没意思。"士兵支支吾吾。

"颜公说过,去留自便,"何红儿道,"怎么来的,让他们怎么回去,要路费,就按例办了,这样的人,强留着也是隐患。"

"是。"士兵转身离开,背影颇为颓丧。

"少夫人,很多人这样吗?"陈伯难掩愤慨,"他们到底是来举义的,还是来打秋风的?"

"既然来了,自是做了卖命的准备,但若要白白卖命,那也不是谁都做得到的。"何红儿继续往前走,面色平静,显然见怪不怪。

"郡里现在……很难吗?"

"难?什么时候不难?"何红儿道,"平原郡本就属安禄山辖下,前几年安禄山筑城屯粮让十三叔起了疑,十三叔也暗中准备起来。之前派去常山的军队,都是暗中截了安禄山当年筹备军资之时的装备起来的,其中的险象环生,十三叔没多说,但想来肯定是如履薄冰。

"现在安禄山知道十三叔有反意,恨不得围城断我们的粮,怎么可能还让我们劫他的军马甲仗?"

"李公子……"陈伯闻言,脸上不忧反喜,激动地望向李萼。

李萼点了点头。看来裴旻说得没错,他们这一次携天下北库而来,当真是雪中送炭,来对了。

得了李萼的首肯,陈伯迫不及待道:"少夫人……"

"嘘——到了。"何红儿突然做出噤声的手势,小声道,"等客人进去后,我们埋伏在屋外,暗中保护十三叔,等他号令。"

"什么客人,叛贼?"

"嗯。"何红儿面色冰冷,"安禄山派了使者来,是他麾下将领段子光,要面见十三叔。"

"颜公一个人?"

"我会扮成侍女,保护在侧。"

陈伯大惊:"这不行,怎么可以让你们二人面对那群畜生?颜公性子刚烈,万一一言不合,想救都来不及啊!"

"但段子光多少是个将军,十分警觉,若在屋内藏人,一旦被他发现,定会直接动手。"何红儿神色很是从容,"他若先动手,我们就真不一定拦得住了,再说了,我……"她轻抚着腰间的刀,竟然还有心情玩笑,"这些日子我也不是全无长进。先生,你既然说了我有天分,那正好看看,我练得如何了。"

"少夫人……"

"我也进去吧。"李萼道,"我既能暗杀,自然也能暗中保护。"

"先生愿意出手,那自然再好不过!"何红儿明显松了口气,看来方才也不是真的不紧张。

"还有……"李萼刚想张口,忽然转了转头,"他们来了。"

气氛顿时紧张起来。何红儿转身往前厅走:"先生,赶紧随我来!你躲在屏风后面即可!"

"弟妹!"李萼侧耳判断了一下来人的距离,快速道,"若有机会,帮我给颜公带句话。"

"哦?"何红儿一挑眉,"你说。"

…………

李萼没有估计错,他刚躲到屏风后面,和端坐正中的颜真卿都没来得及打个照面,安禄山的使者段子光已经带着人气势汹汹地来到了门前。

何红儿将刀藏在案几下面,随意拢一拢微微凌乱的发丝,抬手去倒茶。李萼瞥见何红儿微微靠近颜真卿,耳语了一句,颜真卿身形微微一动,随即神情姿态恢复如初。

知道自己的话已经带到,李萼微微一笑,眼中凝着冷光,屏气凝神,静观其变。

"颜太守,瞧瞧我给你带来了什么礼物!"段子光粗鲁的声音骤然响起,带着一股腥风,一行人进入了房中。

七 十
颜公举义

段子光此行,并非是专门冲着颜真卿而来。

安禄山身为三镇节度使,一直将河北视为囊中之物。事实上他在举兵之初,也确实几乎没有遭到什么抵抗就拿下了河北全境,随后杀到洛阳,登基称帝。

这一路太过顺风顺水,以至于得知颜杲卿举义时,他将其视为"背叛",而且深感愤怒。除了派史思明带兵攻打常山外,他还挑了洛阳城中三个最大的官斩了,令段子光携其头颅,游走河北全境,要让所有郡县看看,背叛他安禄山的下场。

该行动随着战争的推移几经周折,如今终于还是来到了颜真卿的面前。

而段子光带来的所谓礼物,自然就是当初砍下的三个洛阳高官的头颅。

三个木盒,依次摆在了颜真卿的面前。

数月过去了,头颅早已成为枯骨,只有发黑腐臭的盒子,还残留着他们曾经身为血肉之躯的气息。

七十 | 颜公举义

颜真卿看着面前的木盒，不动声色，锐利的目光看向了段子光。

段子光戴着鬼面，别人看不到他的表情，但是在被颜真卿盯着的那一刻，他还是不由自主地心中一凛。就连他身后的六个曳落河甲士，也都下意识地提高了警惕。

颜真卿本是个清瘦的中年人，面目俊朗，没有蓄须，一眼看去温文尔雅，甚至有些仙风道骨。

可是当他一席官袍正襟危坐、面色肃穆之时，却无端地带着一股震慑全场的气魄，仿佛庙堂之中的一根顶梁柱，无人可撼动分毫。

段子光一时之间竟然不知道说什么。

直到何红儿端了茶盘过来，摆在案几上时，段子光才回过神来，轻咳一声，大声道："东京留守李憕、御史中丞卢奕和判官蒋清，这三个人，当初可是洛阳城最大的官，他们本来有机会保全自己的脑袋，还有他们家人的性命……只可惜，他们看不清形势，还幻想着能继续做那个腐朽朝廷的官，这等迂腐之辈，留着脑袋何用！

"顺我者昌，逆我者亡！现在，颜太守，大燕雄武皇帝将恩赐你最后一次机会！"

颜真卿的双眸从木盒上抬起来，冷声问："机会？"

"对，一个出人头地、光宗耀祖的机会！"段子光笑道，"你别忘了你当初在长安做官，是谁将你排挤到这穷乡僻壤的？又是谁诚心待你，让你在这平原郡独揽大权？诛国忠，开盛世！皇上的大业和你的理想，不是不谋而合吗？"

"我的理想里，可没有牺牲亲人这一条。"颜真卿沉声道。

段子光头一抬，鬼面后的双目咄咄逼人："你是指常山的叛徒？颜太守，他们背叛皇上，举兵造反，死有余辜！"

"叛徒？哼！"颜真卿加重语气，"我的兄长和侄儿……他们的遗骨呢？"

问话间，何红儿倒茶的手丝毫没有动摇，她敛眉垂目，仿佛事不关己。

段子光凝视了一会儿颜真卿的脸，语气讥嘲道："原来如此，颜太守是吃硬不吃软啊。那就好办了……"他慢悠悠地道："你的侄儿如今身首异处，你的从兄被拉到了洛阳，千刀万剐！父子尸骨无存，死无葬身之地，这，就是违抗皇上的后果！"

他全然不在乎周围气氛的逐渐冷凝，反而越发张狂，得意道："皇上深知颜太守是聪明人，有前车之鉴在，必不会走上那害人害己的老路，否则，不仅颜家要绝后，颜太守你辛苦治理的这个郡……"段子光语调一转，充满威胁，"怕是也要灰飞烟灭了！"

话毕，段子光端起一个茶盏，一边喝，一边悠然地享受着房中令人窒息的冰冷，显得从容不迫。

颜真卿纹丝不动，他垂眸沉吟了片刻，缓缓开口："我的兄长，是个古板的人。"

段子光端茶的手一顿。

"我们颜家号称名门望族，几百年下来，老规矩多如繁星，听来都带着股陈腐之气。我素来不爱听，以为不过是些空洞的大道理，老一辈的废话罢了。可我兄长却不同，他一直恪守家训，丝毫不肯违背，甚至常常将其挂在嘴边。族里兄弟们见面，我时常会调侃他两句。"

颜真卿说着，端起面前的茶盏，也一饮而尽。何红儿上前去添茶。曳落河们都没注意到，这次她捧着茶壶的手，青筋暴起。

颜真卿继续娓娓道来:"其实很多道理,都是经历过了才能明白。有些家训,它传承至今,早已不单单是事到临头做出选择的依据,它已经成为刻入我们骨血的行事的唯一准绳。不管是固执,还是古板,我们颜家人,遇到同样的事,只会有一个选择,就比如我从兄那般,遇到你们,他的选择就是……"

他的神色不变,话语却掷地有声:"气节尊严,不可失!"

段子光等人身躯一震,全都凝神戒备。

颜真卿缓缓起身,语气如身形一样平缓:"而他教出来的儿子,亦是如此。"

他站直了身子,居高临下睥睨着段子光,冷声道:"所以,现在,我要为他们讨一个公道!红儿,送客!"

"颜真卿,你疯了!我可是……"段子光万万没想到对方会下逐客令,正要发作,可面前那快如闪电的身影已经攻到面前。他匆忙拔刀格挡,待看清有如此鬼魅般身手的竟然是那个看似柔弱的侍女时,一切都晚了。何红儿面色不变,举刀一拆一掀,不过电光石火间,段子光从前胸到喉咙就破开了一道大口子!

段子光仰天倒在地上,尚未断气,他拼命抬眼去看自己的护卫。等曳落河们反应过来拔刀正要冲向那侍女时,早被背后冲进来的一群人团团围住,领头的老头提着一把比他自己都高的斩马刀,大喝一声:"常山生还者,陈五在此!"

"常山生还者,阿谦在此!"

"常山贾深!"

"常山冯虔在此!"

"常山翟万德、李栖默、崔安石在此!"

"为常山报仇!"

"杀!"

房内顿时战成一团。曳落河久经沙场,战力也不可小觑。有两个曳落河想擒贼先擒王,直奔颜真卿而去。他们刚靠近颜真卿,就被屏风后飞出的弩箭扎进了面门。

其他几个曳落河还想负隅顽抗,但寡不敌众,很快就被逐个斩杀。

颜真卿负手站着,冷漠地看着面前还在吐着血沫的段子光,道:"段大人千里迢迢送来头颅,当真辛苦。既如此,那我们便笑纳了……红儿,斩下他的头颅,为我们接下来的举义,祭旗!"

随着何红儿眼也不眨地手起刀落,段子光的头颅滚落在一旁。鬼面落下,狰狞的脸上满是惊恐,瞪大双眼,死不瞑目。

前厅再次归于宁静。陈伯等人开始收拾尸体时,颜真卿踩过满地的鲜血走到屏风旁,对靠着屏风席地而坐的李萼道:"但愿你的天下北库,所言非虚。"

李萼手里抱着弩,抬头,朝他平静地笑了笑。

解决了段子光,颜真卿便彻底没有了退路,不过一炷香的工夫,一群人就坐在了另一处静室中,商量举义之事。

"原本不知天下北库的存在,我只打算从本心,尽人事。"颜真卿听完李萼讲述的天下北库的库藏,难掩震撼,"但如今,有了这批军资,那便是另一番光景了。"

"若没有得知天下北库,颜公打算如何对付段子光?"李萼试探道。

颜真卿慨然一笑:"他既然来了,自然是不能活着回去的。我本想杀他以祭奠兄侄及常山将士,但转念一想,他不配。拿来祭旗,倒正好。"

李萼笑了起来,倒看不出颜真卿这副儒雅的样子,竟是如此

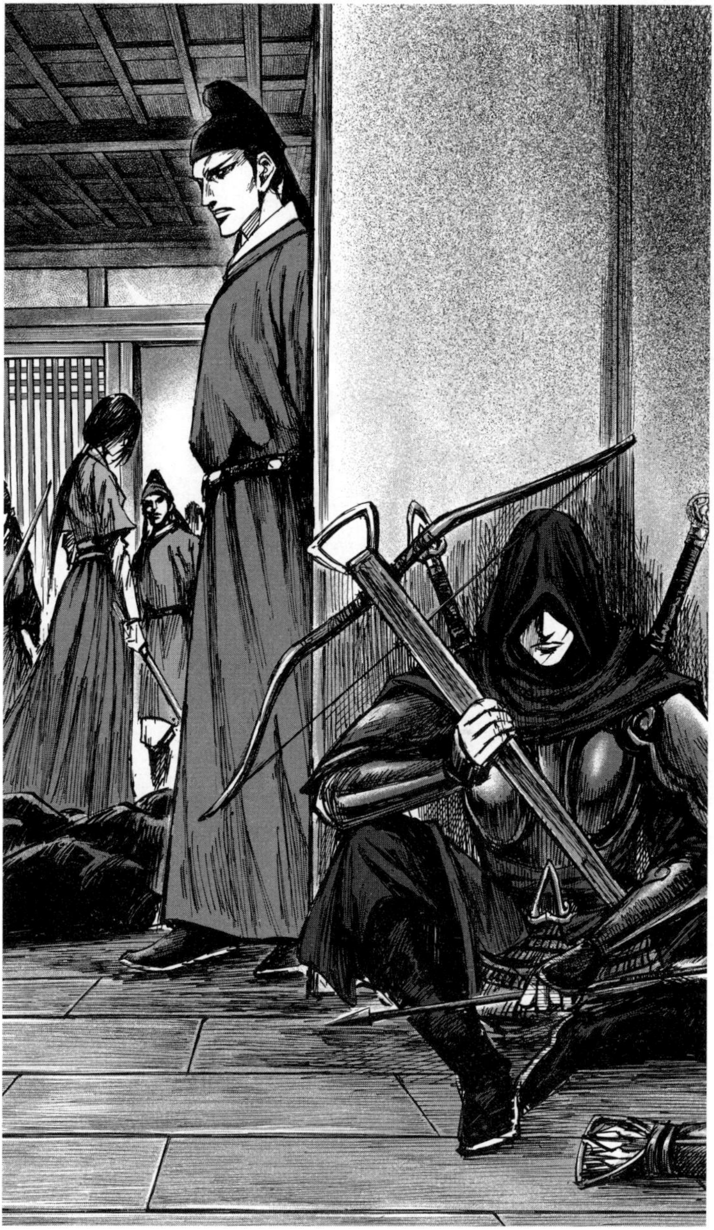

刚烈的性子。

"在下此次前来，一是送来天下北库，请颜公借此统领河北义军，二则若是颜公愿意出马，我等便可以商讨接下来的一应事宜。"李萼目光灼灼，"不知颜公意下如何？"

颜真卿毫不犹豫："河北举义本就是兄长遗志，亦是我之所愿，如今有天下北库在侧，更是如虎添翼，我何来推辞之理？这个统领，我当了！"

李萼心里一松，抱拳："颜公高义！"

颜真卿摆摆手，指着地图道："事不宜迟，接下来有何计策？"

李萼回忆了一下裴旻提供的信息，抬指点向地图道："首先，还请颜公借兵六千派往清河，联结平原和清河二郡，以二郡为腹心，联合周边还没有降燕的郡县，讨伐已经降燕的郡县，逐步扩大义军的版图。同时调配天下北库的物资，充实义军甲仗，招募更多勇士，加以训练。"

李萼说着，将手指在地图中间那条长长的大河上一划。

"待到时机成熟之后，颜公便可率领盟军，南下孟津，分兵据守黄河沿岸要害地区，阻断安禄山的后方！"

颜真卿看着地图，眼中精光闪烁，沉着地点点头，道："好！你且放心，我会争取每一个郡的力量，不惜一切代价！"

"颜公是裴公推举之人，又是颜家人，我自然是放心的。一切，就仰仗颜公了！"李萼抱拳，随即站起身来，"那在下，就先行一步了。"

"你有何打算？"颜真卿早料到李萼这般交代，势必是不准备一同举义了，于是问道。

"颜公是烽火，要在明处凝聚人心，但总要有人在暗处，为点火的人保驾护航。"李蓦郑重道,"我要去长安,铲除祸根。"

颜真卿闻言,十分动容,起身抱拳,躬身一拜:"李蓦,认识你,是颜家之幸。"

李蓦张了张口,却什么也说不出口。他扶起颜真卿,转身打开了门,却见陈伯、何红儿以及常山生还的六人都在门外。

陈伯背着斩马刀,手提行囊,俨然已经做好了离开的准备,看着李蓦的眼中满是坚定:"李公子,我已经准备好了。"

李蓦点点头,拿起陈伯手中的行囊,朝其他人点了点头,往外走去。

"壮士!"没走两步,常山六人便叫住了他,大声道,"我们愿随你同去!"

李蓦脚步一顿,回头看向他们,有些惊讶。

其中较为年长的贾深往前一步,抱拳道:"攻打土门关时,我们都出过力!在常山时,我们也随太守和公子战斗到了最后!我等,绝不会给壮士添乱!"

李蓦看着他们,神色有些复杂。他一向独来独往惯了,如今带上陈伯,也是看他意志坚决,但如今若要再带上这六人……

"中原,肯定也有我们的同伴。"

"即使他们不是无形者,但他们这样的人,也可以做我们的同伴。"

"你不是没有同伴了,你只是还没有遇到新的同伴。"

"唐家子人,回中原吧,给我们多找几个同伴!"

"李蓦,你不是孤军奋战。"

…………

从大漠,到中原,一个个已经逝去的,以及还在世的人,他们曾经说过的话纷纷划过李蓦的脑海,一遍遍触动他的心,一点点掰开他坚硬的外壳。

对啊,他并不是孤身一人,他也不是自己以为的最后一个无形者,他可以有同伴,而且,他已经有了同伴,很多同伴!

"你们何止是出力,"他露出微笑,"打开土门关,靠的是你们,不是我。"

他拍了拍贾深,对常山六人道:"带上家伙,上路吧!"

"是!"常山六人欢欣鼓舞,连忙回去收拾行囊。

在门口等待的工夫,何红儿一直沉默地陪在一旁。陈伯看着她,迟疑了一下,还是上前道:"少夫人……"

何红儿望向他。

"其实,我先前回过一趟常山,想要寻找少爷的遗骨……可惜那时常山尚在贼手,我找了许久都没能找到,仅仅找到了他的刀。"陈伯说着,小心翼翼地从后腰抽出一把刀,双手递过去。

何红儿低头看着那把刀,一言不发。

想起颜季明,陈伯总是难掩哀恸:"这不过是老乡仿造的仪刀,市面上随处可见的便宜货,少爷却总是当作宝贝,爱不释手,嘿!"他抹了把眼泪,哽咽道,"此去长安,生死难料,我想,这口刀,还是交与少夫人最为合适,就请少夫人好好保管……"

说罢,他已经泣不成声。

何红儿接过刀,缓缓抽开,看着刀刃上锯齿一般的缺口,眼神也如那缺口一般波动起来。她举起仪刀,轻轻抚摸着刀刃,好像在回忆最后那一刻,丈夫是怎样挥刀抗敌的。

此时常山六人已经准备妥当,一行人翻身上马,向着颜真卿抱拳告别。

刚要打马离开,却听何红儿突然叫道:"先生请留步!"

李萼暗叹一声,回头看她时,已经了然。

何红儿轻抚着那把仪刀的刀身,抬起头,眼神中满是坚定:"我,也要去长安!"

七一

落难君王

离开长安的那一天,李隆基仿佛瞬间就苍老了许多。

那个曾经坐在花萼相辉楼中纵情击鼓的君王,如今缩在小小的一方玉辂之中,始终一言不发。

队伍在淅淅沥沥的雨中缓缓前行,安静得像在送葬。

或许在很多人的心中,背后渐渐远去的都城,就是一个逐渐逝去的王朝,抑或,是永远不会回来的、逝去的辉煌。

总有人不断回头看那依然巍峨的王城,城墙绵延,几乎看不到尽头,城内还有炊烟,在细雨中袅袅地升起。

杨国忠还是忍不住了,他凑到玉辂前,无视高力士警告的眼神,拜道:"圣上,请容许耽误片刻。"

"为何……"李隆基终于开口,声音暮气沉沉。

"国库千万不能留给安禄山。臣正在安排人手,烧了左藏库,好让陛下安心离京。"说罢,转头吩咐手下,"动作快点,别让圣上久等!"

"免了吧。"

杨国忠倏然回头，惊愕道："圣上！"

"贼军倘若得不到财宝，必然会打家劫舍，搜刮百姓。"李隆基平静地道，"留给他们吧，这样，他们便不会为难朕的子民。"

"可是圣上，当初洛阳未曾清理，贼军却依然……"

"朕的东西，朕都不能处置了？"

这话一出，杨国忠立刻低下头，不情愿道："臣，遵命。"说罢摆了摆手，示意已经蓄势待发的人回来。

李隆基不再说话。高力士揩了揩眼角，高声道："继续走！不要停！"他看也不看杨国忠一眼，打马追上了玉辂。

队伍继续前行，过了半日，到了长安郊外，看到渭水滔滔，气氛愈发悲怆。

过了渭水，就彻底出了长安地界了。

往日人来人往的渭水便桥上，如今只有出城的人流。朝廷的队伍走了许久才过完，这一下，杨国忠又坐不住了。

他没有再请示李隆基，而是下令焚桥，以阻断安禄山叛军的追击。

这一命令如此理所应当，以至于其他人毫不犹豫地就去照办了。待火势熊熊而起时，李隆基才闻到烟味，他招人过来询问，才知道杨国忠又一次自作主张了。

这一次，他没有再召唤杨国忠，而是直接对高力士道："力士，你带人去，把火灭了。"

杨国忠在不远处听到，上前两步拜倒，一副慷慨就义的样子道："圣上，万万不可！左藏库留给安禄山尚可拖慢他们的脚步，但这桥要是留给他们，不出几日，他们就能追上来啊！"

"士人百姓还要避贼求生，断此桥如断他们生路，这般做，我与贼子何异？"李隆基掀开车帘，森冷地看着他，"国忠，你又要陷我于不义吗？"

杨国忠冷汗淋漓，趴在地上不敢说话。直到旁边高力士带人灭了火，车队才再次开拔，杨国忠才灰头土脸地站起来。

侍从上前帮他拍打身上的泥土。杨国忠心气不顺，总觉得周围的人都在嘲笑自己，他将侍从一脚踢开，抬头怒视四方，却陡然一愣。

那人群密密麻麻的，有人已转头继续前行，有人在偷瞟自己，看似无人敢正眼看自己，可刚才在人群中一闪而过的森冷的眼神，是来自谁的？

他忽然想起之前王承业提到过宫中有人意图谋害自己，他还不信，可刚才这个眼神却让他出了一身冷汗。虽说杨玉环还坐在玉辂之中，但今时不同往日，方才他出了大丑，万一有人趁乱对自己动了手，皇上说不定都懒得追查。

想到此处，杨国忠深吸一口气，收起了不可一世、蛮横骄纵的表情。之后的路上，他再也没有自作主张，而是在王承业等亲信的保护下，老老实实地跟着车队。

等到辰时时分，他们终于抵达了咸阳望贤宫——他们的第一个落脚点。

队伍走得仓促，绝大多数人都毫无准备，没有携带食物，此时已饥肠辘辘，以至于看到望贤宫时，压抑了一路的人群发出了一阵小小的欢呼声。可是很快，所有人都意识到了不对劲。

宫内没人出迎。

"力士，怎么回事？"李隆基等了许久不见有人迎驾，有些不耐烦，掀开车帘问道。

高力士也是又累又饿，惶恐道："启禀皇上，老奴早就派了手下王洛卿前来打点，要他备好一应膳食粮草，按往常，他早该到了。"

"你们进去看看吧……"李隆基低叹一声,放下车帘。

高力士连忙进入望贤宫,和他一起的还有诸位迫不及待的官员。进去后,望着眼前的情景,所有人都又惊又怒。

望贤宫中早已人去楼空,瓦罐、案几散落一地,不仅值钱的东西被搬空,膳房仓库中,甚至连一粒米都没留下!

高力士勃然变色。

"猪狗不如的东西……"他咬牙切齿,"竟然都跑了!"

这个平日里一直气定神闲、稳如泰山的人,如今却气得浑身颤抖。身周的人见他怒不可遏,生怕殃及池鱼,尚来不及失望丧气,就心惊胆战了起来。

"高爷息怒,"晁衡也在一旁,他舔了舔干涩的嘴唇,上前劝道,"还是先回报了皇上,着人另想办法吧。"

高力士点点头,拖着步子转身,望向殿外。车队正中间,玉辂的黄色车帘随风飘着。他眼睛一红,拒绝了晁衡的搀扶,慢慢地走过去,跪在了玉辂前。

望贤宫官员的叛逃在车队中并没有引起什么轩然大波,人们纵使心中愤恨,也没什么力气去追究了。李隆基神色麻木,强作镇定地要车队继续前行,仿佛自己一点都不疲累。

杨国忠见状,眼珠一转,转身叫了个手下吩咐了两句。手下点头,跟着他一起悄悄离开了队伍。

从辰时又行到了午时,车队的人再也走不动了。

六月的正午酷热难当,一行人长途跋涉,又粒米未进,别说那些王公贵族了,就是久经沙场的将士都有些吃不消。眼见队伍越来越慢,落下的人越来越多,李隆基干脆下令停下了车队,所有人原地休息。他自己也下了车,看着眼前荒凉的景色,默然无言。

高力士连忙命人支起华盖，又在华盖下摆了几张小凳，好让李隆基坐下休息。李隆基快有四十年没有见过如此简陋的环境了，以至于高力士扶着他过去落座时，他还迟疑了一下，但瞥见一旁陪伴自己半辈子的老奴一脸心痛和愧疚，他也只能轻叹一声，艰难地走过去坐了下来。

他一落座，其他的人才敢跟着坐下。他们自然是连凳子都没，此时也顾不得风度礼仪了，纷纷在李隆基的下首不远处席地而坐。这些人一个个锦衣玉带，垂头丧气，如丧考妣，偶一抬头见到李隆基在远远打量着他们，只好麻木地垂下头。

"皇上，娘娘，你们在此透透气，好生歇息一下，我去找人寻点吃食来。"高力士躬身道。

"力士啊……"李隆基看着被阴云笼罩的队伍，缓缓开口，"杀几匹马，分给军士们吃吧。"

一旁的人闻言大惊。高力士连忙阻止："陛下，万万不可！那都是陈玄礼大将军在闲厩精挑细选的龙种，一匹值千金啊！"

而一直保护在侧的禁军统领陈玄礼，则是一言不发，直接跪了下来，威严的面容难掩不舍。

李隆基看向他，喟叹道："'山川满目泪沾衣，富贵荣华能几时'……没了人，要马何用？杀！"

百官皆掩泣。高力士待要下令，但他深知陈玄礼爱惜那些马儿，方才还命士兵去为马儿找寻草料，因此只能低头不语。

陈玄礼低叹一声，抬起头对身后的人道："你们去把马杀两匹……"

"陛下！陛下！"就在此时，远处几声高呼传来。就见杨国忠插着袖，乐颠颠地跑了过来。到了近前，只见他满脸喜悦。

"陛下，我弄到好东西了！"杨国忠跑到李隆基面前，小心翼翼地从袖子中掏出一块胡饼，跪下来呈给李隆基，"陛下，请趁热吃了吧，这是臣好不容易弄来的，若是不够，臣再去弄一些！"

他说得没错，这胡饼还是热气腾腾的，被烤得金黄，中间还撒了一层芝麻。这个饼子一出现，就引来周围一片吞咽口水的声音。

此时，没人再瞧不起杨国忠市井出身这一点了，此情此景下，他这无中生有变通的本事，何尝不是一种长处。他给李隆基找来一块胡饼，说是救驾都不为过。

杨国忠的后面跟来了不少探头探脑的百姓，显然是他在附近集市中买胡饼招惹来的。王公大臣们看着这些百姓，从来没有觉得如此亲切过，想着或许可以向他们讨点吃食，聊以果腹。

李隆基低头看着那块胡饼，不知为何没有去接，反而抬眼看了看杨国忠，却一眼瞥见他略带谄媚的笑容中，那沾满了芝麻的牙齿。

他的脸阴沉了下来，冷声道："拿走吧，朕没胃口。"

杨国忠一怔，他慌张地看向李隆基，想看出这个自己曾经拿捏得死死的老人如今到底在想什么。可是李隆基却闭上了眼，仿佛在身前拉起了一道屏障，将自己与杨国忠隔开。

自从攀上杨玉环，一路做到宰相，杨国忠自认也是经历过大风大浪的，可是他从未有一刻像此时这样六神无主，以至于捧着饼僵在那里，脑中一片空白。

他都已经做到这一步了，还不够吗？

他到底该怎么做，才能重新获得皇帝的信赖？

难道……再也回不去了？

那么自己的未来……

杨国忠正胡乱猜想着，旁边忽然一阵骚动，他不耐烦地望去，却见是一个一直跟着自己的平民老头儿，因为在附近探头探脑，被禁军呵斥。老头儿不退反进，甚至大声问了起来："那啥，咱就是想问一下，各位老爷是从长安来的吗？"

在场的王公贵族平时没有这般近距离接触过老百姓，见这个老儿如此大胆，都惊讶地看向他。

老头儿满不在乎。他瘦骨嶙峋的，头发散乱，衣衫褴褛，脖子上搭着汗巾，脚踏草鞋，瞪大了眼睛看着周围锦衣华服的人，叹道："你们的衣服都好漂亮啊，看起来滑溜溜的，穿起来一定很舒服吧？"见没人回答，他便自己来下结论，"你们一定都是身份很高的贵人了！"

老头儿的絮絮叨叨传入杨国忠耳中，他只觉得不胜烦扰。他扔下胡饼，过去一把揪住老头儿的领子就往地上摔，暴怒道："大胆刁民，敢在天子面前放肆！来人，还不快拿下这狂夫！"

"住口！"一声暴喝突然传来，惊得所有人都一抖，皆望向华盖下怒目圆睁的天子。李隆基瞪着杨国忠，厉声道，"杨钊，退下！"

杨国忠浑身一震，整个人如丧失了所有气力一般瘫软了下来，行尸走肉似的走到了一边。一旁敏感一些的官员也颇为惊讶。杨钊是杨国忠的本名，"国忠"是皇上赐名，以示恩典。这是一个足以光宗耀祖的荣誉。如今皇上这么一叫，分明就是剥夺了这个恩典！

杨国忠，这是要失宠了？

诡异的气氛中，老头儿被带到了李隆基的面前。此时的他倒是被吓着了，连下跪都忘了，战战兢兢地看着李隆基，问：

"黄……黄袍老爷,您……您真的是……是当今天子?"

李隆基看着他,默默地点了点头。

老头儿一愣,他看了看地上的饼,又看了一圈周围人憔悴狼狈的样子,忽然明白过来:"你们……是没带吃的吗?"

李隆基微叹一声,露出一丝极浅淡的苦笑,又点了点头。

老头儿倒吸一口凉气,忽然转身,冲着远处喊起来:"喂!大家都来呀!这个是我们皇上!不骗你们!哎哟哟!他们都饿了,皇上也饿了,赶紧拿吃的来呀!别舍不得,有多少拿多少!"

他这一喊,在场的达官贵人都面红耳赤起来,可又忍不住期待地往他呼唤的方向望去。只见从树林里、石头后面冒出来不少人,有人还捧着木盆瓦罐过来。人越聚越多,几乎都没空着手。

队伍中的人纷纷站了起来,有的翘首以待,有的上前帮忙。很快,一盆盆粮食就摆在了前面的空地上。

在场的上到皇亲国戚,下到普通士卒,谁不是平日里大鱼大肉的,此时看着百姓送上来的吃食,都沉默不言。

那些粗糙的食器内盛满的,大多都是粝饭杂以麦豆,连像样的配菜都没有,一看就难以下咽。可这些,显然就是这些老百姓平日里的吃食了,甚至可能是他们辛苦积攒下来的。若平常,对于这种食物那些达官贵人连看都不会多看一眼,但此时,却有不少人露出觊觎的神色,望向这些百姓的眼中,也流露出了几分感激。

"吃,吃!"老头儿像招待客人似的抬着手,"别客气!平日里我们想招待你们,还招待不到呢。你们愿意吃,是我们的福气!"

话音一落,终于有人忍不住了,伸手从盆里抓了一把粝饭,囫囵塞入了嘴里,紧接着,就有了第二个人,第三个人……

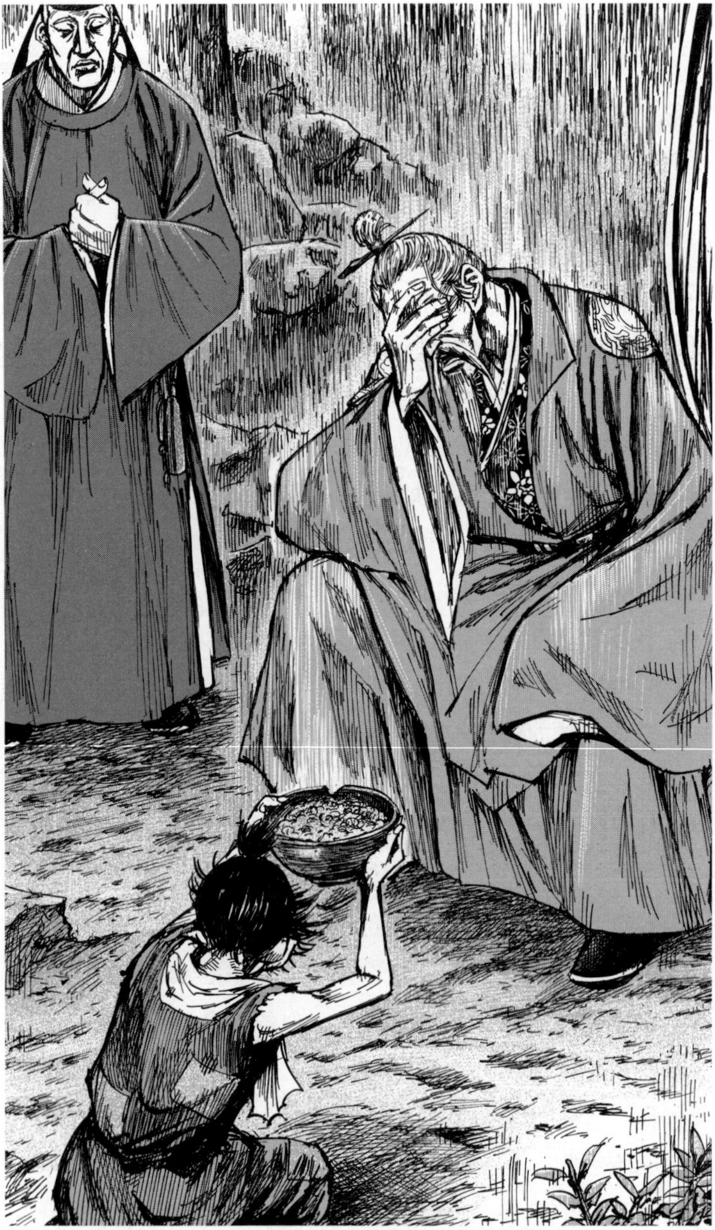

一时间,周围只剩下埋头猛吃的声音,权贵和奴婢,皇子皇孙和宫人,将军和士卒,已然没了往日森严的阶级意识和高贵的形象,只是一味地从食器中抓取食物塞入嘴里,狼吞虎咽,吃得津津有味。

　　就连杨玉环都拉开了帷帽上的轻纱,捧起粗粝的饭团啃吃起来。连日奔波,她的绝世容颜也难免脏污憔悴,可依然引来附近村妇的连声赞叹。

　　"瞧那娘娘,皮肤可真白净呀!"

　　"还好娘娘愿意吃,我还当宫里的娘娘都是喝露水的。"

　　"嘘——别打搅了娘娘吃饭!嘿,娘娘,慢点吃,咱这儿还有,您可别噎着!"

　　杨玉环面上露出一丝羞赧,她抬眼望向村妇们,嘴里还嚼着粝饭,却依然朝她们露出一抹感激的笑:"嗯,多谢!"

　　"哎哟,声音也这么好听!"

　　"是呀!是呀!"村妇又夸赞起来。

七二

暗潮汹涌

  这边厢，老头儿颤颤巍巍地将自家老伴端来的饭送到了李隆基的面前。老头儿又是激动，又是拘谨，见皇上身旁的大太监朝他温和地点点头，鼓起勇气道："那……那个，皇……皇上，这是我们家里最好的粮食，不知道……合不合陛下的胃口……"

  高力士看了看李隆基的神色，上前要去端饭，却被李隆基抬手拦住。老头儿瞪大双眼，看着天下之主弯下腰，亲自接过他手里的饭！他甚至碰到了皇上的手！热的，像一块绸布！

  李隆基接过饭，随口问了一句："老人家可去过长安？"

  老头儿搓了搓手，眼神游移，不自在道："那个……说来惭愧，每……每年花卉盛宴，我都想带上婆娘孩子进京开开眼界，可惜一直没能去得上……"

  李隆基端详着手里的饭，问："为何不去？长安并不远。"

  "这不都赶上春耕嘛，"小老头尴尬道，"花在春天开，但粮食也要春天种，就总是抽不开身。就算紧赶慢赶地在盛宴前播了种，这过所又不好弄，没过所，别说进长安了，咸阳都出不去，唉……"他咂咂嘴，"这一眨眼，头发都白了。"

"花卉盛宴，开在播种的时候啊……"李隆基淡淡地道，双手却握紧了碗，"亏朕还以为，是在与民同乐。"

小老头见状，虽然不知缘由，却也意识到皇上不高兴了。他慌了一下，连忙道："啊，那个，皇……皇上，咱们乡亲几个能见到皇上和娘娘，还能亲手献上粮食，是我们几世修来的福分！皇上您不要与我们客气，尽管吃！"

他说着，握紧了拳头："都怪那该死的安禄山，害咱们大唐沦落到这个境地！皇上，安禄山要造反这事儿，不是已经传了好多年了吗？连我们这群乡野村夫都知道，以至于每回听说安禄山进了京，都担惊受怕的。当时我们都觉得，朝廷里的老爷都有学问，肯定更清楚，而且一定会跟您说，可为什么还是打到了这个份儿上？是那些大官没和您讲，还是那安禄山当真那么厉害？还是说，他们跟您说了，您没往心里去……"

"大胆！"话没说完，高力士猛地张口怒斥，"皇上面前，你胡言……"

李隆基再次抬手阻拦住高力士。老头儿吓得瑟瑟发抖，紧张地看着皇帝。李隆基怔怔地看了一会儿手里的饭碗，声音沉郁道："事到如今，悔之晚矣……"说罢，反手从碗里抓了一把糙饭，放入嘴里。

老头儿不敢再说什么，紧张地看着皇帝细嚼慢咽，吃了第一口，第二口……

越来越多的人看到了这一幕，默默地停下手中的动作。他们有的抓着饭，有的嘴角还带着饭粒，都望向李隆基。

李隆基吃了几口，轻叹一声，把碗递还给小老头："拿去，别浪费了。"

小老头捧着碗,惶恐不安:"皇……皇上,是不是太……太粗糙了?"

"不,"李隆基露出微笑,真心实意地道,"很好吃……"他说着,抬手捂住脸,再也维持不住笑容,却又重复了一遍,"真的,很好吃……"

那哽咽的语调,如一记重锤,砸在所有人的心上,他们失措、惊讶、惶恐、悲伤……他们不约而同地跪了下来,压抑的哭声和颤抖的肩膀,无一不述说着他们此刻的感受。

但就在这些人中,有不少人悄悄地抬起头,森冷的目光,投向了跪在人群前面的杨国忠。

杨国忠正神情不属,倒是他身边的王承业若有所感,猛地回头,却只看到一片低着头的禁军,他皱了皱眉,扣紧了腰间的刀。

有了百姓送饭,长安的队伍终于有力气再次开拔。一路停停走走,终于在深夜时到达了金城县。

他们毫不意外地发现,金城县,也空了。

即使得到了皇帝要驾临的消息,县令以及其他官员依然逃得一个不剩,百姓也都没了踪影。叛军还没打过来,金城县已经成了一个空城。

疲惫不堪、饥肠辘辘的众人连失望的力气都没有。有的进入驿站,麻木地四面翻找着,好不容易找到一些粮食,连火都懒得生,强咽下去胡乱充饥,然后在一片黑暗中相互依靠着睡了过去。

李隆基自然是睡不着的。

杨玉环已然在床帐中酣眠,他却犹如枯木一般坐在屋里。高力士陪在一旁,很是心疼,低声劝道:"皇上,好歹歇一会儿,明日还要赶路呢。"

"你去吧,"李隆基微垂着头,静静地看着眼前的油灯,"朕不累。"

高力士不再劝慰,叹了口气,退到一边。

驿站已经陈旧,暖中带寒的夜风时不时就从门缝中灌进来,拨动着李隆基面前那点星火。火焰跳动着,偶尔噼啪一声,成为屋中唯一的声响。

可这跳动的火焰,却完全没有进入李隆基的双目。他的双眼无神,仿佛什么都已经映不进去,如死了一般。

就在高力士快被屋中的压抑气氛压得喘不过气时,他突然神色一凛,抬头望向屋顶,见李隆基没有反应,他小声道:"皇上,您在此处不要动,老奴出去看看。"

说罢,他放轻脚步,推门走了出去,随后猛地加快脚步,跑到院中抬头看向屋顶,低喝道:"出来!"

没有人回应。

"高爷?"门口的禁卫有些疑惑,小声询问。

高力士森然道:"方才屋顶上的动静,你们没有听到?"

禁卫们面面相觑,都惭愧地摇头。

高力士见屋内李隆基还好端端坐着,只能暗叹一声。如今两千个禁军要保护那么多皇亲国戚,自己也不能大张旗鼓地去寻找一个神出鬼没的人,看来如今皇上的安危,就只能自己多费点心思了。

"高大人,怎么了?"一直在外院监督守备的陈玄礼走了进来。他披坚执锐,看来也丝毫没打算休息。

高力士朝房顶看了看,摇摇头:"许是我多心了。"话虽这么说,眼神却充满了警惕和戒备。陈玄礼眼神一凛,又点了两个人:"你们,到屋顶守着!"

两个禁军领命而去。

"陛下休息了没？"陈玄礼问。

"唉，尚未。"

"那……"陈玄礼压低声音，"王思礼来了。"

"哦？"高力士一惊，"他从潼关过来了？"

"是。"陈玄礼望向屋内，"皇上可还有精力……"

高力士皱紧了眉。王思礼是哥舒翰受命驻守潼关时亲自要的人，身兼多职，颇受器重，传闻哥舒翰事事与他商议。他本人也颇有才干，如今他能从潼关逃过来，定然能带来不少重要的消息，他来求见，此事非同小可。

不能耽搁。

高力士转身往屋内走："你去将他带来，我先向皇上通报。"

"好。"陈玄礼立刻往外走去。

王思礼进屋时，身上犹带着浓郁的战场的气息。他一身甲胄已破损不堪，即使稍微清理了一下，依然显得很是狼狈。他一进来就跪在了李隆基面前，哭拜道："皇上！"

"小声！"高力士低声道，"娘娘还在歇息。"

王思礼一愣，飞快地往床帐瞥了眼，眼中闪过一丝困惑，压低了声音，"皇上，臣等无能，让您受苦了！"

"这些话，就不用说了。"李隆基盯着他，眼中终于有了些神采，"潼关到底怎么回事？"

"元帅带兵出关后，遭了崔乾佑的伏击，大军溃败，二十万大军仅余八千。我们带残兵回到关内，崔乾佑紧追不舍。元帅命我去收拢余兵以期再战，却不料那部将火拔归仁贪生怕死，趁我等不在，带兵抓了元帅，出关投了叛军，如今，怕是已经被带到洛阳了……"王思礼难掩悲愤，"元帅被俘，火拔归仁也带兵投降,潼关立破,叛军长驱直入,臣等力战不降,却实在回天乏术。臣的马也中箭而死,若不是有一骑兵将马让与臣,臣如今怕是也见不到皇上了……"

说到此处,王思礼泣不成声:"臣对不起元帅,对不起潼关那么多将士!"

李隆基沉默了许久,才长长地叹了口气,最后的希望也破灭了,长安看来真的要兵临城下。他虽苦闷不堪,却还是伸手扶起王思礼,"起来,是朕对不起你们。"

"皇上……"

"王思礼,"李隆基道,"你九死一生跑到这儿,就是为了在朕面前哭吗?"

王思礼颤抖的肩膀一顿,连忙直起身,粗鲁地抹掉眼泪,大声道:"不是!皇上,臣还能再战!"

他忘了压低声音,一旁床帐中,杨玉环嘤咛一声,不知是梦中被扰,还是已经醒了。

高力士暗叹一声,不再提醒。

"好!"李隆基按着他的肩膀,盯着他的双眼,"朕封你为河西、陇右节度使,你即刻赴任,收罗散兵,准备向东进讨叛军!"

这份重任,与哥舒翰驻守潼关不相上下,王思礼深吸一口气,挺直了腰板,抱拳道:"臣——遵旨!"

"力士,你送他出去,先休息一晚,明早为他准备赴任事宜。"

"是,皇上。"高力士随即引王思礼出了屋子。想到方才屋顶的动静,他有些不安心,想找陈玄礼代为守卫一会儿,门外禁军却说不知他去了哪里。高力士心里有些异样,不敢走远,频频回头张望主屋。

王思礼见状，立刻道："高大人留步，我自寻地方休息就好。"

"那，王将军慢走。"高力士松了一口气，目送王思礼离开，立刻关上了院门。

王思礼回头见院门关上了，神色一沉，左右看了看，迈步进入一旁的暗巷之中，摸黑出了驿站，钻入了驿站旁一片树林中，循着远处星点的亮光，一路走了过去。

路过几个藏身暗处的禁军，他终于走到了散发着亮光的灯笼旁，看到坐在灯笼旁边的人，愣了一下，躬身拜倒："见过太子殿下，陈将军。"

灯火旁的，赫然就是当今太子李亨，以及禁军统领、龙武大将军陈玄礼。

七三

英雄相惜

"没想到,你真的会来。"陈玄礼看着王思礼说道。

王思礼却看向了李亨,这是他第一次看清这位当朝太子的容貌。李亨已过不惑之年,容貌清癯,身形颀长,本该有的李唐子弟一脉相承的雍容华贵已经不见了,他薄唇紧抿,显得愁眉不展、郁郁寡欢。

李亨在朝中地位尴尬,满朝人都知道。很多老臣都摸不清这位太子的性格,只知道他沉默寡言,小心谨慎。才能不多不少,名望不高不低,将中庸发挥到了极致。

但明白宫廷内复杂关系的人都清楚,李亨不是本就如此,而是不得不如此。

自玄武门之变以来,天家的父子兄弟情就成了一场笑话,骨肉相残,虎毒食子,一桩桩一件件,触目惊心。御座下的累累枯骨,让人每每看到御座上的人,即便再慈眉善目,也不由得心生畏惧。

李亨更是深谙其理。

他的父皇李隆基是看着父母兄弟相残长大的,也是通过血亲相残登上的皇位,是以相比亲骨肉,李隆基反而更相信外人。在上有第一任太子李瑛被冤杀,下有弟弟李琩被居心叵测的权臣支持,李亨的境遇完全就是如履薄冰。可偏偏身为太子,他又不能自暴自弃,必须硬着头皮立于危墙之下,在虎狼环伺之中努力求存——既不能优秀到侵犯了权臣的利益,引亲爹对自己起杀心;又不能太过碌碌无为,让支持自己的人失望。

常年忧思过重,形貌再倜傥的人,都难免被郁郁之色笼罩。

但是今天,在微弱的灯光下,王思礼意外地觉得,李亨的心情和气色都不错。

"大将军邀约,自然是要来的。"猜测归猜测,王思礼还是小心应对着,"只是没想到,太子殿下也在,失了礼数,还请恕罪。"

"见过皇上了?"李亨开口问道。

"是。"

"潼关如何?"

"元帅出关遇到伏击,兵败撤回,却被火拔归仁带兵抓住,献给了安禄山……"王思礼这一回虽然说得言简意赅,可颤抖的语调还是泄露了他的悲愤。

李亨听完,一言不发,盯着火光思索了一会儿,忽然深吸一口气,转头看向陈玄礼,郑重道:"大将军。"

陈玄礼正因为潼关的事而面露痛惋,此时立刻明白了李亨的意思,抱拳决然道:"殿下放心。"

李亨点点头,缓缓站起来,语气复又淡然:"陈将军不眠不休守卫我等,着实辛苦,我特来慰问一二,就不打扰你们了。"

王思礼一头雾水,却依然恭送了李亨。等太子提着灯远去了,他才回头望向陈玄礼。

"坐吧。"太子一走，陈玄礼也放松了不少，"皇上可有提到杨国忠？"

"没有……"提到这个，王思礼就咬牙切齿，"刚进去时还不让我大声说话，只因那杨玉环在一旁睡觉！杨氏把国家都害成了这个样子，居然还能留在皇上身边，这是个什么道理？将军，我沿途收拢的那些潼关守军，一个个对杨家人都恨得牙痒痒。杨国忠不除，国将不国啊！"

"我何尝不想除他？"陈玄礼沉声道，"我在宫中就试过了，可恨那王承业好不容易攀上杨国忠这根高枝，成了一条看门的恶犬，将杨国忠护得密不透风。"

"途中也没有机会？"王思礼急道。

"途中倒是有，但却不能轻易动手。"

"为何？"

"你难道不知道圣上这是去哪里吗？"

"剑南道……啊，蜀中乃杨家的地盘。唉！"王思礼难掩愤恨，"难道圣上还要到剑南道看着他们杨家人的脸色过活？"

"当然不行。"陈玄礼冷哼一声，"所以还需设个局，让杨国忠不得不死，也让剑南道的杨家人无话可说。"

"那……"王思礼脑中灵光一闪，"方才太子……哦不，太子自然是毫不知情的。陈将军，我明白你的意思了。"他激动起来，咬牙道，"高、封被冤杀，哥舒元帅生死未卜，这一切，都是那杨国忠作祟，若让他继续活下去，那些在前线浴血奋战的将士则情何以堪？以后谁还敢安心守关，谁还敢一心为国！"

他抱拳道："将军，你吩咐吧，纵使这官帽、性命不要，我也要为大唐解决了那个隐患！"

陈玄礼看了王思礼一眼，问："潼关的兵，你收拢了多少？"

"不多，百余……但能动的，十之一二。"

陈玄礼闻言，深吸一口气，朗声道："小兄弟，一二十人，可够？"

王思礼一愣，双手猛地按在刀上，警惕地看向黑暗中。

"无须那么多人，陈将军勿忧。"一个平静的声音从黑暗中传来，紧接着，一个鬼魅一般的身影从黑暗中显现出来。

"陈将军，这是……"王思礼行伍多年，自以为已经足够谨慎和警觉，却丝毫没觉察到暗处竟然还藏着第三个人，抑或，在太子在的时候，他就已经隐藏在侧了。他见陈玄礼对李萼的出现并不惊讶，可见他对此人藏在黑处早就知情。

他惊怒地瞪向陈玄礼："陈将军，这样鬼祟之人，万一威胁到太子……"

"他名李萼，从河北赶来的，携有平原太守颜真卿手信，还有……"陈玄礼看向李萼的神色也有些复杂，"七星剑。"

"七星剑！"王思礼似是听到了什么了不得的东西，"是那把七星剑？那个'腰间宝剑七星文，臂上雕弓百战勋'的七星剑？"

"要不然呢？"陈玄礼无奈道，"还有谁能拿七星剑当信物？"

"裴剑圣也来了？"王思礼迫不及待地看向李萼，刚才怀疑的神色已被满脸希冀所取代，"当年听闻他与吴道子剑画合一的美谈，我可是向往了很久呢！"

若不是对于裴旻过去的名声有了些了解，李萼几乎要被这个将军的热切吓到。他还没说话，就听旁边陈玄礼粗声道："看看你现在像什么样子，都说了，是信物！"

"咳！"王思礼意识到自己有些失态，轻咳了一声，恢复了之前的神态，继续怀疑，"你是怎么拿到七星剑的？"

"好了，还能从裴旻手里抢的不成？他是裴旻的徒弟！"陈玄礼道，"还有颜真卿的信，他模仿不了颜家人那笔字，也不可能强迫颜家人写信给我。"

"也对……"常山之战后，颜家的忠义已经尽人皆知。王思礼再无怀疑的神色，冷静下来后，反而有些尴尬。

"方才忘了讲，"李萼见王思礼下不来台，便道，"我随李光弼将军收复常山时，有幸结识了一个同袍，叫哥舒曜。"

陈玄礼和王思礼都愣了一下。

许久，王思礼呼了一口气，笑道："如此看来，这杨国忠的命，还非得让你去拿不可了！"

"只要他死，谁拿都无所谓。"李萼微微一笑，在两人旁边盘腿坐下，"怎么杀，以何名义杀，陈将军定夺便是。"

王思礼还是有些疑虑，看向陈玄礼："这位李萼兄是有多大能耐，好大的口气。"

陈玄礼闭目不言。李萼却道："王将军可知道那位将马匹借予你的骑兵是谁？"

王思礼下意识道："不知，但我记住了他的长相……等下，莫非你知道那骑兵是谁？"

"我也不知，"李萼摊摊手，"但我知道这件事。"

王思礼一愣，这才反应过来："你方才听到了？等等，我记得皇上居所周围，守卫很是严密啊。"

李萼笑而不语。

"哈哈哈！"陈玄礼笑了起来，"王将军，莫说是你，午时我刚见到他时，也被他这般将了一军，可把我吓得不轻啊！"

"哦？李萼兄当真如此手眼通天，无处不在？"

"并不是，"李萼道，"只不过受人点拨，知道陈将军与我要杀之人非一丘之貉，才特地前去拜访……顺便试探了一下。"

"要不是我当时正在咒骂杨国忠,恐怕你今夜是见不到我了,哈哈哈!"陈玄礼说着这话,竟然很是高兴。

"李萼兄准备何时动手?"王思礼终于放下心来,迫不及待道。

"这就是我在此的原因,"李萼道,"还需陈将军配合。"

"陈将军如今手握禁军,若下定了决心,找机会杀杨国忠岂不是易如反掌?"

"话虽如此,但是思礼,你别忘了,杨国忠身边有一个人,还是有些棘手的。"陈玄礼意味深长地道。

"谁?"王思礼脱口而出,转瞬却自己想了起来,眼神一沉,"王承业?"

"对。"李萼森冷的声音自兜帽下传来,"他,必须交给我。"

又一夜过去,清晨的寒露刚挂上枝头,驿站里的人纷纷被叫醒。他们大多睡得很不安稳,一个个头昏脑涨,又饥肠辘辘,在上面的催促下,只能满脸丧气地再次上路。

王思礼半夜赶来复命,第二日便领了鱼符,往北赶赴关内道安化郡,去履行他的新职责。谁也没有注意到,他临走前,将他收拢的所有潼关残兵都留了下来,混在了禁军的队伍里。

而所有禁军,都对此视而不见。

但也有不少人注意到,一觉醒来,昨夜睡在身边的人,不见了踪影。

逃跑的人越来越多了。

这一路即使有天子在侧,却依然显得生死未卜。原本就人心惶惶的队伍此时充斥着不安和惊恐。尤其是越往西走,这些已经将长安当家的人,越发感受到背井离乡的惶惑,以及何去何从的迷茫。

七三 | 英雄相惜

有人开始怀念起过去的锦衣玉食,小声抱怨世道的不公;还有人大骂逃走的人的不义,但其眼神却不如语气那般坚定;亦有人担心起被抛在家中的妻小,事出突然,那些禁军和官员几乎没人有机会去知会家眷……怨气逐渐滋生,如毒烟一般,覆上了每个人的面目。

当有机灵的人偷吃昨夜偷藏下来的食物被发现时,周围人嫉妒的责骂和不顾脸面的哄抢,加之此起彼伏吞咽口水的声音,都将这支队伍的不安和不堪彰显无遗。

李隆基坐在玉辂中,仿佛毫无所觉。高力士得了手下的汇报,却焦急了起来:"陛下,可否要下令,要陈将军带禁军去压一压?"

"禁军,不饿吗?"李隆基苍老的声音从玉辂中传来,"让饿狼镇压饿狼,接下来,便会同类相食了吧……"

高力士愣住,看向陈玄礼。陈玄礼骑在马上,朝他摇了摇头。

高力士暗叹一声,垂眸不语。

一旁的杨国忠见状,眼珠一转,忽然回头大声道:"传下去,叫他们不要闹了,再走半日就是马嵬驿,到那儿就有吃的了!"

话层层传递下去,后面果然安静了不少。

杨国忠凑到玉辂前,道:"皇上,启程吧!"还瞥了一眼高力士,得意之情溢于言表。

高力士皱紧了眉头,不是因为杨国忠的挑衅,而是因为他这般信口许诺,人心虽安稳得了一时,但若马嵬驿如之前的驿站一样人去楼空,到时候,若有人闹将起来,后果不堪设想。

可是事已至此,即便担忧,他也无可奈何了。

压抑的气氛中,队伍缓缓前行。走走停停,停停走走,午时之后,终于到达了马嵬驿。

七四

金龟密会

当高力士收到前方来报时,那悬在心上一上午的石头,终究重重压了下来。

不出所料,马嵬驿,也什么都没有。

有那么一瞬间,连他心中都生出一股怨气,抑或者这股怨气其实早已萦绕在他心底,直到此时再也按捺不住。

在漫长的宫廷生涯中,他也曾经历过无数大风大浪。他最得意的事情,就是选择了微末之时的李隆基,跟着他平定韦后之乱,又随他诛杀太平公主,其中的凶险,比起当下有过之而无不及。是以之后他的威风八面,他享受得心安理得。不过他也会居安思危,在朝中长袖善舞,在金龟袋中汲汲营营,好不容易熬走了李林甫,还以为余生安稳,却没想到又来了个杨国忠。

这个才干不及李林甫万一,却比李林甫还贪婪万倍的蠢货!

就因为有个深受皇上恩宠的从妹,他像蝗虫一样蚕食着宫廷、朝廷,现在,干脆啃掉了这个国家的根基!

若自己不是个宦官,定要站出来与之斗一斗!可偏偏自己身份特殊，鞭长莫及，只能任由杨国忠胡作非为，终究将所有人逼到了这个地步。

别人或许还会从风言风语中推断杨国忠的对错，但杨国忠该不该死，谁还能比他高力士更清楚！

尤其是今天清晨，杨国忠对着百官和禁军信口雌黄，只为图一时之功，如今马嵬驿的萧条定会引来民愤，这后果，却要皇上来承担！

杨国忠，当真该死啊！

高力士恨得想立刻去斩杀了杨国忠，但他刚捏紧拳头，却忽然一愣，原来他想起了清晨时，自己的亲信自禁军中探得的一些消息。

或许，自己这把老骨头，必须出手了。

眼见驿站的院墙已经近在眼前，他无暇多想，快步走到玉辂前，压低声音对李隆基道："皇上，驿站里……什么都没有。"

"啊？"杨玉环惊讶的呼声响起。李隆基却一言不发，许久以后，才长叹一声："进去吧，总算有个挡风避雨的地方。"

"可……"高力士回头看了看一眼望不到尽头的队伍，"这么多人，如何安顿？"

没有得到李隆基的回应，高力士并不意外。他叫来自己的几个亲信，低声吩咐道："赶紧进驿站，将皇上和娘娘带入屋中，不管外面发生何事，所有人不得打扰他们！"

亲信领命而去。很快，玉辂行进的速度加快了，载着李隆基和杨玉环往站内去。杨玉环发现了异常，拉开车帘，轻声唤道："力士，力士……"

高力士应声过去，却听杨玉环担忧道："我从兄呢，他在何处？要他也进来吧！啊，还有我的姐姐们……"

"娘娘放心,我这就去寻他们,您先随皇上进去。"

杨玉环面带愁容放下了车帘,没一会儿就被宫人带入了驿站,紧闭大门。

高力士转头看似随意地问:"杨国忠他们呢?"

亲信小声道:"杨相他们方才传话要你去后面竹林聚一聚。如今应是都在往那儿去,高爷要过去吗?"

"哼,不了。"高力士张口拒绝,忽然一愣,意味深长地道,"你去,告诉陈将军,杨相在竹林商议要事,禁军就不用去那儿巡逻了,远远护着就是。"

亲信一愣,眼中闪过一丝异色,连忙低头应是,刚要离开,又被高力士叫住。

高力士沉吟片刻,又道:"你去找晁衡,告诉他,吐蕃使节不是托他要吃的吗,别发愁了,叫他们去竹林,找杨国忠要……此事也告诉陈将军,叫禁军不要伤了使者。"

亲信深吸一口气,了然道:"小的明白!"说罢,立刻小跑着离开了,看身形,还颇为雀跃。

高力士看着亲信远去的背影,冷哼一声,神色愈发高深莫测。他转头布置好驿站周围的防卫,在听到陆续到达驿站的人失望的呼声时,立刻进了驿站,闭门不出。

任由外面的人看着空无一物的破旧驿站瞠目结舌,失态怒吼。

此时的竹林中,气氛也很是凝重。

在众多羽林卫远远的保护下,六七辆车停在中间围成一圈。车帘子都放了下来,看不到里面坐的是什么人。这分明就是往常金龟袋密会的架势。

车驾刚一到齐,就响起了杨国忠怒气冲冲的声音。

"我说安禄山要谋反，已经说了十年，圣上从来不信！事到如今，怎么都怪到我头上来了？"

"杨公息怒，"有人道，"兵士们又累又饿，此行还被迫抛妻弃子，现在心里一肚子火，既然不敢责备皇上，那自然是要找个人出来发泄一下的。"

"都是那蠢货边令诚！"杨国忠道，"要不是这个死太监搬弄是非，怎么会丢掉土门关和潼关，害我们落到这个地步！"

"相爷都这么说了，把边令诚拉出来便是，他人在哪儿？"

杨国忠冷哼一声："一枚弃子而已，我本就准备安排他留守长安，却是高力士先举荐他保管宫门钥匙，他还以为自己高升了，感恩戴德来着。"

"哈哈哈哈！"另一辆车里，两个女人笑得花枝乱颤，赫然就是杨玉环惦念着的姐姐们——虢国夫人和韩国夫人，"在长安也好，以他那机灵样儿，说不定当场就投敌了呢。"

"投敌？"杨国忠冷笑，"安禄山可不是那么好说话的人。"

"哎哟，那边大人岂不是危险了？"虢国夫人说着风凉话。

"管他作甚，反正他就算跟过来了，这个时候，我也不会给他开口的机会。"

"哈哈哈，不愧是哥哥你，果然思虑周全。"

"思虑周全又如何，"杨国忠狠声道，"不还是被圣上所猜忌？"

"哥哥别多虑，圣上不过一时生气而已，"韩国夫人柔声道，"这不是还有玉环和高爷嘛，只要他们好生劝劝，很快就没事了。"

"更何况，蜀中是我们杨家的地方，"虢国夫人也道，"到了那儿，圣上只会对我们更加依赖，你只要撑过这段日子，等到了蜀中，我们陪你一道好好表现表现，圣上定会消气的。"

"是啊是啊。"其他车中传来应和声。

有一人突然道:"如此说来,高爷今天怎么没来?杨相可着人给他传信了?"

"自然传了,"杨国忠道,"这个时候,怎能少了高爷?"

"那就怪了……"

"高爷那儿可传了潼关的消息来?"另一人问,颇为急切,"昨夜王思礼不是面圣了吗?"

"传了,"杨国忠冷笑,"何止传了,所有人都知道了,哥舒翰溃败后没有誓死抵抗,反而被部将挟持,投敌了。"

"哎呀,"女人惊讶的呼声,"哥舒翰都已经不良于行了,还想着苟活不成?"

"这老贼,我早就看透他了!"杨国忠语气阴冷道,"手握重兵以来,贼没杀几个,我们的人倒是杀了不少,不对付外面,一心对付我们!我看,所谓挟持不过是在演戏,他跟安禄山根本就是一伙的!"

"杨相,这就……"

"怎么,我说得不对?你们仔细想想,哥舒翰守了潼关多久,六个月!这六个月成天找朝廷要粮食,他们明知粮仓都在洛阳,却不出关去抢,却反过来问我们要,这不是找我们的麻烦吗?我们催他出关,他又不应,偏偏要等六个月兵都快饿死的时候才出关。到了这个时候,不出饿死,出关战死,横竖都是死,他自然要做做样子。如今,可不就顺理成章地兵败被俘……哈,好一个老奸巨猾的老贼!"

"他这么做,又是为何?"

"哥舒翰是节度使王忠嗣一手提拔的。王忠嗣是太子的人,那他,自然也是太子的人。"杨国忠的声音宛如毒蛇吐芯,带着森森的恶意,"安禄山造反时说要杀我,为何?我死了,谁最有好处？可不就是太子！若不是朝中有我压着，太子早就一手遮天了！我看，太子早就和安禄山勾结了，只不过太子大概没想到自己会引狼入室，反倒让安禄山先称了帝，哈哈哈！"

"可是……"有人迟疑道，"若太子与安禄山勾结，那安禄山在洛阳称帝后，哥舒翰也不该再与安禄山演这场戏了吧，这……如何解释？"

"所以我说哥舒翰是个贪生怕死的老贼！"杨国忠不满道，"高仙芝死后，哥舒翰定是奉太子之命接过潼关，以做安禄山内应，谁料安禄山转头在洛阳称了帝。哥舒翰骑虎难下，干脆拖延不战，待拖不下去了，才演了这么一出！"说罢，没等其他人反应过来，他狠声道，"到了蜀中之后，我等一定要奏请皇上，彻查太子！"

听完杨国忠这番话，周围车中的人都沉默了。许久，才有人感慨道："杨相，不愧为我们大唐的相国。"

"我们金龟袋的首领。"

"果然才思敏捷。"

"高瞻远瞩……"

杨国忠听着一堆不知所谓的夸奖，紧皱的眉头刚舒展开，却忽然一怔。他感到一股寒意从脊背直奔头顶，以至于其他人的声音都听不见了，只有风吹竹林的沙沙声在周围飘荡。

一个东西闪过车窗，形状神似飞刀。他吓了一跳，忍不住掀开车帘看了一眼，却发现利刃似的竹叶随风片片涌来，在车子周围盘旋着。

他松了口气，忽然想到王承业叮嘱过，感觉周围情况不对时，务必待在车中，千万不要掀开车帘。他一慌，正要放下车帘，却听到头顶传来一阵凌厉的风声，而下一刻，一杆长矛穿透车顶，裹挟着雷霆之势直插入他方才坐的位置！

杨国忠倒吸一口凉气，整个人如坠冰窟，他不敢想象长矛若是扎入他的头顶，他现在该是何惨状！

想到这儿，他猛地扯开车帘，直接滚下车子，一个狗吃屎趴在了地下。又有风声擦着他的头皮而过，几支弩箭飞向他刚才坐着的地方！

"啊，啊啊，刺……"

他抖若筛糠，唇齿颤抖，喊不出一句完整的话。就在他浑身瘫软，不得不连滚带爬地往卫兵的方向逃去时，更多的长矛簌簌而下，和弩箭一起，从四面八方射入了其他车中！

血液溅满了车帘，车里的人却连一声惨叫都没来得及发出！

这是一场针对金龟袋的刺杀！

想明白这点，杨国忠更是魂飞魄散。他颤抖着爬起来，疯狂地向卫兵的方向跑去，以不似人类的尖厉的声音嘶吼道。

"来人啊！有刺客……"

七五

马嵬尘定

杨国忠的尖叫响起的那一刻，不远处的羽林卫终于发现了情况不对。

他们万万没想到，这个他们自以为是密不透风的地方，竟然转瞬间被打得如此千疮百孔！

拔刀声伴随着怒吼声冲了过来，而就在此时，一片黑影从天而降，毫不留情地收割了余下逃出车子的金龟袋成员的性命！

其中有一个黑影，直直地落在杨国忠的车驾上，一把抓住了那支宛如闪电一样的长矛，抽出长矛之时脚尖一点，再次以疾风之势追向了杨国忠！

杨国忠几乎能感到身后一股冰冷的劲风直扑向他。他连头都不敢回，疯了一般往前奔跑。就在那劲风要扎到他后心的瞬间，一个人影突然闪到他身边，只听到"当啷"一声，劲风消失了！

杨国忠回头看了一眼，惊喜地看到是王承业举刀拦住了刺客。他惊魂未定，哆嗦着吩咐王承业："拦住他……"然后转头继续往竹林外跑去。

他不敢停留,因为刚才一回头让他看明白了,刺客,不止一个人!

那群黑影,有的已经冲入了羽林卫之中,有的在向他杀来!

这边厢,李萼看了一眼杨国忠远去的身影,面无表情地看向面前的王承业。王承业也认出了他来,惊讶失声:"是你!"

"是我。"李萼回答,随即背后长眼一般挥矛一扫,锋利的矛尖寒光闪闪,逼开周围一圈扑过来的羽林卫。

王承业瞥了一眼身周的战况,皱了皱眉,意识到情况不妙。再回头,正看到李萼刺上来的矛尖,他接连后跃闪过,冷笑道:"手下败将,安敢再战!"

李萼不言,他双目中冷光闪烁,死死地盯着王承业,手中长矛如骤雨般向王承业各致命处刺去,其速度之快,几乎让矛尖连成了一片残影。王承业连连挥刀格挡,凝神寻找对方的破绽,却没想到几个回合之后,竟然被压得有些喘不过气来。随着李萼的步步紧逼,他几乎只剩下招架之力!

他这边越来越手忙脚乱,李萼却越战越勇。李萼的身周有何红儿和常山幸存将士为他掠阵,此时他只需专心对付王承业一人,他的眼中,也只有王承业一人!一看到那看似忠厚的脸,他心中的怒火就已经燎原,化作无尽的力量,全灌输到手中这杆"荆轲"上!

刺万乘之君,如刺匹夫!

对付王承业,那就是刺祸国之将,如刺刍狗!

"扑!"终于,第一个刺入血肉的声音传来,随着王承业一声压抑的闷哼,第二声,第三声……李萼的矛越来越快,招招夺命,王承业的动作却越来越慢,他的眼中流露出惊怒,正准备咬牙拼死一搏时,刚举起的刀,就被李萼一杆击落……

惊怒瞬间变成了绝望。

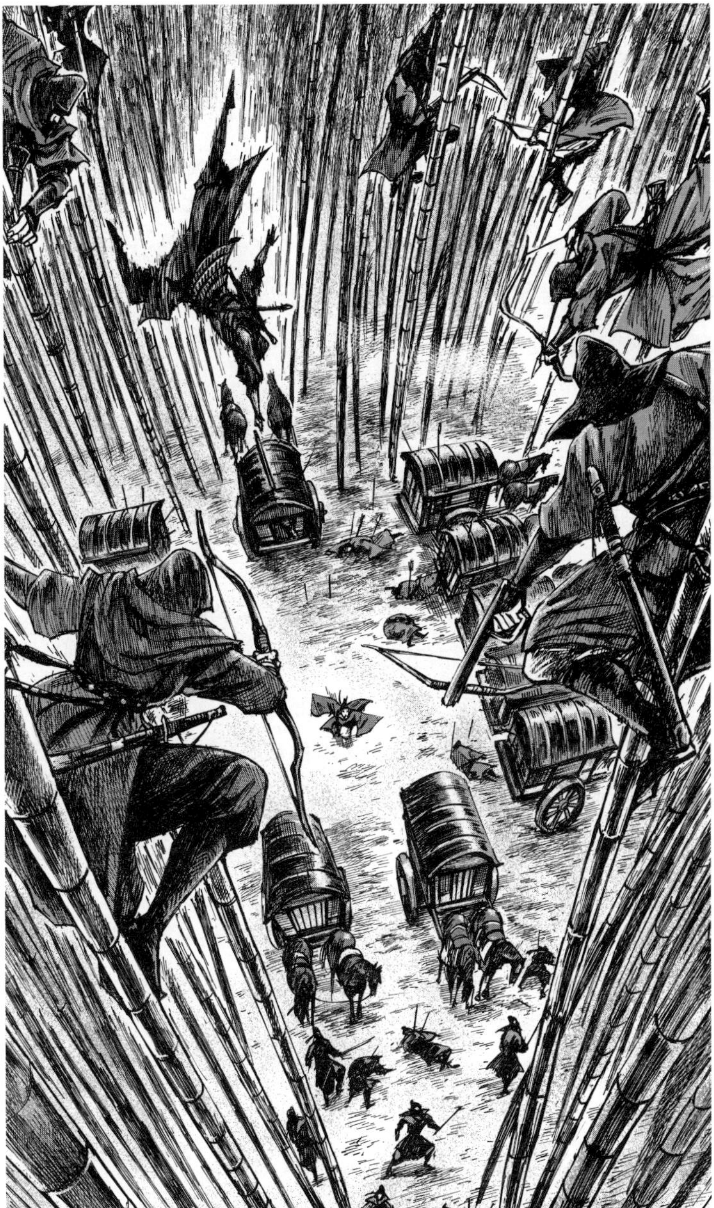

"等等，我……啊——"

没有给王承业任何求饶的机会，李菶挥落王承业的刀后，转而递矛向上，直奔其前胸，矛尖直接穿透了他的胸膛，甚至扎入了他身后的竹子，将其钉在了上面！

王承业站也不是，跪也不是，以一个极为难受的姿势被固定着。他自知死期将至，绝望再次变成了愤恨："你……居然……没死！"

李菶左臂一甩，鱼肠毕现，冷漠道："可惜了……只差一点。"

说罢，他左手一刺，右手一抽，鱼肠剑穿喉而过，荆轲矛破胸而出。

失了支撑，王承业跪在了地上，怒目圆睁，当场咽气。

主将一死，剩余的羽林卫顿时大乱，而李菶他们却越战越勇，明明对方人数是己方数倍，己方却犹如万军冲阵一般，压得羽林卫寸步难行。

李菶收回了鱼肠剑，看了一眼战况，与旁边的陈伯对视了一眼。陈伯斩马刀左右一挥，扫清了李菶前方的道路，朝李菶点了点头。

李菶当即迈步，直奔杨国忠逃跑的方向追去。沿途战友们极为默契地杀过来，为他清理前后左右的威胁。

然而此时，杨国忠已经找到一匹马，冲到了竹林外。

他一边打马狂奔，一边慌乱地喊叫着："救命！来人啊！有刺客！……"

原本好似无处不在的禁军，这么久了竟然一个都没出现。他心里咒骂着，继续一边喊一边跑，终于看到前面站着十几个人，而且都是高大的男人！

杨国忠心里大喜，连忙催马过去，大叫："你们快来，我后面有刺……"

话还没说完，他就愣住了。那些人看见他，确实围了上来，但是看穿着打扮，竟然是吐蕃使节。领头的那人拦着他的马，以极为不标准的官话对他道:"杨相,我们饿了,有没有,吃的?"

"什么吃的?我是说后面有刺客!"

"刺……什么?"吐蕃使节尚未学到官话中如此凶险的词,面面相觑,只是坚持道,"我们要,吃的!"

"你们滚开!"杨国忠心急如焚,摆手要赶开这群吐蕃人,却听不远处突然有人叫道:"杨国忠!你在此密会胡人,可是要谋反?"

杨国忠一愣,抬起头,看到几十个禁军出现在不远处,顿时大喜过望:"你们快来,我身后有……"

话音未落,他的马忽然嘶鸣一声,带着他重重地摔倒在地上。吐蕃人见势不妙,赶紧跑到边上缩了起来。杨国忠躺在地上,痛呼一声,怒骂道:"你们不要命了,敢射我的马?……"

可看到走到跟前的禁军手中明晃晃的刀,他却咽了口口水,把骂到嘴边的话强行吞了回去,转而讨好道:"你们快去竹林,那儿……"

这次,他的话又被指着鼻子的刀尖给堵了回去。

杨国忠眼中闪过一丝困惑,他抬眼看向面前的禁军,就见拿刀指着自己的禁军头领转头冲其他人高喊道:"去报告将军,我们看到了杨相与胡人密会,证据确凿!"

"什么?"杨国忠声音颤抖,"没……没有!我是被……"

刀尖又递近了一点,这个禁军头领显然是不准备让他把话说完。杨国忠心里愤恨,仔细看着面前这几个禁军,却发现相比从宫里一路过来的只是有些憔悴的禁军,面前这几位一个个形容枯槁,满身脏污,身上的禁军甲胄也不怎么合身,有些人手上、额头上还缠着布条……

他们受了伤?在哪儿受的伤?如今能受伤的地方,只有……

杨国忠猛地瞪大双眼,终于明白了眼前几个禁军来自何处。

而那个禁军头领此时也蹲下来,一双燃烧着熊熊恨意的双眼死死地盯着他,缓缓开口,吐出一个字:"枉!"

553

果然，他们是来要自己的命的！

杨国忠的脑中空白了一瞬，当他终于反应过来这个禁军在说什么时，下意识地手脚并用倒退了几步，正要起身逃窜，却看到几个黑影从竹林中缓缓走出，中间那人，赫然提着那支差点要了自己小命的长矛。

杨国忠彻底瘫软了下去。

"高爷，杨国忠他们，都死了。"

低低的絮语混杂着远处的呼号自破败的门缝间传入。高力士站在门内，侧耳倾听着，神色无喜无悲，却让周围的内侍低头垂眸，大气都不敢喘。

"高爷，请看……"

高力士微微挑眉，目光一斜，便看见门外的亲信鬼祟地掏出一个布包，打开，里面满满当当的，皆是带血的龟符。

高力士面容微凛。

"高爷，这些……该如何……"

高力士叹息一声，下令道："都烧了吧，处理干净些……再传令余下的金龟袋，尚还有心者，今夜子时，驿站后槐树下，执龟符来见。毒瘤已去，该重振旗鼓了。"

"是，小的唯高爷马首是瞻！"

"有心了……"

前车之鉴尸骨未寒，高力士全然没有成为"马首"的喜悦，他最后从门缝中看了一眼无主的龟符，叹息一声，反手关上了门。

风声呼啸，自窗纸的孔洞蹿将进来，化为尖厉的惨嚎，与远方的骚乱声汇合在一处，冲击着残破的门扉。

"外面何事这么吵闹？"李隆基坐在驿站破旧的房内，被外面源源不断的喧哗声所扰怒,忍不住问道。

高力士定了定神,躬身上前道:"皇上,老奴刚刚得报,禁军看到杨国忠勾结吐蕃使节,意欲谋反,已将其就地斩杀,此刻,正将头颅挂在西门示众。"

"什么?"一旁的杨玉环失声惊呼,"从兄不会的,他……他……"她起身,向高力士跌跌撞撞地走了两步,急切地道,"我的姐姐们呢?我的侄儿呢?……"

高力士面露一丝痛惜,摇了摇头。

杨玉环踉跄后退,盈满泪水的双眸望向了一言不发的李隆基,又无措地环视了一圈周围。此刻,在她的眼中,平时那些低头垂眸的宫人,都成了丛林中龇着牙缓缓逼近的猛兽。

"来人,扶娘娘进去休息。"高力士一脸担忧地下令。宫人立刻上前,半扶半架地将瘫软的杨玉环往内室带去。杨玉环走了两步,忽然回头,眼泪掉下的同时,却还颤抖着露出一抹微笑。

她柔声道:"三郎,你要保重……"

李隆基宛如枯木般的身形终于动了一下,他抬头看向杨玉环,眼中流露出一丝柔情:"你安心休息,朕不会让你有事的。"

杨玉环点了点头,笑容却愈发惨淡,她回身进了内室。

待宫人关上内室的门,李隆基才道:"杀了杨国忠,他们就罢休了?谁起的头?"

"不知,但陈玄礼说,不给他麾下禁军一个交代,到时候若真哗变了,他压不下来。"

"哼!是压不下来,还是不想压?"

高力士沉默了一会儿,低声道:"禁军连日奔波,饥肠辘辘,怨声载道。陈将军能将他们压制到现在,实属不易。"

"你的意思是,要朕给一个交代了?"

"老奴不敢!皇上,他们作乱犯上,按律当诛。"

"哼，当诛的人，已经被诛了。"李隆基双手扶着膝盖，缓缓起身。他深深地吸了一口气，看着外院的方向，冷声道，"说吧，杨家人都死了，他们还要什么交代？"

高力士望了望内室，深深拜倒："不，皇上，还有一个。"

李隆基浑身一震，再次颓然坐下。

几日后，当一切重归平静，在又一个破败的驿站中，晁衡点燃一盏油灯，在好不容易寻来的纸上，缓缓下笔。

"六月十六日，马嵬驿有变。众军传命曰，杨国忠与外敌勾结谋反，带甲围驿。杨国忠夺马欲逃，被射落马下，众兵乱刀枭首，屠割其尸。同被戮者，还有御史大夫魏方进等重臣，杨国忠之子、户部侍郎杨暄，韩国夫人，秦国夫人，虢国夫人及其子裴徽，还有……

"杨贵妃，被高力士缢杀。

"陈玄礼免胄释甲，顿首请罪。圣上慰劳了他，令他继续统领禁军。

"圣上继续赶往蜀中。太子为当地父老所留，前往灵武，统领唐军，继续抗击安禄山。

"至此，杨家灭亡。"

他轻叹一声，抬笔思索了一下，神色微妙地再次落笔，写道："吐蕃使者被驱离，无人伤亡……万幸。"

收起了纸笔，他起身走了出去，看着驿站外的火光，又抬头望向漫天的星空。

前面，就是剑南道了。

此去，又不知何时能归来……

他苦笑，负手轻吟：

"'行路难，行路难，多歧路，今安在？'李白大人，待你我重聚时，不知长安会是什么样子……"

七六

不负忠骨

长安，在燃烧。

李隆基终究还是再一次错看了安禄山，他以为留下了国库能让百姓免于劫掠之难，却忘了叛军是何等凶残的豺虎之辈！

那本就是一支所过之处寸草不生的大军，在荒蛮之地野蛮生长数十载，一旦见到长安这般集万千气象于一身的盛世之城，怎么可能以礼相待、怜香惜玉？

孙孝哲带兵杀进长安，纵兵肆虐了整整三天三夜，清算、发泄、胜利的狂傲和残忍的释放，让这座被天子遗弃的都城成为人间地狱。安享过盛世的百姓怎会是身经百战的叛军的敌手，包括妇女、孩童、老人，凡是叛军目之所及的活物，皆难逃屠刀的砍杀。惨叫声沸反盈天，倒塌的屋舍与焦黑的尸体垒满街巷，连曾经宽阔的朱雀大街都难觅人踪。

遭殃的又何止百姓。

那些被圣上抛弃的人，霍国长公主、王妃、驸马等皆被孙孝哲残杀于崇仁坊，心脏被挖走，以祭奠安禄山的长子安庆宗。

而留守的杨国忠、高力士党羽，或是早早传书投降的边令诚之辈，以及那些安禄山不喜欢的，或曾与其作对之人，皆被孙孝哲以铁棓揭掉脑盖，惨死于宫苑和街巷。

曾经的花海已变成血海、尸海，转瞬，又变成了火海。

皇宫当然无法幸免于难，宫廷大阁早已被熊熊烈火包围，曾经高耸于长安城内的楼阁成为一柱柱火炬，那见证过无数花魁诞生，也见证过安禄山跳胡旋舞的花萼相辉楼也被付诸一炬，追随着历代花魁固有的命运，化为尘土。

楼阁中的数万卷藏书也被焚烧殆尽，而在这些先贤智慧与思想的哀号声中，库中的财宝、兵器、军粮，被俘的宫女和梨园乐工子弟，官妓、俳优、术士，甚至是舞马和犀象，皆被搜罗了出来，押送出了长安。

他们的目的地，自然是伪大燕王朝都城洛阳。

长长的队伍蜿蜒在崇山与苍岭中，凄凄惶惶，宛如一支送葬的队伍，充斥着哀戚和悲苦，从逝去王朝的灵堂，前往宛如坟墓的新王朝。

身后的黑烟尽处，是仿佛永远不会停止的嘶叫哀号。

而黑烟之上，鹰击长空，无形者们在山崖之巅，静静地看着被押送的车队。

自马嵬驿一战，击毙王承业，斩杀杨国忠，确认杨氏灭亡后，李萼等人便马不停蹄赶往长安。他们并不关心马嵬驿兵变之后，圣上和太子将何去何从，他们唯一的目标，就是肃清祸乱的根源，捣毁金龟袋。

然而安禄山自洛阳称帝后，居然没有领兵亲自攻占长安，而是将其交与孙孝哲完成。李萼等人只能掉转马头前往洛阳，守在洛阳城外左等右等，始终不见安禄山迈出洛阳城一步，只等到被送往洛阳的大批财宝和俘虏。

车队蜿蜒，看似无穷无尽，左右都有燕军的看守，防护极为严密。眼见这将是洛阳城接收的最后一批来自长安的"遗物"，若再不行动，怕是再难寻到入城的机会了。

"看来，必须要潜入了。"李蕚沉声道，"贼军已攻占长安多时，安禄山却一步都不出洛阳，这般等下去，永远等不到动手的时机。"

何红儿却并不赞同："话虽如此，可洛阳城内戒备森严，安禄山身周肯定有重兵保护，即便潜入进去，也几乎不可能接近他。"

李蕚又如何不知。他本想等安禄山出城，找到机会取其首级。可如今他龟缩洛阳城中，不知何时才会出来。

眼见城门大开，车队已经开始缓缓进入洛阳城。十郎在队伍上空徘徊，唳声不绝，仿佛在呼唤他们。李蕚沉吟片刻，平静地道："万物皆虚，万事皆允。"

听他这般说，旁边的人都望了过来，似乎明白了他要说什么，皆眼神平静。

"潜入是孤行之事，"李蕚望向洛阳城，"从现在起，我们要分头行动了。"

"李兄……"

"回到颜公身边吧，"李蕚不待他们劝阻，沉着道，"如今杨国忠已死，金龟袋覆灭在即，朝中不会再有人妨碍义军的抗争了。你们回去，跟他们一同夺回你们的家园。"

无形者们沉默地看着他，难掩担忧。

见状，李蕚神色柔和了一些，道："待到一切结束，但愿我们可以再度相逢。"

闻言，无形者们终于不再犹豫，向他垂眸抱拳，一切皆在不言中。

李萼手执长剑，抱拳回礼，坚定地轻声道："为了天下百姓。"

"为了家园。"何红儿答。

言罢，李萼不再拖延，转身朝着崖底郁郁葱葱的树林，舒展双手，如展翅的巨鹰一般，一跃而下。

鹰唳自空中划过，掩盖了他落入树丛的声音。在车队边守卫的燕军被空中的声响吸引了注意的片刻，李萼自旁边草丛中闪出来，转瞬便攀上了一辆运送物资的马车，轻巧地晃进车底，牢牢地挂在了车架上。

这一切不过发生在刹那之间，车队中自然无人察觉。车辆一辆接一辆缓缓前行，带着李萼，径直进入了洛阳城。

作为曾经的神都，洛阳城的规模与繁华完全不亚于长安。城外蜿蜒数十里的车队进入城中，宛如蚁入鱼塘，渺小如粟。

两边的行人夯着胆子伫立张望这来自长安的车队。他们已经听闻了长安的惨状，对于这世道的风雨飘摇业已麻木，在看到运来的皆是珍宝和乐伎时，便明白这个"新朝廷"，并未比前朝会多垂怜他们一些，只能失望地散开，回到各自的坊巷之中，丝毫没注意到有一个人已经随着他们混入了人群。

李萼成功潜入了洛阳，但要进入戒备森严的皇宫，却如何红儿所说，当真难如登天。他只能暂且蛰伏，伺机而动。

虽然洛阳被安禄山定为都城，免了战乱之祸，然而四面硝烟的环境依然摧毁了平民百姓本就不那么容易的生活。

安禄山谋反得突然，当初被河北各郡的平安火蒙蔽的不仅有圣上李隆基，还有黄河南岸的百姓。几个月下来，百姓家中存粮早已殆尽，城中已经饿殍满地，百废难兴。可如今战事未歇，粮

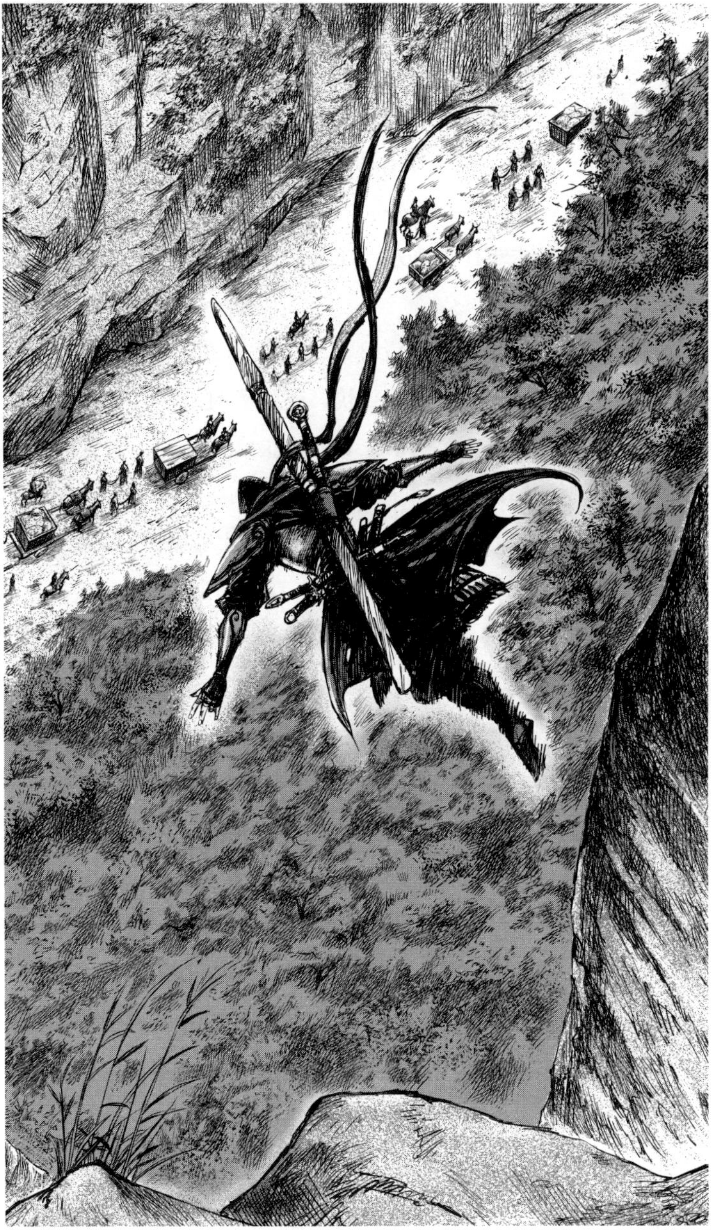

草首先要供应前线。安禄山丝毫不顾百姓的死活,穷兵黩武,誓要将大唐整个天下都打下来,而显然,由颜真卿领导的义军以及其他郡的唐军并没有那么好说话。

战事日益胶着,城中流言四起。街巷深处,有人窃窃私语。

"再领不到口粮,全家人都要饿死了。"

"知足吧,城外有些地方已经开始人吃人了,咱们至少还有些配给。"

"还配给呢,粮仓多久没开了?方才俺在门口张望了两眼,就被士兵赶出来了,还好俺跑得快,腿脚慢的,小命都丢了!"

"没法子,前线又在打了,等那边粮食调配完,总能剩点给咱们老百姓吧。"

"别想了,想吃饱,就去应征,上沙场卖命去。"

"凭什么他安禄山夺权,让我们老百姓卖命?"

"世道不都这样,卖百姓的命,斗权贵的利。"

"那他安禄山怎么不自己去,成天躲在深宫里,召乐伎舞伎,和一帮子手下寻欢作乐。我们老百姓在外头一片片饿死,他也不怕遭了报应?"

"你还别说,我听宫里的人说,安禄山现在生了眼疾,都快成瞎子了,所以才没法出宫。"

"当真?"

"骗你作甚?还有啊,他不仅看不见,还长了一身的疥疮,性情也变得古怪。倒霉的是他身边伺候的人,一个不如他的意,就会被鞭打,甚至还有当场被砍死的!"

"哎哟,被你说得忒吓人,他不是还号称'斗战神'吗,怎的都斗战在自己人身上了?"

"谁知道呢?你也不看看宫城那个守备,一天比一天严,连只鸟都飞不过去,哪有那么怕死的斗战神?"

"你说,有没有可能,他其实不是身上有病,是魔怔了?"

"魔怔?"

"哎呀!"那人压低声音,"他怕的不是人,是鬼!是颜家的鬼!"

"颜杲卿,颜季明?"一个声音突然冒出来,森冷,却带着急切。

"哎哟,吓死我了!"私语的二人转过头,看到一个兜帽罩脸、身披斗篷的男人自阴影中转出来,兜帽下一双利目在黑暗中直刺向他们,闪闪发光。

来人正是李萼。

他没料到在洛阳城中还能听到颜家父子的消息,虽然他早已知道他们的死讯,但此时心中依然波涛汹涌,脑中满是土门关一别时,颜季明澄澈的笑脸,以及颜真卿面前安禄山的使者段子光那句:"父子尸骨无存,死无葬身之地。"

颜公,季明,莫非你们也在此等我?

面前两个衣衫褴褛的男人对视一眼,其中一人试探道:"这位……壮士,莫非你认得颜家父子?"

"故人……"李萼沉声道,"曾并肩作战。"

是我负了他们。

"他们……在何处?"他问话的声音几近沙哑。

那个男人迟疑了一下,面上惧色渐渐褪去,转身道:"壮士请随我来。"

李萼拢了拢兜帽,跟在了男人身后。

虽然不似长安那般经历了战火的摧残,可在安禄山的高压统治下,洛阳更像是一座苟延残喘的孤城,表面还拥有着宏伟的城墙和林立的街坊，但是街角巷尾、房前屋后，无处不透露着破败颓唐的气息。

寒冬降临，在森严的城卫下，人们难以买到足够的柴火，更鲜少有机会出城捡拾，只能以稻草和废砖弥补破损的屋舍，在背风处聚在一起架起火炉烤火取暖。枯瘦的妇女抱着干瘪的婴童坐在墙角，面有菜色的少年成群抱膝围坐在树下，看到有人走过，便是连伸手乞讨的力气都没有了。

走出街巷，到了较为宽阔的大街上，巡逻的燕军便赫然多了起来。

带路的男人有些发怵，似乎此刻才意识到自己正带着一个来路不明的陌生人穿街过巷，一旦被巡逻的燕兵发现，必定凶多吉少。他贴着墙根挪动了几步，远远见一队巡逻兵过来，顿时胆战心惊，忍不住停下脚步探头四望，却赫然发现那一直跟在身后的高大壮士竟像是消失了一般，不见踪影。

"继续走，"头顶传来声音，"莫慌，我不会被他们发现的。"

男人闪躲着巡逻兵虎视眈眈的目光，硬着头皮低头向前，时而穿过人群，时而绕过草堆和废墟，竟然真的一路将李萼带到了目的地——中桥。

那是皇宫东边的一座巨大的木梁廊桥，横跨洛水南北，往年虽不如皇宫南门外的天津桥那般热闹，却也是洛阳百姓踏青会友、游玩戏水之处。

而如今，这里只剩下寸草不生的河滩，一群群无家可归之人，以及浑浊的流淌着的洛水。

"那儿！"男人站在河滩上，远远指着桥梁下一根耸立的木梁，低声道，"他们在那儿，那是颜季明的首级。"

李萼顺着他的手望去，目光一紧。

那木梁上，悬挂着一个木匣，木匣上贴着两条白布，远看宛如招魂的白幡，寥落，凄惶。

"年初的时候，颜杲卿被拉到了洛阳城里，就是被绑在前面那根桥柱上行刑的。"男人指尖有些颤抖。周围的人被他们吸引了注意力，纷纷望了过来。

男人浑然不觉，只是喃喃道："当时，这里挤满了围观的人，我也在……

"听说常山城破的时候，颜杲卿眼睁睁看着自己的儿子颜季明被斩首。颜杲卿行刑的那一天，他们把颜季明的首级一起带了过来，吊在了颜杲卿面前。"男人的声音开始颤抖，"但颜杲卿，还是没有求饶。"

旁边的人都沉默不语。他们中不少人当时也在场，此时已经泪盈于睫。

男人哽咽着道："颜杲卿被行刑时，一直都在大声咒骂，还向安禄山吐血痰……于是用刑更重……可即便如此，他依然不停咒骂。安禄山应是实在受不了了，于是下令钩断了他的舌头。"

呜咽声四起，隐约有人低声念着："颜公！"

"直到断气前，颜杲卿都一直在骂同一句话，"男人语调一变，狠声道，"他说，他会化作厉鬼，向安禄山讨命！"

言至此，他们已经行到了桥梁下，李蕚忽然抬手，轻抚其中一座木梁，那上面，赫然有一片人形的血迹，血迹如此清晰地描摹着当初被绑在上面的人的形态，傲然屹立，刚强不屈。

众人与他一同看着那片血迹。男人轻声道："从那天起，安禄山，就再也没有露面了。"

李蕚沉默不语，抬头望向洛阳皇宫的方向，双唇紧抿。

又听见一个沧桑的声音从人群中传来："颜公，是条汉子……

大家本不过是来看个热闹，可看到最后，却都哭了。"

"尸体呢？"李萼终于开口，声音干涩，如含刀剑。

"尸体……被碎尸万段，扔到南山郊外的乱葬岗了。那天，还有三十多个颜家人，被一同处死。"

李萼双拳一紧，体内仿佛燃起了熊熊怒火。

"不过，"那老人又道，"我看到有一根脚骨掉在了地上，趁他们不注意偷偷藏了起来，前阵子寻着机会埋在了颜季明的首级之下……唉，也算是积个德吧。"

李萼闻言，终于抬头，定定地望向了悬在头顶木梁上的木匣，那木匣外的白布上写着：逆贼颜杲卿之子颜季明。

颜杲卿之子颜季明。

季明。

"李萼兄，下次……能多教我几招吗？"

少年清亮的声音划过脑海，他在土门关外长揖不起的清瘦身形仿佛还在眼前，却在转瞬间，顺着被寒风鼓动的白布，飞入了那小小的木匣中。

"季明，说过多少遍了，你不适合练功夫。"李萼盯着木匣，嘴唇微动，低喃，"而我，怕是也不适合习字吧……"

白布轻舞，似回应，似低诉。

两日后，中桥下讨生活的人们忽然发现，装着颜季明头颅的木匣不见了，木匣下颜杲卿的脚骨，也被刨走。

流言再次传开，这一次，却是惊愕中满溢着期待。

颜家人的魂魄，回来了！

而在安全之处保存好颜家父子遗骨的李萼，再次攀上皇宫外最高的楼，俯瞰起了阴云中的洛阳城，如鹰隼试翼，蓄势待发。

平时如囚笼一般的洛阳皇宫正酝酿着一股不寻常的骚动,突然增加的守备和频繁进出的使令无不彰显着一件事——时机已到。

惊空遏云。

七七

胡旋终焉

时机，果然来了。

正月初一，安禄山生辰。

恰逢史思明平定黄河以北，燕军在咸阳前线击溃唐军，斩首四万余级。如此大胜，如此新岁，终于给了安禄山些许身为皇帝的底气，他下令打开宫门，要接受万民朝拜。

纵使已经自立为帝，但安禄山仍然难以抹去过去盛唐的煌煌气象给他带来的巨大影响。然而他记忆中的花卉盛宴那种万民同乐的欢快景象却并没有出现，他的万民朝拜，只有曳落河军士头戴面甲粗鲁狂放的吼声，以及王公贵族麻木不仁、如丧考妣的齐身叩首。

"恭祝雄武皇帝万寿无疆！"

"雄武皇帝万岁！"

"万岁！"

"万万岁！"

安禄山身着龙袍，头戴冠冕，腰佩长刀，魁伟的身躯高居庙堂之上，面容在珠帘后晦暗不明。

坊间流传得没错，此时的他满脸疥疮，双目因眼疾而浑浊不堪。在他的视野中，面前跪拜的人一个个好似乱葬岗爬出的尸骸，灰暗，模糊，密密麻麻的，带着森森阴气。那声声"万岁"就好似催命的哀号，刺耳无比。

这催命的声音，随后化作声声唱曲，钻入了他的脑海。

"森森望湖水，青青芦叶齐。归心落何处，日没大江西。歇马傍春草，欲行远道迷。谁忍子规鸟，连声向我啼。……"

凝碧池边，宴席正酣，从长安俘来的舞伎乐工在叛军的瞪视下战战兢兢地表演着。安禄山虽然看不清眼前舞伎的动作，却能听懂乐师那压抑着悲怆的词曲。他心中不悦，冷声道："以前在长安，听的不是这首曲子。"

乐声乍止，舞伎乐工们面面相觑，抖若筛糠。

安禄山平静地下令："换一首。"

场下沉寂了一会儿，忽然听到"铮"的一声，在琵琶弦鸣声中，一个瘦削的身影举起琵琶向他掷来，方才还宛如莺啼一般悦耳的声音，此时却如啼血一般嘶吼道："逆贼！你不得好死！"

尖叫声、怒吼声霎时交织在了一起。安禄山浑浊的双目盯着那越来越近的琵琶，终于在它近在咫尺时看清了它的方位，身子猛地往边上一偏。

"啪"的一声，琵琶擦过他的肩膀，撞在身后的御座上，四分五裂。

"皇上！"一旁的李猪儿惊慌失措地冲过来，却被安禄山抬手拦住。他冷静地看着不远处已经被愤怒的士兵按在地上的乐工，冷哼一声："有骨气，叫什么名字？"

那乐工抬起头，模糊不清的面容上，双目竟好似利剑，直直地刺向安禄山："梨园弟子，雷海青！"

"哈，哈哈哈！"安禄山笑起来，带着居高临下的狂傲，"好，很好！"

他收了笑，恶狠狠地道："赐你五马分尸。"

行刑就地进行，原本的舞台成了雷海青被分尸之处。惨叫声中，其余的乐工、舞伎肝胆俱裂，哀哭声不绝于耳，即使被燕军以刀剑指着，依旧瘫软在地。生辰大戏眼见着就成了丧礼。

安禄山的脑中又回荡起万民朝拜时那催命般的恭贺，与面前的哭声一道在耳边盘旋不去。他终于抑制不住胸中满溢的杀意，狠声道："不许哭，继续唱，继续跳！"

无人起身，或是悲愤，或是惧极，恐慌的气息蔓延开来，化为重重阴云，压在了安禄山的头顶。

"我让你们唱！"安禄山突然暴起，抽刀挥向跪着的人群，他本就身形魁伟，此时更是如虎入羊圈，刀光卷起漫天血肉，地上的乐工、舞伎甚至来不及发出一声惨叫，转瞬间就成为一具具支离破碎的尸体。安禄山肆意屠杀着目之所及的所有人。周围的兵士、军师严庄乃至他的次子安庆绪都只敢怔怔地看着，不敢上前半步。生辰大宴终于还是成了修罗地狱。

安禄山终于杀尽了眼前人。他站在血泊之中，脚下全是尸体。虽然看不清周围大臣、将军和兵士们的脸，但他知道他们的表情此时无一例外都是惊恐和畏惧的。

盛唐的欣荣于他，终究是一枕黄粱。这血腥的盛宴给了这些乐工、舞伎最后一刀，也给了他的幻想最后一刀，那暗藏心底的美梦和旁边那被五马分尸的乐师一样，四分五裂了。

安禄山身形魁伟依旧，可萦绕其周身的气息，却颓唐而愤恨。

"从现在开始，"他缓缓开口，语调逐渐坚定，带着啖肉饮血一般的残酷,"我要人哭,天下人才能哭;我要人笑,天下人就要笑。"

他迈步向前,昂首扬声:"这,就是新的秩序,新的王法!"

四周鸦雀无声。

安禄山的这一宣言回荡在身周,让所有人头皮发麻、脊背发凉。

"陛下这是有点醉了……"严庄参着胆子勉力挤出一句话来,用眼神示意一旁的安庆绪,"快扶陛下回寝殿歇息吧。"

安禄山的疯狂已经不是一日两日,而且有愈演愈烈之势。严庄虽早已习惯了,但眼前的场面终究还是激起了他心底里残留的一丝儒家的悲天悯人。他怕再这么继续下去,安禄山的屠刀,便要砍到身周之人的头上了。

安庆绪闻言一怔,望了一圈周围瑟瑟发抖的人,就连将士们都低垂着头,不敢望一眼面前的安禄山。他满心不情愿,却不得不硬着头皮上前,越过惶恐不安的李猪儿,搀住安禄山的手臂,瑟瑟道:"父……父王,儿臣扶您回寝殿吧……"

安禄山在被安庆绪的手碰到的那一瞬,周身一紧,随即勃然大怒,竟然一拳砸在安庆绪的脸上,怒喝:"你这个废物,一点本事都没有,只会任人摆布!"

安庆绪倒在地上,捂着脸呻吟起来。安禄山这一拳打得他头脑中一片空白,正要爬起来,却忽然闻到血腥扑鼻,同时颈中一凉,定睛一看,竟是父王拿刀抵住了他的脖子!

"整天跟在严庄后面,一句官话都说不明白,猪儿都不如!"安禄山犹自不解气,诸多愤恨涌上心间,让他愈发狂躁。他看着地下瑟瑟发抖的儿子的身形,终于说出了自己一直压在心底的话,"你不配当我的儿子……"

安庆绪一愣,他抬起头,愣愣地看向头顶的父亲。

"当初死的不该是你哥,"安禄山巨大的身形完全挡住了日光,只剩一片黑影笼罩着安庆绪,"应该是你!"

全场死寂。

震惊、恐惧和疑惑,虽是寒冬,但在场的人却无不汗湿重衣,大气都不敢出,偷瞄着面前那对父子。

安庆绪完全呆住了,他趴在地上,茫然地看着安禄山,口鼻的鲜血滴滴落下,他也不知道去擦。

安禄山却全然没有肆意发泄后的懊悔,只是冷笑道:"哼,孬种,这就怕了?"他袖子一甩,迈开步伐,听到身后有跟随之声,怒道,"个个都是废物!统统给我退下!"

他挪动肥壮的身躯,径直往寝殿走去。

后面似乎还有人想跟上来,他难抑烦躁,怒喝:"谁过来,就砍死谁!见一个砍一个!"

后面的脚步声立刻停了。

严庄扶起安庆绪,默默地看着安禄山的背影,心中暗潮汹涌。

安禄山一人独行于回廊之中。冬日的皇宫并无盛景,池莲枯朽,北风萧瑟,雪花簌簌而下,夹杂在寒风中扑面而来。恍惚间,他感到天地间似乎只有自己一个人,万民朝拜他看不清,舞伎翩然他看不清,眼前的亭台楼阁,他也看不清……

为何古时帝王都自称为"孤",他似乎在此刻才明白过来。

或许,这混沌不清的世界,才是自己最终的归宿吧……

踏过白茫茫的庭院和积雪的石阶,安禄山终于回到了自己的寝殿。踏进门的那一瞬,他忽然脚步一顿,猛地看向门边一侧!

几个月的帝王生活没有完全磨灭安禄山久经战阵的直觉,他进门后几乎立刻就发觉室内一团不同寻常的黑影，即使隐匿于暗处，依然无法藏住其带来的压迫感！

有杀气！

"铮！"弓弦鸣叫。

李萼早就躲在了安禄山的寝殿之中。

无须筹谋，无须打听，只要进得皇宫，他就必然能来到此处。

当年李隆基的花卉盛宴能助他入宫行刺，那如今，安禄山妄图效仿盛宴的寿宴，也能助他如愿。

就如此时这一刻！

一看到安禄山入殿，李萼的弩箭便瞄准了他的心脏要害，毫不犹豫地扣动了扳机。弩箭裹挟着风声直奔安禄山而去。安禄山警觉地一闪，却没有完全避开。弩箭插入皮肉的声音传来。这一箭正中胸腔，未中心脏！

安禄山双目虽看不清，可这个曾经的三镇节度使，即使年岁已高，即使成了皇帝，也从不曾放下他行伍之人最大的倚仗。他忍住胸口剧痛，抽出长刀，望向弩箭来处狠声道："是谁？"

眼前那模糊的黑影好似手执长矛。安禄山握紧犹自带着血腥的长刀，冷笑道："大胆包天，敢来行刺老子？"

黑影冲了过来。

安禄山猛然跃起，在空中飞速旋身，壮硕的身躯竟似陀螺一般轻盈，轻松地躲过了李萼刺去的长矛。

李萼心中一惊。都道安禄山的胡旋舞名扬天下，自己在长安宫中未曾亲见，只以为不过是安禄山为李隆基献媚助兴的花架子，却不料他刚才那腾空一转，竟如龙卷升空，威势无匹，而随之而来的当空一刀，更是如泰山压顶，有龙吟虎啸之态！

李萼眼见长刀当头，自知不能硬接，立刻转攻为守，当胸

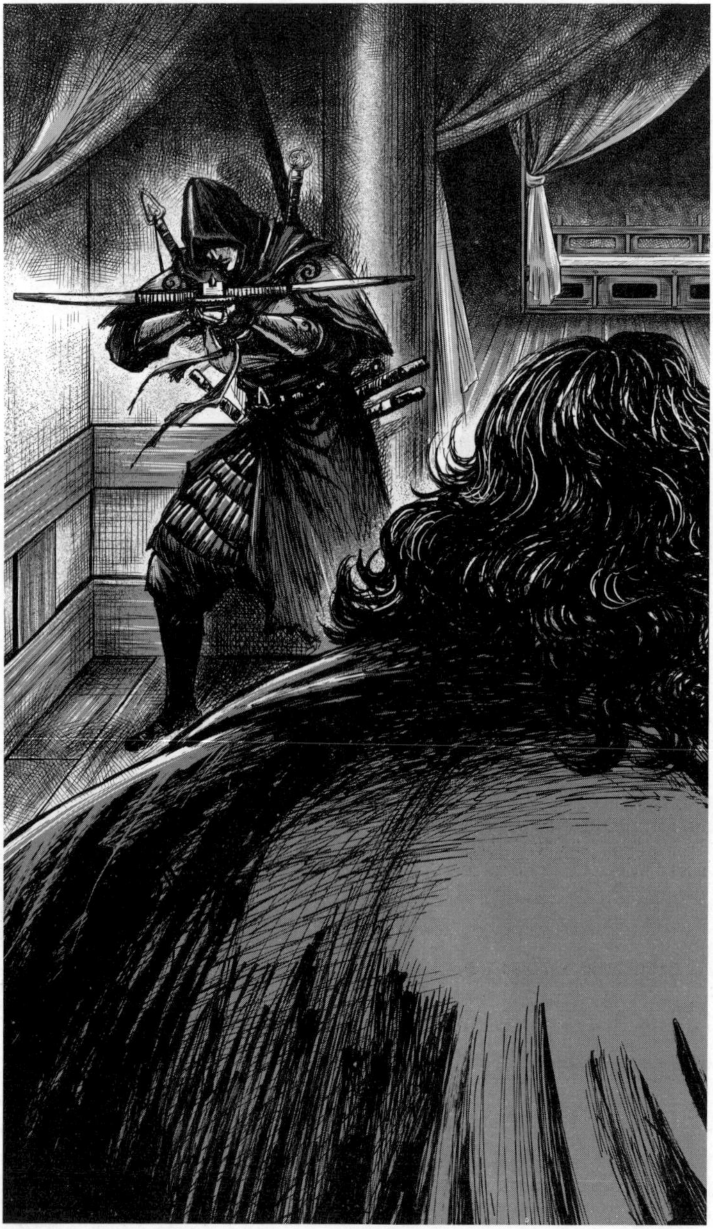

横矛。安禄山从天而降的劈砍当真有千钧之力,竟然一刀就将荆轲矛劈成了两半!李莼大惊,双手各执一半断矛,拼力格开安禄山紧随其后的一刀,俯身跨步,顶着安禄山挥过的刀风,挺矛直刺,断矛矛头生生扎入安禄山的腰侧。

安禄山怒吼一声,旋身挥刀追砍而去。李莼一击成功,不敢有丝毫懈怠,转身迎击,虽然挡住了刀锋,却卸不了那股排山倒海一般的巨力,他只感到胸腔一窒,整个人往后飞去,狠狠地撞在了墙上。

"哇!"他吐出一口血来,强忍手臂和胸口剧痛,扔掉断矛,拔出双剑贴墙俯身,做好了搏命一击的准备。

却不料安禄山并没有趁势追击,反而向后趔趄了一步。鲜血自他的胸腔、腰侧喷涌而出,在地上汇成了浅浅的一摊。

粗重的呼吸声溢满房间,仿佛猛兽濒死时绝望的急喘。

安禄山庞大的身躯晃了晃,伸手想扶一下手边的床柱,却终究还是支撑不住,仰天坐倒在了床边,与李莼隔空相对。

李莼心下稍定,他站直身子,谨慎地走了过去。

那团缥缈的黑影越来越近,利刃的闪光攫取着安禄山所剩无几的目力,他终于清楚地感受到了死神的临近,巨大的恐慌完全笼罩了他。

安禄山嘶吼起来:"来人!来人啊!"

鲜血涌上了喉咙,一如他方才砍倒的乐工、舞伎身上所散发的味道。安禄山无暇细想,边咳边叫:"有刺客!喀喀……来人!"

他听得到,听得到外面仓皇赶来的脚步声,密密麻麻,盔甲哐啷。那是他带过的兵,是随他在关外搏命,跟他渡过黄河的兵,他的曳落河!

"来人！有刺客！"

黑影的气息近在眼前，安禄山的心神却全在一墙之隔的外面，他能听到外面有人低声询问，可就是没有人进来。

他看不到门外严庄拦住欲入内救驾的军士，也看不到次子安庆绪从惶恐到冷漠的眼神，他只能在利刃近在眼前的那一刻，清楚地明白了自己已身处绝境。

他咳出一口血："看来……你们都是串通好的！"

"所有人，都想要我的位子。喀喀……谁派你来的？"

李萼沉默不言，看着安禄山。安禄山此时像一个垂死的老人，抑或是一只待宰的羔羊，眼神浑浊，气喘如牛，哪还有半分当年进长安觐见李隆基时的狂妄和威武。

"谁派你来的？"安禄山犹自不甘，"严庄……李猪儿……还是我那废物儿子？"

"不，不对！"他盯着那抹瘦削的黑影，说出了自以为更可靠的答案，"是唐太子？高力士？"

李萼站在了安禄山的面前，依旧沉默不语。安禄山的命已经在他的手中，这个乱世枭雄已经被自己的部下、被自己的亲子所抛弃，此时让他活生生受着煎熬，似乎比给他个痛快更加大快人心。

安禄山已经被自己的猜测逼到疯狂，他死死地盯着刺客的黑影，恍惚间竟然看到他正变换着身份，那些自他起兵以来所杀的人的脸，一个一个出现在自己面前，让他心神大乱。

"是你？河南防御使……张介然？不，不是，荥阳太守……崔无诐？不，李憕？……卢奕？……蒋清！不，不是。啊！你，你是……"

黑影默不作声，目光如电，那凶狠的姿态，让他陡然想起了被压在自己心底的梦魇。

"颜……颜杲卿？！"他彻底崩溃了，仿佛又看到了那满是鲜血的身影，伴着一声声"化为厉鬼向你索命"的凄厉号叫，挥刀向他冲来。他骤然睁大了双目，整个人往后缩去，惊恐万状，"别……别过来！"

他举起长刀，胡乱地向黑影砍去。只见黑影举手一挑，一掀，刀光一闪，"铮"的一声，安禄山长刀脱手，当啷落地。

这一刻，那黑影终于近在咫尺，阴翳散去的那一瞬，安禄山似乎终于看清了眼前人的面容，那居然是一个清瘦的少年，眉清目朗，气宇轩昂，以一手纯熟的掀击式，用武器挑飞了自己的长刀。

可下一瞬，少年的脸却变成了一个相貌堂堂的青年，鹰瞵鹗视，长疤入鬓。他头戴兜帽，手执袖剑，直指安禄山的胸膛！

"我乃——无形者！"李萼终于说出了第一句话，也是唯一一句话。

话毕，剑起。

"当"的一声，安禄山的长刀扎入地面的同时，李萼的鱼肠剑也扎入了安禄山的胸膛。

安禄山尚未来得及感觉到疼痛，下意识伸手探向刀柄，似反抗，又似挣扎。

他能感觉到生命的流逝，血液和力气一同弃身体而去，任何努力都是徒劳。本该是最绝望的时刻，可他那重重压抑的心，却仿佛被对手刺入的那一剑捅开了一片阴云，豁然开朗。

安禄山感觉自己那探手过去的地方，忽然有花香扑面，欢呼雀跃的声音在周遭响起，他的眼前，竟出现了长安繁盛的大街，犀象走过，花车紧随，车上，是正在击鼓的李隆基。

在万民如潮的欢呼声中，奋力敲击羯鼓的李隆基长眉乌发，笑容满面，显然是在这与民共乐中，得到了绝顶的快乐。

而安禄山的手，在此时却成了少年模样。

恍惚间，他又化身为了那个在街巷中汲汲营营的互市牙郎，在芸芸众生中，在人潮人海中，他布衣布鞋，身无长物，却与周围的人一起，奋力地抬手伸向花车，冲着他们那近在咫尺的圣上，呐喊，欢呼。此时安禄山心中充溢着无限的欢喜，仿佛春日的暖阳都住进了心里，光明洞彻，无半丝黑暗。

这是他们的圣上，这是他们的盛世，也是他想要的。

自己想要的……究竟是什么啊？

刺客的脸和花卉盛宴忽然全都消失了，彻骨的寒冷包裹了安禄山。他还是伸着手，入目却是一望无际的黑暗，而脚边，是数不尽的皑皑枯骨。

他得到的，终究只有这些啊……

无声的喟叹中，安禄山终于闭上了眼，他的手重重地落在地上，再也没了声息。

七八

策马扬鞭

粗重的呼吸声一消失，殿中寂静得可怕。李萼长舒一口气，最后确认了一下安禄山的鼻息，冷眼望向殿外的方向。

外面的人会任由他刺杀安禄山，可不一定会任由他从容离开，现在殿内动静一变，他们也该进来了。

他潜入寝殿时确实畅通无阻，但是现在，寝殿外应该已经被重重包围，纵使他有通天之能，也不可能在曳落河的眼皮子底下安然无恙地逃脱。

虽然本就抱着必死之志，但李萼可不是束手就擒之辈。听到殿外小心翼翼靠近的脚步声，他当机立断，打开了一扇窗户，随后转身在柜子和书架间连续借力，轻盈地跳上了屋顶的长梁，又翻上短梁，头顶着屋脊，平缓了呼吸，彻底隐入黑暗之中。

殿门开了，第一个进来的竟然是矮小的李猪儿。他双手握着一把长刀，哆哆嗦嗦地迈步进来，一眼就看到了床边仰天毙命的安禄山。

"陛下！"他哭喊一声，扔了长刀就扑了过去。

紧跟着的是严庄和安庆绪，他们看到安禄山的尸体后，都僵硬了一瞬，紧接着，严庄便指着打开的窗户叫道："刺客跑了，快追！"

他们身后的士兵得令，立刻转身冲了出去，转眼殿周围便传来此起彼伏的喝令声。

李猪儿伏在安禄山的尸体上哭哭啼啼，严庄和安庆绪却站在一边。安庆绪满脸的仓皇盖过了悲伤，他六神无主："严庄，怎么办？我，我……"说话间，他似乎想到了什么，眼神又逐渐亮了起来。

严庄哪能不知他在想什么，冷声道："不行，现在不能让别人知道陛下的死讯。"

"为何？可父皇确实已经……"

"方才凝碧池边的事你忘了？看到的人那么多，没多久就会传入史思明、孙孝哲他们耳朵里，若今日他刚训斥了你之后就被刺杀，你让他们怎么想？他们功勋、兵力皆远高于你，到时候闹将起来，你如何收场？"

"啊？那该如何是好？"想到安禄山手下那两个煞神，安庆绪脸色苍白。

严庄无奈地看了他一眼。早在殿外等待的时候，严庄就已经做好了善后的准备，如今不过是把想法说出来罢了。他没想到，面临此等大事，安庆绪的脑子里竟然真的一点主意也没有，看来只能自己出马了，于是道："传令下去，今日殿内发生的事，一个字都不许外传！"

他刚才与安庆绪以担心安禄山的名义来到寝殿外，本身带的就只有几队亲兵，一旁立刻有人应是。

"你们几个，在这儿挖个洞。"严庄指了指床下，"越深越好！"

"严庄,你莫不是……"安庆绪被严庄的命令吓到了,战战兢兢道。

"李猪儿,若还想要你这条小命,今日起你不得出殿,假装为陛下侍疾,除了我等,谁也不准进来。"严庄不理会安庆绪,警告道,"一旦消息泄露,你好自为之!"

李猪儿哭得涕泗横流,此时唯有不停点头。

紧锣密鼓地下完了最重要的命令,严庄才对安庆绪道:"殿下,成大事者不拘小节。如今你除了人在宫中,无论军中威望还是民心所向,都毫无优势。若不是今日陛下当众训斥你,当下臣就能助你登基。现在,唯有隐瞒陛下的死讯,稳住史、孙二人,我们才能徐徐图之。"

"怎么徐……徐……图之……"安庆绪紧张得话都说不清。

严庄耐着性子解释:"先假传圣旨,说陛下病危,自知无力处理朝政,立你为皇太子,代理朝政。然后再公布陛下死讯,殿下方能名正言顺地登基,明白了吗?"

安庆绪终于明白了,兴奋和紧张在脸上涌动,连连点头:"懂……懂了!严庄,幸亏有你!"

严庄闻言,苦笑一声。

安庆绪莫非真忘了,严庄当初也是发誓效忠过他的父亲的。他也曾真心实意地希望能够助安禄山打下这天下,成就不世之功。谁能想到安禄山竟然如此残虐专断,疯狂到了如果他不死,江山便难以为继的程度。

只可惜这个刺客来得太早,若是给他留些时间能为安庆绪铺好前路,不被史思明、孙孝哲他们威胁,或许大燕的未来还不至于如此扑朔迷离。

但现在看来,这个安庆绪,定也是个扶不起的人。

或许，是该做个决断的时候了。

思及此，他微微拜倒，张口却是："殿下是唯一正统，臣合该竭力辅佐。"

两人商议完，洞也挖好了。他们看着手下把安禄山深深地埋进了床下，留下李猪儿，头也不回地离开了。

李猪儿拿了清扫的工具，哭哭啼啼地清理着寝殿。到傍晚时分，他吃了一点残羹冷炙，瑟缩在墙角睡去了。

而外面搜捕刺客的喧嚣，也逐渐平静下来。

李萼悄无声息地从屋顶落到地面，走到窗边，回头凝视了一会儿安禄山被掩埋的地方。一代枭雄，横行一时，如今却被埋在床下，无人问津，若他泉下有知，不知该作何感想。

只能说，是报应不爽了。

李萼跃出寝殿，一路飞檐走壁，向宫外奔去。

"燕燕飞上天，天上女儿铺白毡，毡上有千钱。……"

稚嫩的童声随着莺飞草长，在春风中飘散开来，转眼，又是一年。

此时，所谓的大燕，已经土崩瓦解。

安庆绪继位后，严庄成了大燕真正的掌权者，然而不论是暴戾的安禄山，还是对严庄百依百顺的安庆绪，显然都不是当皇帝的料。

安禄山死后，同年九月，唐将郭子仪率军收复长安，十月，收复洛阳。

严庄降，被任命为司农卿。安庆绪则逃亡河北，追随者仅剩一千多人。

从安禄山起兵谋反到被杀，不过短短三年，似乎冥冥之中应了他起兵之前就在民间流传的那曲民谣。大燕王朝,自安氏起,到雪地止,前后一千日。

或许,这就是天命。

而现在,兵戈将息,满目疮痍。

平原郡太守府中,九死一生的颜氏族人齐聚一堂,默默地看着堂上供奉着的四方包裹。

安禄山起兵后,颜家几乎遭到了毁灭性的打击,被杀的、被俘的、被发卖的,还有无家可归逃亡流浪的。颜真卿点亮的明灯救了大唐,却没法救流落在各处的族人。直到安禄山死后,李萼救出了常山沦陷时被俘的颜季明之长兄颜泉明,将颜杲卿和颜季明的遗骨交还于他的同时,也将寻找族人的重任交给了他。

一年来,颜泉明四面奔波,想尽各种办法寻找颜氏族人,在战乱结束后,将他们带到了平原郡,交给了颜真卿,也将颜杲卿和颜季明的遗骨带来了这里。

颜家人,终于回家了。

经历一年战火洗礼,带领义军抗燕的颜真卿褪去了身上本就不多的儒雅,周身气息越发凌厉如剑。他凝视着包裹,沉声开口:"卫尉卿、御史中丞、恒州刺史……追赠太子少保……大哥,朝廷给了你一大串响当当的头衔呢,连季明都被封为赞善大夫了。"

他难掩郁愤,讥嘲道:"但那又如何呢?再多的头衔,再响的名头,能让你们死而复生吗?"

他打开包裹,露出里面的两个木匣和一段破旧的红色布条。

一旁的何红儿目光一凝,她拿起布条,将其握在手心,终于难抑彻骨的悲痛,低头哭了起来。

那是颜季明的额带,没想到随着他的首级转了一圈,竟然还能回来。

颜真卿听着压抑的哭声，也悲从中来："季明，从小你就最爱找我习字。明明家训告诫了，真草书迹，要稍加留意，就是告诉我们读书人字不用太差，但也无须太好，不然一辈子劳碌命。我自以为叛逆，偏偏一心追求书法的最高境界，你向我学，我便偏爱于你。"

他说着，抬头望向供几旁满屏风的字，苦笑："可是老祖宗说得没错啊，字写得太好，便总有人来求，他们忘了颜家人真正的样子，只道我们是一群写字的……就真的成了劳碌命。我反而成了颜家的表象，你，却继承了颜家的内在，谁能想到，原来你，才是最像颜家人的。"

话及此，颜真卿握紧了双拳，满是不甘："你们死得如此壮烈，世人却以颜氏家训揣度我等，还道你们是沽名钓誉的愚忠之徒，殊不知大丈夫有所为有所不为才是你们的行事之道，我纵使一人百口，又能如何为你们正名！"

"十三叔……"何红儿泣不成声。

颜真卿紧闭双眼，仰头思量半晌，突然扬声道："拿纸笔来！"

家人立刻将文房四宝摆在了他的面前。颜真卿提笔，抬头凝望面前的木匣："一直以来，我都是为别人而写。"他声调渐柔，"而今天，我的侄儿，我要为你而写！"

木匣旁的油灯连闪了几下，似在回应。颜真卿凄然一笑，不假思索，落笔有神。

"祭侄文稿。

"维乾元元年、岁次戊戌、九月庚午朔、三日壬申。第十三叔银青光禄……以清酌庶羞祭于亡侄赠赞善大夫季明之灵……"

写到"之灵"二字，颜真卿已难抑笔触，泪盈于眶。他看着木匣，仿佛看到了那个拿着墨宝，追着自己喊十三叔的少年。

"惟尔挺生,夙标幼德。宗庙瑚琏,阶庭兰玉,每慰人心。……"

他是个多好的孩子啊,感觉穷尽笔墨,都无法形容出他的万一,然而……

"何图逆贼闲衅,称兵犯顺。尔父竭诚,常山作郡……尔既归止,爰开土门。土门既开,凶威大蹙。贼臣不救,孤城围逼。"

土门关!颜真卿写到此处,已经咬牙切齿,他恨安禄山起兵作乱,更恨王承业拥兵不救。

"父陷子死,巢倾卵覆。"

泪水顺着脸颊汹涌而下,颜真卿目眦欲裂,落笔力透纸背。

"天不悔祸,谁为荼毒?念尔遘残,百身何赎?呜呼哀哉!"

呜呼哀哉!

颜真卿仰天长叹,只感到痛彻心扉,难以为继,可是木匣旁的油灯却渐次闪烁,好似在配合他的笔调,一如当初向他习字的季明。

他深吸一口气,强自平静稍许,继续写道:

"吾承天泽,移牧河关。泉明比者,再陷常山。携尔首榇,及兹同还……魂而有知,无嗟久客。"

不幸中的万幸,你的哥哥还是把你带了回来。季明啊,十三叔没什么可给你的了。哀恸已极,便只剩下空茫。颜真卿提笔停顿了半晌,感觉还有千言万语积郁胸腔,却已然没有了合适的字能抒发出来。

许久,他长叹一声,提笔收尾。

"呜呼哀哉,尚飨!"

季明,桌上的供品都是你爱吃的,你……

他放下笔,紧紧闭上了双眼,全然没注意到,季明的遗孀何

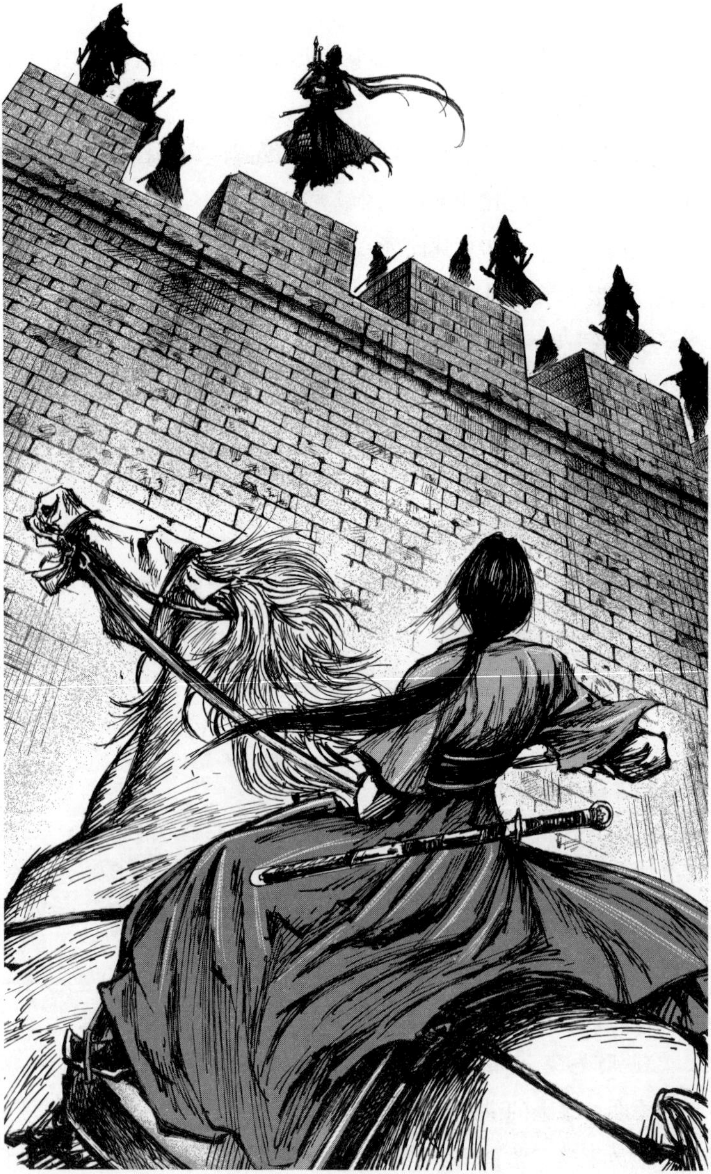

红儿,早已离开了。

颜真卿祭奠颜季明时,何红儿已经带着颜季明的额带,一路策马,奔向了远方。

她无须知道颜真卿写了什么,因为她的悲痛,比他更甚,他怎么写,都无法让她释怀少许。她任由狂风吹干面上的泪水,神色却随着每一次马背的颠簸,而愈发坚定。

季明死了,他的意志却没消逝。

战争结束了,人间的苦难却没终结。

她还有能做的事,为自己,为季明,为……天下人!

到了一处城门下,她抬起满是泪水的脸,望向城楼上。数十个黑影仿佛等着她似的,陆续出现,兜帽罩头,身着轻铠,所有人仿佛都站在黑暗中,他们的双目却都在闪光。

李萼站在最前头,望着她。

"准备好了吗?"

十郎呼啸而过,气氛陡然肃杀起来。何红儿的表情已经完全平静下来,她上了城楼,接过旁边的人递来的兜帽,沉默地披上,将颜季明的额带残片系在指尖,握剑,抱拳:"弟子红线,听候差遣。"

"我们的信条有三:"李萼望向远方,掷地有声,"第一条,绝不伤及无辜。

"第二条,绝不暴露行踪。

"第三条,绝不背叛组织。"

远处的硝烟再次升起,烽火连天,新的敌人呼啸而来。他们站在城楼上,静静地看着迫近的骑兵,感受着千军万马带来的震动。

"我们是贫苦百姓的守护者,我们为公义而战。"李萼的声音在震耳欲聋的吼声中，依然清晰可辨，仿佛是来自神祇的低诉，"我们为此付出自己的一切，不惜流血，不畏死亡。"

何红儿的表情越发坚定从容，她握紧了长剑，看着敌人兵临城下，神色从痛恨到跃跃欲试。

"走！"李荨舒展双臂，一跃而下。

他的身后，跟随着一跃而下的，是数十个同袍。他们毫不犹豫，舍生忘死。

这一次，他不再是一个人。

他的组织，回来了。

"我们行于黑暗，侍奉光明。"

"我们是——无形者！"